鯵御膳
illust. 中條由良
黒狼の騎士は
隣国の虐げられた姫を
全力で愛します
人質姫が、消息を絶った。

「姫君の行方がわからなくなっただと!?」
アーク・マクガイン
ブリガンディア王国の騎士。
『黒狼』の二つ名を持つ。
ソニアの捜索をアルフォンスから命じられる。
ソニア・ハルファ・シルヴァリオ
シルヴァリオ王国第四王女。
輿入れの道中に消息不明に。

アルフォンス・ザーク
ブリガンディア
ブリガンディア王国第二王子。
アークの上司で、笑顔の裏で
様々な策を巡らせる策謀家。
ローラ
ソニアの侍女で、彼女の数少ない忠臣。
ソニアと共に姿を消したが…？

「お、お待ちあれ！
そこのお嬢さん、
お待ちになっていただきたい！」
気がついたら、そんなことを言いながら
彼女を呼び止めていた。
ただただ、この機を逃してはならない、
きっともう二度とこんな奇跡は起きない、
そう思ったから。
そして、彼女が振り返った。

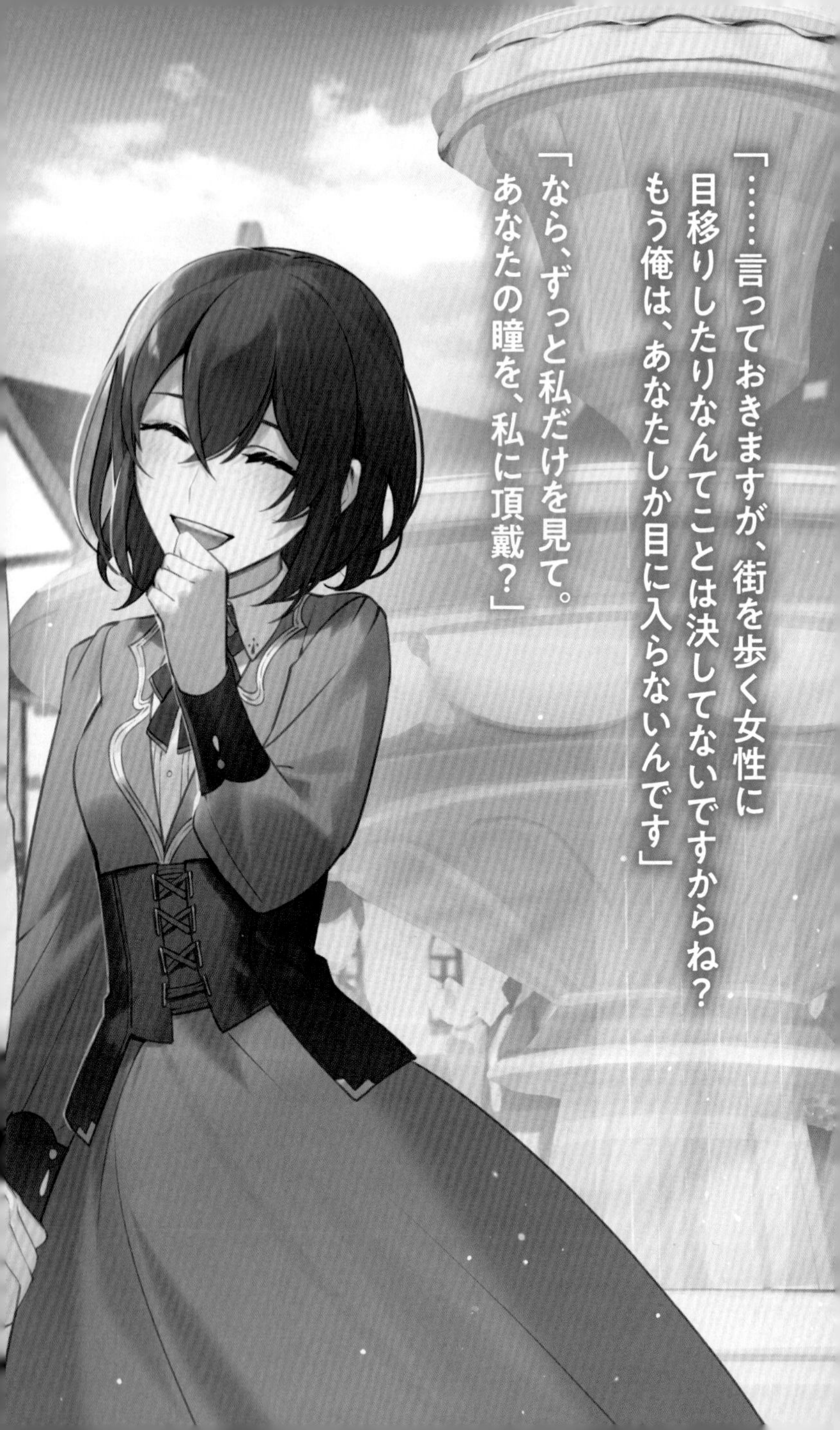
「……言っておきますが、街を歩く女性に
目移りしたりなんてことは決してないですからね？
もう俺は、あなたしか目に入らないんです」
「なら、ずっと私だけを見て。
あなたの瞳を、私に頂戴？」

……うっわ～!!
なんだこの台詞、こっぱずかしい！
顔は真っ赤になるし、だらだらと
変な汗が出てくるのが止められない。
思考が止まりかけている俺と違って
ニアはご機嫌で、なら、
思い切った甲斐があったと言えなくもない。

Contents

鰺御膳
illust. 中條由良
黒狼の騎士は
隣国の虐げられた姫を
全力で愛します
人質姫が、消息を絶った。

✦プロローグ✦

すれ違った瞬間、彼女だと気付いた。

二重三重に面倒だった仕事がどうにか片付き、久しぶりに手に入れた長めの休暇。

やりきれない終わりに、安酒を煽《あお》って紛らわせようとしても気は晴れず、勝手に重くなる頭と足を引きずるように歩いていた王都の人混みの中。

不意に捉えた香りが、俺の脳裏に鮮烈なイメージを描き出した。

それは、主の居なくなった部屋。

貴き身分の人間が居たとはとても思えない、ろくな物がなかった空間でただ一つ、存在感を示していた重なり合う花の匂い。

俺は、はっきりと覚えていた。忘れるはずがなかった。

「お、お待ちあれ！　そこのお嬢さん、お待ちになっていただきたい！」

気がついたら、そんなことを言いながら彼女を呼び止めていた。

そんなこと、あるはずがない。

頭の中の理性的な部分がそう言っているが、感情的な、あるいは感覚的な部分が否定してくる。

彼女だ。

脳裏に溢《あふ》れてくる、あの虚《むな》しかった日々。

優しくも真面目で努力家で、そして、報われることのなかった人。

姿絵どころか、その身に合わせたドレスの一着すら持つことなく人質として差し出された不遇の姫君。

だから。

残された香り以外に、彼女がそこに居た証《あか》しなどなく。

だからこそ俺は、気付いた。逃さなかった。

振り返った彼女の姿は、思い描いていた姿そのものに思えて。

知らず、俺は涙を流していた。


呼ばれた瞬間、私のことだとわかった。

王女という身分で生まれながら、疎まれ虐げられた日々。

ドレスや宝石はもちろんのこと、知識教養すらろくに与えられなかったから、自分で必死になんとかしていたけれど、それすらあの人達《たち》には疎ましかったのかも知れない。

私と関係のないところで起こった戦争、何も知らないまま迎えた敗戦。

「私が、隣国に、ですか」

使い捨てようとばかりに敵国へと差し出された私は、従う振りをして逃げ出した。

国がどうなるかなど知ったことではない、むしろ困ってしまえとすら思いながら。

そうして肩書きを捨て、役割を捨てた私は最早何者でもなく、そんな私を見つけられる人などいるわけがない。

だから私が呼ばれるわけがないのだ、当たり前のことだ。

なのに、わかってしまった。

たくさんの人で賑《にぎ》わう人混みの中、その声は、私に向けられたものだと。

そんなはずはない。

ない、はずだ。

なのに私は、振り返った。

そして、確かにその人は、私を見ていた。真《ま》っ直《す》ぐに視線を向けてきていた。

……見つけてくれた。何故《なぜ》か、そう思った。

自覚した瞬間、ドキリと心臓が聞いたことのない音を立てて動き出す。


俺は知らなかった。

終わったはずの物語が、ここから動き出していくなんて。


私は知らなかった。

訪れないはずの運命が、こうして舞い降りてきたなんて。

✦第一章✦……『黒狼』は耳を疑った。

「姫君の行方がわからなくなっただと⁉」

臨時宿舎に設《しつら》えられた執務室で、思わず俺は大きな声を張り上げた。

俺の怒声なんかには慣れているはずの部下が身を竦《すく》めたのを見て、慌てて「お前に怒っているわけではない」と手を振りながら示す。

ただでさえとんでもない報告を持ってきてしまったと窮屈な騎士鎧《よろい》の中で身を縮こまらせてる彼を、これ以上怯《おび》えさせるのも理不尽というものだろう。そもそも彼に責任がある事態ではないのだし。

そうでなくても戦争直後の国境にある城塞都市なんてきな臭い場所なんだから、これ以上雰囲気を悪くしてストレス溜《た》めてもお互いのためにならんし。

俺は気持ちを落ち着かせるために大きく息を吐き出してから、出来るだけ普段に近い声音で部下に問いかけた。

「で、一体どういうことだ、詳しく説明してくれ」

「はっ、申し上げます！　先日、閣下のご指示に従い相手側国境都市までお迎えに上がったのですが……」

閣下、なんぞと呼ばれるとどうにもむず痒《がゆ》い。

俺、アーク・マクガインは先だって行われた戦争における武功により、二十五の若さで子爵位を賜った。黒髪黒目な上に返り血で鎧が黒く染まる程の勢いで暴れ回ったせいで、『黒狼《こくろう》』なんて二つ名がいつの間にか付けられ、叙勲の際には黒い鎧を贈られる程。

そんな叩《たた》き上げの俺だからか、部下達《たち》も俺に対して一目置いてくれている。というか置きすぎて一部の人間はびびってたりするのだが。

だからか、今も俺より少し年上くらいな目の前の騎士はキビキビと報告してくれている。

それは、それだけで言えば、良いことなのだが。

「街の太守から話を聞くに、どうやら姫君はまだご到着なさっておられず」

「まずそれがどういうことだって話だが……いや、続けてくれ」

促しながら、俺は小さく溜《た》め息《いき》を吐く。このどうにもよくわからん戦争は、終わった後もよくわからんらしい。

元々は、我がブリガンディア王国と隣国シルヴァリオ王国の国境線における小さな諍《いさか》いに端を発した、らしい。

『らしい』というのは、王都にいる俺達が争いのことを把握した時には、既に領主同士の戦闘状態に陥っていたからだ。

最終的には双方の国軍が介入、本格的な戦争に突入したのだが、序盤こそ五分だったものの、少し長引いたらシルヴァリオ側は勢いを失い、最終的には事実上我が国ブリガンディアが勝利した形となった。

その後停戦の条約が結ばれ、領地の割譲だとか賠償金の取り決めがなされたのだが……ここでも妙なことが起こる。

両国の友好のためにという名目で、シルヴァリオ王国の末の姫、第四王女ソニア殿下を輿入《こしい》れさせるから賠償金をまけてくれ、などと言ってきたのだ、向こうから。

正直「ふざけんな」と蹴ってしまっても良かったと思うのだが、幸か不幸か、こちらの第三王子アルフォンス殿下が婚約者もいないフリーな状態だったため、それを受けることになった。

『姫ってことは、王城のことを知ってるわけだろう？　機密だとかは期待してないけど、日常の些細《ささい》なことにも手がかりってのはあるもんだよ』

と、アルフォンス殿下はとても良い笑顔で言っていた。俺の背筋は寒かったが。

ちなみに、アルフォンス殿下は俺が所属する王子直属特務大隊の長、つまり上司と部下の関係なんだが、貴族学院時代の学友でもあるという縁もあり、こうして気安く話をしたりしている。

そんな経緯があり、友好のためという名目でソニア王女は敗戦国から戦勝国への人質兼情報ソースとしてこちらに送られてくることになった。

で、その大事な人質姫を安全にお連れするため、ついでに「こっちはまだ気を抜いてないからな？やるならやるからな？」という示威行動がてら、隣国では悪名高い『黒狼』、つまり俺がこの国境都市までやってきたわけなんだが……姫君は、予定の日になっても到着しなかった。

天候や体調の関係で遅れることもあろうと待つことにしたのだが、三日経《た》っても音沙汰なし。

流石《さすが》にこれだけ遅れて使者もなし、ってのはおかしいだろうってことで騎士を数人派遣したんだが……。

「何かトラブルがあって途中で動けなくなっているのかと思い、街道を利用していた商人達に聞き込むも、この辺りで王家の馬車を見かけたという者もおらず。これはもっと王都寄りのどこかで何かがあったのかとゲイル隊長達は更に進まれ、私が現状報告のために帰還した次第です」

「そういう状況か……流石ゲイル、良い判断だ」

騎士の報告に、俺は一つ頷《うなず》いて返す。

ゲイルというのは俺の部下の一人で平民上がりの騎士爵持ち。身分の後押しがない中必死で腕を磨き勉学に励み、男爵子息など下級貴族出身者を押しのけて小隊長の地位まで上ってきた男だ。

そんな奴だから俺も重用し、ゲイルもそれに応えてくれている。剣の腕はもちろんだが、貴族もいる騎士隊の中でのし上がってきただけあって、特に状況判断能力が素晴らしい。

今回も単に到着していないこととの確認で終わらず、情報を集めた上で中間報告、というのが気が利いている。いわゆる、ガキの使いで終わらないってやつだ。

おかげで、余計にのっぴきならない状況だってこともわかっちまったが。

「となると、だ……ああ、報告ご苦労、今日のところは下がって休んでおけ。それからっと、速い馬を二頭用意、上手《うま》い乗り手を二人呼んでくれ！」

急いで戻って来たであろう彼を労《ねぎら》い休息を指示すると、俺は手近にいる武官に声を掛けた。

呼ばせている間に急いで手紙を用意、我がブリガンディア王都へと走らせる早馬を手配させる。

状況の報告と、もう一つ。

「留守を任せる、俺が直接向こうに乗り込んで出迎えに行く！」

副官にそう告げると、精鋭を数人見繕って出立の準備をする。

先行しているゲイルは腕も立つし判断力もいいが、平民出身の騎士爵なもんだから、身分が少々物足りない。

現場で色々動く必要が出た場合、お出迎えの責任者として色々と権限を与えられている子爵の俺が出張った方が話が早いことが多いだろう。

なので、俺が陣頭に立って調査するためシルヴァリオに入ることを、事後報告になって申し訳ないという謝罪と共に書き記した。

なんせ状況が状況だ、一刻を争う可能性が高いから、一々王都までお伺いを立てている時間はない。

だから色々と俺が現場で判断していいという許可をくださってるわけだし。

……どこまで見越してたんだ、アルフォンス殿下。

後はまあ、子爵位をもらって独立したばっかで、書類の上では連座で首くくられる身内もいない俺なら、万が一の時の落とし前も付けやすいってもんだろう。

部下達は、俺が強権を発動したということにすれば守ってやれるだろうし。

親父《おやじ》とお袋は泣くかも知れんが、まあこればっかりは仕方ない。

諸々《もろもろ》手はずを整えて、心の整理もつけて宿舎の外に出れば、既に馬や騎士達の用意は調っていた。

「うっし、そんじゃ行くか！」

気合いを入れて俺が愛馬に跨《また》がれば、誰一人遅れることなく一糸乱れぬ動きで騎乗する。

戦で叩き上げた実戦部隊だ、スクランブル出動はお手の物。

その中でも精鋭と言える連中となれば、練度が違う。

まるで一つの生命体であるかのように有機的に纏《まと》まりながら、俺達はシルヴァリオ側国境都市へと向かって馬を駆って出立。

国境まで数時間、昼前に出た俺達は、日が傾き出す前に隣国の国境都市ヴェスティゴへと到着することが出来た。


この街は国境の要だけあって、日が落ちたら特にブリガンディア側の門を固く閉ざす。

日の短くなってきた秋の中頃の今、後ちょっとでも遅れた場合には、ここらで野宿する羽目になっていただろう。

急ぎ出てきたためにろくな野営道具もない今、いくら体力に自信のある俺達であっても朝晩冷えるようになってきたこの時節で地面にごろ寝は勘弁願いたいところ。

……まあ、辿《たど》り着けたからって屋根の下で眠れるかはわからんのだが。

なんせ、仕事熱心な門番達が、つい先だってまで戦争していた相手の国から馬に乗った騎士の集団が来たってんで槍《やり》を構えているもんだから。

やっぱり敵国方面に配置される兵士は練度と士気が高いな、と妙な感心をしたりしながら、俺達は十分に距離を置いたところで馬を停止させた。

「先触れもなく突然の来訪、申し訳ない！　俺はブリガンディア王国のアーク・マクガイン子爵！

火急の用件があって来訪させていただいた、太守殿にお取り次ぎ願いたい！」

大きな声で俺が名乗り、用件を告げれば……あちらは騒然としだす。

やっぱり『黒狼』の二つ名を持つ俺の名は、こっちでは有効らしい。悪い意味で、だろうが。

俺が返答を待つ間に兵士達はあれこれと話し合いをしていて、結論が出たのか隊長らしき男が一人進み出てきた。

「貴殿の言う用件とは、先だってのゲイル殿の件か！」

堂々と言う様子に、俺は感心する。

なんせこれだけ堂々としているのに、彼の膝は震えているのだ。

恐怖だなんだを押し殺しながら、その上でこっちの用件を状況から類推しただけでなく、わかる人間にはわかる言い回しをしたのは大したもんだと思う。

「その通りだ！　用件を手紙にまとめた故《ゆえ》、これを太守殿にお渡し願いたい！」

俺がそう言うのと同時に、部下が一人馬から下りて俺の元に来る。

用意していた手紙を渡せば、彼は剣を鞘《さや》ごと腰から抜いて、俺に預けてきた。

更には両手を挙げて、攻撃の意思はないということを示し、隊長らしき男へと近づいていく。

こんな無防備な真似《まね》、本当は俺自身でやりたいんだが……残念ながら俺は責任ある立場だ、迂闊《うかつ》な真似は出来ない。

それに彼とて精鋭の一人だ、信じて託さねばその方が彼には悪い。

命を張る時には張る覚悟が出来ているのだ、彼も。

幸いにしてというか当然というか、そこまでして敵意がないことを示した部下に、あちらの隊長は攻撃などすることなく差し出された手紙を受け取った。

「確かにお預かりした、しばし待たれよ！」

そう言うと隊長は部下に手紙を渡し、走らせる。

後はこの街の太守がちゃんと読んでくれるか、だが……恐らく大丈夫だろう。

以前から隣国であるシルヴァリオのことは色々と調べており、当然その中には各国境都市の情報も入っている。

ここヴェスティゴの太守はやや臆病で不測の事態に弱いところはあるものの、状況を見ての判断が出来る人物である、ようだ。

だから王女の件でやってきたゲイル達の入城を許可し、先へ進むことも認めたのだろう。

贅沢《ぜいたく》を言えば、王女ご一行の到着が遅れてるとわかった時点で使いを出してほしかったが……まあそこは仕方が無い。

王女が来ていない。何かあったらしい。

そんな状況に置かれて、慌てないでいられる奴はそう多くはないだろう。

だから、たまたまだ、明日には、と思ったりしてたんじゃないか、と推察する。

まあ、その結果より悪い方向に事態が動いているわけだが。

等と考えながら待っていれば、程なくして兵士が一人戻って来た。

どうやら、予想通りの返事を持ってきたようで。

「太守様からの許可が下りた！　我らが先導するので、ついてきていただきたい！」

「了解した、感謝する！」

呼びかけに答え、俺達は指示に従いながら整然と馬を並べて街へと入る。

そしたらまあ、奇異の視線を浴びること浴びること。戦争直後に敵だった国の騎士が入ってきてんだから、何事かと思うわな。

何か、随分と困惑してる空気も感じるけども。

ともあれ俺達は太守の館へと辿り着き、早速会見と相成った。

「噂《うわさ》に名高きマクガイン卿《きょう》にここまでご足労いただくことになるとは、誠に申し訳なく……」

「いや、今は不要な社交辞令はなしにいたしましょう。一体どういう状況なのですか？」

「はい、それが……輿入れのため王都を出た、という先触れの連絡は受けていたのですが、当日になっても到着なさらず。お輿入れの一行となれば人数も多く、ちょっとしたことで予定も狂うだろうと考えてお待ちしておりましたが、いまだお着きになっておらず、確認のため王都へと使者を出そうとしていたところでして……」

大体俺の想像通りかよ、おい。

しかし、ちゃんと先触れは出されているとなれば、道中で何かあったとしか思えないんだが。

「太守殿、最近大規模な襲撃があった、などの噂話《うわさばなし》はありましたか？」

「調べさせましたが、ありませんでした。だから、何かあったとは思えないのですが……」

正確に言えば、『思いたくない』の間違いじゃないかとは思うが。

気持ちはわかるから、今は追及しないでおこう。

「こちらの騎士ゲイルが先行させていただいているようですが、彼からの連絡もないようですね。となると、私達も彼を追わせていただきたいのですが」

「それは……それは⁉」

俺の要求に太守は躊躇《ちゅうちょ》したのだが、俺がとある書状を見せれば驚いた顔で食い入るようにそれを凝視。

それから数秒ほどして。彼は、がくんと力無く首を縦に振った。

俺が見せた書状には、俺を外交特使として任命するとアルフォンス殿下の署名入りで書かれている。

国際的な取り決めにより、特使として派遣された人間は戦時中すら通行を妨げられることがほとんど無いし、よほど明白な犯罪行為が無い限り拘束もされない。

なんなら、自衛のためと限定されるが、武力行使すら許される。

これは、その昔に王城内で他国の特使を襲撃させたアホな王族がいたため、らしい。

なんせ使いが派遣先で抵抗出来ずに殺されていたら外交なんて出来ないし、言葉で語れないなら後は剣で語るしかなくなってしまう。

そんな事態は避けたいのに加えて、この国際的な取り決めは神に対して誓約を立てているため、かなり厳密に守られているようだ。

なんせ、どうやら神様は本当にいるらしく、誓約を違えれば最悪の場合国が傾くほどの神罰が下ることもあるのだから。

で、そんな様々な特権を持つ外交特使に、こんなこともあろうかとアルフォンス殿下は任命してくださってたわけだ、この俺を。

……時々、あの人が一体どこまで先読みしてんのか怖くなる時がある。

「あ、それから、私達が王都へ向かうことについて街道沿いの街に先触れを出していただけますか。なんせこんな事態です、スムーズに進行して出来るだけ早く王女殿下をお探しした方がいいでしょう？　もちろん、太守殿が迅速な解決に尽力されたとシルヴァリオ国王陛下には奏上しますし」

「へ、陛下に？　それなら……」

と、まだおっかなびっくりではあるが、太守もじわじわ覚悟を決め始めたようだ。

もしも俺達を通して王女殿下ご一行が見つかれば、彼も解決に貢献したことになる。

更に外交特使である俺が奏上すれば、うちの国もそれを認めたこととなり、彼の功績は国際的にも認められるわけだ。

ここで俺達を通さずに追い返し、更に王女殿下達がいつまでも到着しなかった場合。

条約不履行となって戦争再開になるか、賠償金上乗せかという事態を招くことになり、彼も責任を問われるのは免れまい。

ところが逆に、俺を通すだけで彼は最低限やるべきことはやった、という形を作れるわけだ。

まあ、これで俺が暴れでもしたら大問題になるわけだが、当然やるつもりはないので、実際のところそのリスクはないに等しい。

以上を考えると、彼からすれば俺を通す、なんなら便宜を図った方がいい、という結論になるわけである。

「我らの騎士を同道させてください。それであればご協力させていただきます」

なるほど、確かに俺達だけで行くのはあまりよろしくない。

良からぬ事を考えているなら別だが、当然そんなんじゃないから、むしろ同行してもらった方がメリットが大きいだろう。

「ご協力に感謝します。太守殿の賢明な判断に感謝を」

そう言いながら俺は、太守に対して騎士の礼の姿勢を取ったのだった。

＊＊＊

こうして特権を振りかざして通行許可をもぎ取った俺達は、シルヴァリオ国内の街道を、王都へ向けて走り出した。

それ自体はいいんだが……どうにも街道の空気がよろしくない。

「なんとも殺風景っつーか、治安が悪いっつーか」

「戦争の影響がまだまだ残っていまして……主戦場はもう少し離れたところでしたが、そこから流れて来た者も少なくないようで」

「なるほど、それに関しちゃこちらもあまり大きな顔で物を言えませんが」

俺に答えてくれたシルヴァリオの騎士曰《いわ》く、道中いくつか見た、襲撃の痕が随分と痛々しい荷馬車が転がっていたりなどしているのは、食い詰めた元兵士だとかが野盗に身を崩してやらかした可能性もあるという。

王女一行が使うような大きな街道でこれだ、こちらが把握していた以上にシルヴァリオ国内の情勢はよろしくないのかも知れない。

こんな環境でトラブルに巻き込まれていたりしたら……そう思った俺達の進行速度が速くなったのは仕方ないところだろう。

急ぎながらも途中の宿場町でゲイルが連絡要員として置いていった騎士と合流、更にゲイルが進んでいったルートを辿って、また拾ってと繰り返すうちに、数日でゲイルともある宿場町で合流が出来た。

……出来てしまった、というべきか。

つまり、これだけ進む間に王家の馬車が見つけられなかった、目撃情報もなかった、ということなのだから。

「申し訳ございません、閣下」

「いや、お前が調べて見つからなかったのなら仕方がない。しかし……どういうことなんだこれは」

殊勝な顔で頭を下げるゲイルを労いながら、俺は首を傾《かし》げる。

他国へ輿入れする王女の一行だ、それなりの規模で人目に付くはず。だというのにここまで目撃情報がないのは、あまりにもおかしい。

他の街道を使った可能性もなくはないが、この街道以外は全て大回りになるか道が悪いため、使うとは思えない。

となると、残る可能性は……。

考えていた俺の頭に、ふと閃《ひらめ》くものがあった。

「……ゲイル、街の住人達は、王女殿下の輿入れのことを知ってたか？」

「はい？　それはもちろん……いえ、お待ちください、そういえば面食らった顔をしていたような……？」

「おいおい、これはまさか、そういうことなのか？」

道中感じていた違和感。

輿入れする王女を歓迎しようとする空気はなく、他国へ人質同然に出されることに悲嘆した様子もなく。

戦争で荒れた生活に疲れた顔で、人々は暮らしていた。

国境の都市ヴェスティゴに入った時も、王女が来ることを知っていたのなら、例えば俺達を見て迎えに来たのかと思うだろうに、そんな反応は一切なかった。

そしてもう到着予定日から一週間以上経っている上に、ここは王都から国境までの道中の半ばほど。

いくらなんでもここにすら辿り着いていないということはありえないし、ろくに話題になっていないのもおかしい。

そもそも、普通王女が輿入れするならば、その一行をスムーズに通すため様々なお触れが途中の街には出されているはずだ。

それがない、ということは。

「そもそも出立してすらいないってことか、こりゃ」

「い、いえ、そのようなことは！　王女殿下が出立されたという先触れは来ておりますし！」

「ええ、太守殿もそうおっしゃってましたね。しかし、これは……」

真っ青な顔で、シルヴァリオの騎士が否定する。

そりゃまあ、もし本当に王女を出立させていなかったとしたら、条約を守るつもりがなかったってことになるわけで。

こっちからすりゃ喧嘩《けんか》売ってんのかってことになるし、そうなりゃ停戦合意は破棄、もう一度剣と槍と弓でお話ししましょうってことになりかねない。

正直俺個人としても避けたい事態だが、国がどう判断するかはまた別問題。やれと言われたらやるのが騎士である。

……とはいえ、ここまで道中を共にして、複雑な感情と状況の中でも礼節と規律を失わずに動こうとしているシルヴァリオの騎士達に多少の情が湧いていないわけでもない。

「先触れが来たのであれば、出立はされたのでしょう。しかしその知らせは、あなた方騎士階級以上はご存じのようだが平民達には周知されていないように見えます。こうなると、王都付近、いや、王都にも足を伸ばして調査する必要性はあるかと思うのですが」

「それは、そう、ですね……わかりました、我らから先触れを出しておきますので」

「お願いします。……両国の友好のためにも、是非」

悲壮な覚悟で告げる騎士へと、俺も重々しく頷いて返す。

何しろついこないだまで命のやり取りをしていた連中を王都にまで引き入れる許可を得ようってんだ、どんなお咎《とが》めがあるかわかりゃしない。

仮にこの事態の原因が王家にあったとしても、それとは別の話として処罰するような理不尽なことは、残念ながら往々にしてある。

それでも、このまま放置して再び戦争が起こり、仲間や民草が苦しむよりもまし、と考えたのだろう。

当然、俺としてもこれ以上血生臭いことになるのは避けたいところ。

戦争で大暴れした俺がノコノコと相手国の王都に行って生きて帰ってこられるかはわからんが、ここで調査を打ち切れば戦争まったなしなのだ、覚悟を決めるしかない。

「やってやりましょう、この事態に収拾を付けるために！」

俺が声を上げれば、両国の騎士達が揃《そろ》って頷き返してくる。

……こんな光景を見ちまったら、絶対にこんな形での戦争再開は避けねばと思ってしまうじゃないか。

もう一度互いに頷き合った俺達は、それぞれに決意を胸に行動を開始した。

しかし、改めて宿場町で確認しても、領主はともかく平民で王女殿下の輿入れを知る者は一人もいなかった。

「これは、少なくともシルヴァリオ王家は、この輿入れを祝う体裁すら繕わなかったという事になるな」

「それに関しては否定のしようもなく……しかしそうなると、別れを惜しむための行事にすらしなかったということになりますよね？」

集まった証言を元に、俺とゲイルは頭を悩ませた。

あまりにもおかしい。

普通、王女の輿入れとなれば盛大に祝うか惜しませるかして、国民の感情を動かして次に繋《つな》がる一手にするもんだ。

だというのに、そのどちらもない。何もない。

まるで、国民には知られないよう送り込もうとしていたかのように。

「……まてよ？　第四王女のソニア殿下のことを、俺はほとんど聞いたことがないんだが……」

呟《つぶや》いてからシルヴァリオの騎士の一人を見れば、彼は一瞬言葉に詰まり。

「……ソニア殿下は、あまり国民の前にお出にならない方でして……私も、お顔を拝見したことはありません」

と、申し訳なさそうに返してきた。

「なるほど？　存在感のない王女殿下をひっそりとこちらに輿入れさせて、国内の動揺を最小限に抑えようってことですかね」

それはそれで、舐《な》めてんのかって話にはなるんだが……向こうからすれば、一応条約は守っているという形は取っていることになるのだろう。

やっぱ舐めてんのかってなるわけだが。

これもう、王女が見つかったとしても王都まで行く必要あるな、こうなってきたら。

見つかりました見つかりませんでしただけの話をしたら、それこそガキの使いじゃねぇんだぞって話になるし。

「あ～……何か胃が痛くなってきたなこれ」

思わずぼやきも零《こぼ》れるってもんだが。

そんな俺を、他の面々がぎょっとしたような顔で見てくる。

「え、今頃、ですか？　私達なんてとっくに胃薬の世話になってますよ？」

一同を代表して、ゲイルが呆《あき》れたように言う。

煩《うるさ》いな、俺の胃は丈夫なんだよ、殿下に無茶振りされるのに慣れてるから。

なんて不敬なことは口に出来ず、俺は曖昧に笑うだけに留《とど》めたのだった。

◆◆◆◆

一方その頃。

「ふむ、アーク本人が出た、か……」

ブリガンディア王都にある王城、その中にある第三王子の執務室。

アーク・マクガインの上司の上司にあたる第三王子アルフォンス・ザーク・ブリガンディアは、アークからの手紙に目を落としながら僅かに目を伏せる。

金髪碧眼《へきがん》ですらりとした細身の美形である彼がそんな表情を見せれば、それを目にした令嬢など黄色い悲鳴を上げてしまいかねないが……あいにくというか何と言うか、ここには彼をよく知る男性文官や護衛騎士しかいないため、誰もそんな反応は示さない。

それどころか、幾人かは背中に冷や汗を垂らしている程。

彼らは知っている。

アルフォンスがこの表情で思案している時は、大体無茶振りか大事か、その両方かが待っていると。

いや、アルフォンスは今、アークの名を口にした。

アークは今、輿入れしてくるシルヴァリオ王国第四王女を迎えるため国境近くの都市に行っていたはず。

その彼が、一体どこに出たというのか？

残念と言うべきか何と言うべきか、ここに居る面々はアルフォンスのお眼鏡に適《かな》った人員であり、察しはいい。とても。

彼らは察した。これは両方コースだ、と。

そこまで彼らが考えたところで、アルフォンスの方も方針が纏まったらしい。

「すまないが、兄上のところへ訪問の先触れに行ってくれ。大至急だと」

「は、はいっ、かしこまりました！」

一人の文官が指名され、びしっと背筋を伸ばして返事をした後、走らないように気をつけながらも出来る限りの早足で出て行く。

第三王子アルフォンスの兄上、つまり第二王子アルトゥルの元へ、大至急。

これはもう、面倒で無茶な大事が待っていること確定である。

ちなみに、第一王子アードルフは諸般の事情により政務に携わっておらず、誰も彼については触れない。アンタッチャブル事項なのだ。

「それから、護衛として精鋭を十人選抜。ちょっと長旅になるだろうから、馬と旅装も整えておくように」

「は、はいっ！　急ぎ準備いたします！」

そう答える騎士の顔には冷や汗が浮いている。

この状況で、今から向かう先など一つしかない。

そう、つい先頃まで戦をしていた敵地、シルヴァリオ王国だ。

更に、こんな状況であれば必ず同行させられるアークは、既にそのシルヴァリオ王国に入っている、らしい。

となれば、彼らこそが同行すべき人員となってくる。

「うわ、これ胃薬用意しとかないと……」

「今更か、だから常備しとけって言っただろ?」

などと小声で護衛騎士達が言い合っているのを聞き流しながら、アルフォンスは第二王子の執務室へと向かう。

彼の顔を見れば、執務室の前に立っていた護衛騎士がすぐさま室内へとお伺いを立て、アルフォンスが扉の前に立つ一瞬前に扉を開いて中へと通す。

一連の動きにはまるで淀《よど》みがなく、彼がよく鍛えられ、周囲もよく見えていることを示していた。

『流石、兄上の護衛騎士だけはある』と内心で評しながら、微笑《ほほえ》みを絶やさずにアルフォンスは室内へと踏み入れる。

「お忙しいところ失礼いたします、兄上。火急の用件があり、まかり越しました」

「やあアルフォンス。常に先手を打つ君が急ぎということは、余程の大事かい?」

迎えた第二王子アルトゥルは、全体の造作は似ているもののアルフォンスに比べれば柔和な顔立ちで、表情も穏やかなもの。

アルフォンスが氷のような鋭く冷たい麗しさだとすれば、アルトゥルは春の日差しのように明るく穏やかな輝きと言えるかも知れない。

そんな、似ているようで真逆のような兄の前へと進み出たアルフォンスは、アークからの手紙を差し出した。

「シルヴァリオの第四王女を迎えに行ったアークからの報告です。彼一人では収めきれない事態になりそうなので、私が直接乗り込もうかと」

「いきなりだね⁉　……いや、君がそう言うということは、そこまでの大事になりそうだ、と？」

突然の発言に、一瞬狼狽《うろた》えたアルトゥルだが、すぐに表情を取り繕う。

彼とて王族、この辺りは心得たもの。それから、差し出された手紙を受け取り、その中身に目を走らせ始めた。

「はい、アーク・マクガイン子爵も、彼一人で全ての収拾を付けられるとはとても思えないと書いています。こういう時の彼の勘は、当たります」

「……誰かさんに鍛えられて、危機を察知する能力は特に磨かれているから、かい？」

「さて、彼は元々だったと思いますよ？　その後少しは伸びたかも知れませんが」

アルトゥルが苦笑しながら言えば、アルフォンスは崩れることのない微笑みで返す。

アルフォンスの後ろで護衛騎士が何か言いたげな顔をしているが、彼は沈黙を守っているしアルフォンスも何も触れない。

であれば、アルトゥルとしてもスルーするのが賢明なのだろう。

「ま、彼の危機察知能力がどこに由来するかはまた今度議論するとして。……今のシルヴァリオに君が乗り込む、というのは正直賛成し難いのだけれど」

「でしょうね。終戦直後で政情が落ち着いていないところに、王女の嫁入り先予定の王子がやってくるわけですから、短絡的な考えをする人間も出てくるかも知れない。単純に憎い敵国の王族だというのもありますし、他にも例えば、『姫を連れていかせないために嫁入り先そのものをなくす』だとか」

「当然わかっていたとは思っていたけど、それを踏まえてなお、君が直接行くメリットがある、と？」

アルトゥルが問えば、アルフォンスはゆっくりと頷いた。いつもの微笑みのまま……いや、若干温度の下がったそれで。

「はい、もちろん。まず、短絡的な人間は恐らくそんなにいない、というのもありますが」

「というと？　……ああ、通行予定の街道が主戦場だった地域から遠いから？」

「一つはそれですね。そのためもあって戦場を設定しましたし」

シルヴァリオ王国は国王直属である国軍の規模があまり大きくなく、戦争となると周辺の貴族が有する兵を動員する形を取っている。

そのため、戦争における遺族は、主戦場付近の地域に多く生じることになる。

この被害が王都同士を結ぶ街道沿いで発生してしまえば戦後のやり取りに障害が生じる可能性が高い。そう考えたアルフォンスが、戦場が離れていくよう誘導していったのだ。

なお、このために前線で無茶振りをさせられたのがアークであり、結果、彼は三桁斬りの戦果と子爵位を手にすることになったのだが……彼がそれを喜んでいるかはわからない。

ともあれ、そう言った状況であれば街道沿いでブリガンディアの王族を仇《かたき》と狙う人間は少ないはずだ。

……その弊害というかなんというか、逃げ出した兵は故郷の人々に会わす顔がなくなったため、そこから離れた街道の辺りでたむろってしまっているのだが。

そんな連中であれば、完全武装した騎士の集団を襲うような根性はないだろう。

「もう一つが、ソニア王女殿下のためにそこまでする人間は、さほどいないのではないか、と」

「……どういうことかな？」

「ええ、それと言うのもですね……兄上、私は第四王女ソニア殿下のことをほとんど聞いたことがないのですが、兄上はいかがですか？」

「うん？　……確かに、聞いたことがない、な……？」

問われて、アルトゥルは首を傾げる。

戦争に至るような緊張状態にあったとはいえ国交は断絶しておらず、王族の情報だってそれなりに入ってきてはいたのだが、確かにソニア王女の評判だとかはほとんど聞いたことがない。

これが意味するところとは。

「あまり目立たない性格なのか、扱いが悪いのか……少なくとも社交界の花だとかではないし、であれば彼女に懸想する者もほとんどいないことでしょう。彼女を国外に出したくない、と惜しむ人間も。向こうから輿入れを条件に賠償金減額を要求してきたのですから、王家の大事な箱入り娘という線もないですし」

「頷きたい内容ではないけれど、否定も出来ないね……何しろ、手持ちに材料がまったく無い。もしそうなら、そんな立場のソニア王女をこちらに輿入れさせるとはどういう了見だ、という話になるけれど」

と、そこまで言ってアルトゥルは、はっとした顔になってアルフォンスを見る。

そこには、それはもう素敵な微笑みを浮かべるアルフォンスがいた。その背後に立つ護衛騎士の顔が引きつる程の、いい笑顔で。

『微笑む氷山』

そんな弟の異名が脳裏をよぎり、思わずアルトゥルはゴクリと喉を鳴らしてしまう。

「ええ、その通りです。そして王女が期日通りに到着していないこの状況で、もしもこちらの推測通りであれば……更にむしり取るチャンスではありませんか」

「それは、そうだけど。しかし、そこまで狙うなら、確かにマクガイン卿一人では荷が重すぎるな。……まさか、ここまで狙っていたのかい？」

「まさか、いくら私だってこんな状況は予測出来ませんよ。ソニア王女が輿入れすると決まって調べ出してからは、色々画策を始めましたが」

「で、その収穫のために乗り込もう、というわけかい。……私個人の感情としては行かせたくないけれど、王族としては止められないというのが正直なところだよ」

そこまで言うと、アルトゥルはふぅ、と溜め息を零した。

現在、第一王子関連のトラブルのせいで国王も寝込んでおり、アルトゥルとアルフォンスで国を回しているような状態。

兄であるアルトゥルは事実上の国王代理として判断しなければならず、その視点で言えば、アルフォンスを行かせることは間違いではない。

むしろ、再びの戦争によって浪費される金や資材、何より兵員のことを考えれば、行かせるべきですらあるかも知れないのだから。

「ご心配ありがとうございます、兄上。ですが、私とて勝算があってのことですから」

「わかってる、それはよくわかってる。……君が敢《あ》えて外に出て事を為《な》そうとしていることも」

物言いたげなアルトゥルへと、アルフォンスは微笑みを返すばかり。

第一王子失脚の影響で、降って湧いた王位継承問題。

王位に就くつもりのないアルフォンスは、戦争を含む外交、外向きの仕事に積極的に取り組んでいた。

内部を安定させ維持することに長《た》けたアルトゥルと、外向きに策略を駆使するのが得意なアルフォンス。

実際の能力、性格的にも王国の主柱がアルトゥルであるのは間違いなく、アルフォンスはその剣を自認しているのだとより一層強く印象づけるために国対国の最前線に出て行くようなことばかりしているわけだ。

そしてそのことをアルトゥルも理解しているし兄としての感情は複雑なのだが、国のことを考えれば止めることも出来ないでいる。

今回も、やはりそうで。

アルトゥルは、もう一度溜め息を吐く。

「わかった、そういうことならば了承しよう。だが、シルヴァリオ王都に入ったら出来るだけ早くマクガイン卿と合流すること。それから、彼の傍《そば》を離れず、油断しないこと。これが条件だ」

「もちろんです、兄上。というか、今回のこれはあいつ頼みなところがありますからね」

頷きながら、アルフォンスは微笑みの温度を変えた。

「何しろアークときたら、仲間を守るとなったら世界一頼りになりますから」

驚くアルトゥルは、上手く言葉が返せない。

そう言って笑うアルフォンスは、年相応で楽しげな顔だったものだから。

そのことに、当の本人だけが気付いていなかった。

◆◆◆◆

色々とよろしくない憶測の裏付けとなってしまう情報ばかり集まった後、俺達はシルヴァリオ王都へと入った。

情報共有と状況の確認をせねばと王城へと向かえば、先触れのおかげか、さほど間を置かずに国王と謁見出来ることに。

悪名高い俺とすぐに会うということは、向こうも事態を重く見ている？　向こうにとっても想定外の事態？

少なくとも、明確に表立って我が国と敵対するつもりはない、ということだろうか。

その俺の推測はさほど外れていなかったらしい。

国王だけでなく上位貴族も集まった謁見の間は、困惑の空気に包まれていた。

外交儀礼として最低限の挨拶をした後に状況を語り、それが確かなことであることをシルヴァリオの騎士が証言すれば、ますます困惑は深まっていく。

「状況はわかった。しかしマクガイン卿よ、確かにソニアは出立しているのだ」

「なんですって？」

国王によれば、確かにソニア王女は予定の日に間に合うよう出立したらしい。

しかし、隣の宿場町にすら目撃情報はなかった。

ついでに言えば、その宿場町と王都の間はこの国の街道でも一番治安がいい部類で、実際殺伐とした空気はなかった。

もしも王女一行が襲われでもしたら、間違いなくその雰囲気は何某かの形で残るはず。

「そうなると、王都の中で行方不明になったということになりますが」

「それこそありえない、馬車が襲われでもすれば、すぐに衛兵が駆けつけるし、報告も上がってくるはずだ」

うん？　何だ、今何かが引っかかったぞ？

国王が言うことはもっともなはずなのに、何か違和感があった。

それが何かはっきりしないが、覚えていた方がいい気がする。

それはそれとして、このままでは何の手がかりもないことになってしまう。

「陛下のおっしゃることを疑うわけではございませんが、念のため出入りの記録などを確認させていただけませんか？」

「本来ならば不敬と咎めるところであろうが、そんなことを言っている場合ではないな。構わん、機密に触れる可能性があるため、許可は取ってもらうことになるが。アイゼンダルク団長、許可についてはー任する」

「かしこまりました」

恭しく頭を下げた壮年の男は、ボリス・フォン・アイゼンダルク伯爵と紹介された。

焦げ茶色の髪に同系色の瞳、鼻の下に端整な髭《ひげ》をたくわえた三十代くらいの紳士然とした身なりなのだが、よく鍛えられた体つきをしている。

ふと、顔を上げた彼と目が合った。

……出来る。

どうやらお飾りの団長様でなく、実戦経験も豊富な様子。目の力や纏う雰囲気は、戦場をよく知る人間のそれだ。

こんな状況でなければ手合わせを願いたいところだが、そんな場合じゃない。

っていうかこれは、俺に対する牽制《けんせい》もあるな。万が一俺が暴れても抑え込めるように、と。

まあそれくらいの用心は当然か、なんせ俺は要注意人物だろうから。

それはともかく。

立場と能力を考えるに本来は忙しいであろうアイゼンダルク卿を伴って、俺はまず城門の入退場記録を見せてもらったのだが。

「……王家の馬車が出た記録がないのですが？」

「なんだと⁉」

俺が言えば、慌ててアイゼンダルク卿はその記録簿を俺の手から奪い取り、目を皿のようにして読んでいく。

幾度も幾度も読み返し、それでもやはり記録が見つからなかったらしく、愕然《がくぜん》とした顔でこちらを見た。

いや、そんな顔でこっちを見られても困るんだが。

「こ、これは一体どういうことだ⁉」

「聞きたいのはこっちですって。どう考えても、ソニア王女殿下が出立されていない証拠に他ならないと思うのですが」

案外精神的には脆《もろ》いのか、完全に予想外だったのか、アイゼンダルク卿の狼狽《ろうばい》っぷりったらない。

それでかえって俺は冷静になったりしているのだが、しかし、ほんとにどうしたもんだこれ。

と、俺達のやり取りを聞いていた門番の一人が声を掛けてきた、

「あの、ソニア殿下でしたら、お出になる時は王家の紋章がついた馬車はお使いになりませんから、そのせいではないでしょうか」

「「は⁉」」

俺と騎士団長の声が、綺麗《きれい》にハモった。

話を聞けば、ソニア殿下は紋章入りの馬車の使用を姉姫だか王妃だかから禁じられていたらしい。

その事情は門番達の間では情報共有されていたのだが、最上層部である騎士団長のアイゼンダルク卿までには情報が上がっていなかったようだ。

「あ、ほら、これですよ。いつも通り御者一人と侍女一人をお連れになって」

「「はぁ⁉」」

また、俺と騎士団長の声がハモった。

なんで王女がそんな少人数で……あ。

「それだ、それか、さっきの違和感は！　王都の中で、王女の馬車が襲われる可能性がある前提で陛下は話をしてたんだ！　護衛がしっかりついていれば、そんな可能性はほぼないってのに！」

「あ、あああっ⁉」

俺が思わず大きな声で言えば、思い当たるところのあった騎士団長は悲鳴のような声を上げ……門番は、きょとんとした顔をしている。

そう、多分彼らからすれば、知らなかったのか？　だとか、今更？　だとかそんなところなのだろう。

彼らは大半が平民、あるいは身分が高くても男爵家の次男三男だとかだから知らないのも無理はないが、御者と侍女だけで出るなど、少なくとも子爵家の令嬢ですらありえない。

まして王女となれば、最早《もはや》あってはならないこと。

だというのに、どうやらそれは常態化していたらしい。

「なんで騎士団長がご存じないんですか……いや、管轄が違うのですか？」

「ええ、王家の護衛に関しては近衛が一手に……あいつら、一体何をやっているんだっ」

憤懣《ふんまん》やるかたない騎士団長は、がしがしと乱暴に頭を掻《か》く。

こんな酷《ひど》い状況を知って怒りと混乱で頭がいっぱいだろうに物に当たったりしない辺り、大分理性的な人だな、この人。

その人ですらこんだけ取り乱すってことは……本当に何も知らなかったんだ。

派閥だなんだはどこの国にでもあるもんだし、彼が把握出来ていなかったことは仕方がないのだろう。

ただ、そのせいで一人の年若い女性が行方不明になっているのは大問題なんだが……今はその責任が誰にあるかを追及している場合じゃない。

無事だろうか。無事であってほしい。

心配だが、心配しているだけではどうにもならない。

「日付は……確かにこれは、順調に行けば余裕を持って国境に着ける日付ですね。それで、御者一人、侍女一人の計三人……荷物は、目立つ程多くない、と。この日、輿入れのために出立されたのは間違いないようです。ほとんど身一つの状態で、ですが」

「なんと、なんということだ、これは……これでは、ソニア殿下はっ」

御者と侍女が超人的に強い可能性もあるが、そうでなかった場合、今の治安が悪化している街道をこの少人数で進んで何かあった可能性は低くない。

何より、調査に引っかからなかった理由も明白になった。

俺達は王家の馬車を探していた。

だが、ソニア王女はそんなものを使っていなかったのだ、目撃情報があるはずもない。

つまり、調査は一からやりなおしだ、最悪なことに。

「違和感はもう一つ。陛下は、門を出ただとかの中間報告を受けていない。むしろあの様子だと、そもそも中間報告をさせていない可能性すらあります。アイゼンダルク卿、まずは王都の門の出入り記録を確認させていただきたい。それから、王女殿下がお輿入れの際に嫁入り道具としてお持ちになったもの、随行員の記録を拝見したいのですが」

「確かに、それらの情報があれば道中の街での聞き込みもしやすいでしょうから……急ぎ手配しましょう」

驚愕《きょうがく》から立ち直ったらしいアイゼンダルク卿が頷けば、部下へと指示を出し始める。

ゲイル達部下はこの国の騎士と共に王都の門の出入り記録の確認。

一番身分が高く外交特使の権限を持つ俺は、王城内でアイゼンダルク卿と共に各種記録を調べていった。

そうして、まずは王女の足取りを中心に調べたのだが……。

「王女殿下の馬車が、街道に続く門を出たことは間違いない、のですが……」

「これは、流石に、ちょっと、なぁ……」

門から出た、こちらに向かう意思はあった、と確認出来た。

つまり、条約を守ろうとした意思は確認出来た。それはいい、んだが。

「積み込まれた荷物……王女殿下の輿入れどころか、貴族令嬢の小旅行としてもどうなんだって感じですね、これ……」

「随行員も門番の言っていた通り、御者と侍女一名ずつ。以上。なんですか、こちらの王家は意図的にソニア王女殿下を不慮の事故に遭わせたかったんですか？」

冷静に、冷静に。

そう自分に言い聞かせないと、言葉に毒が滲《にじ》み怒りが漏れ出しそうになる。

あまりに、酷い。

たったこれだけの荷物しか持たされず、供も連れず。

道中で野垂れ死ねと言わんばかりのこれらの指示は、王妃のサイン入りで出されていた。

これらの調査結果を見せられたアイゼンダルク卿の顔が怒りと失望で歪《ゆが》んでいたのも当然だろう。

今回の輿入れに、彼は直接的には関係していない。

それでも責任を感じているのだろうし、こんな状況をのさばらせていた近衛の連中にも、それを知らなかった自分にも怒りを感じているのだろう。

「これでは、王女殿下には条約履行の意思はあったが、王家にはなかったのではという疑念が拭えません。追加で調査させていただかねば、これで終わりとはとても言えない」

「ええ……こちらとしても、最大限協力致します。存分にお調べください」

このままでは条約不履行に問われる、と脅せば城内の根回しもしやすいし、この際に大掃除をしましょうとアイゼンダルク卿は笑みを浮かべた。

……俺でさえ肝が冷える、いい顔で。

やっぱこの人と一度手合わせしたいもんだが、それは全部が片付いた後だ。

何を差し置いても、ソニア王女殿下を見つけなければ。

まずは、馬車や王女殿下、御者や侍女の特徴を共有した上でゲイルをリーダーとするブリガンディア・シルヴァリオ両国の混成部隊が街道を追いかけていくよう手配。

彼女らの特徴だけでなく、出立した際の状況、万が一のことがあれば条約不履行で戦争が再開される恐れすらあることを共有したおかげか、彼らはこれ以上なく士気高く出立していった。

それを見送る間もなく俺は、団長の協力の下、ソニア王女殿下がどんな状況に置かれていたかを調べた。

調べなきゃ良かった。

いや、彼女の名誉のためには調べて良かったと頭ではわかってるんだが、感情が言うことを聞いてくれない。

「貴国では、これが王女殿下に対する扱いなのですか……？」

「いや、こんなことはあってはならないことです」

「しかし、実際に起こっていた。あってしまっていた」

ソニア王女の扱いは、酷いものだった。

三人の王子、三人の王女と子供の数が十分だったところで予定外に側妃が産んだ末の姫。

将来的に背負わされるであろう責任も軽い分、扱いが軽くなるということはあるかも知れない。

もしかしたら、最初ちょっと扱いが良くなかっただけ、だったのかも知れない。

だが、いつしか彼女は軽んじられていった。それも、家族からも使用人達からも。

例えば、彼女だけいつからか食事を同じくしていなかった。それだけでなく、内容も数段落とされ使用人のそれと大差ないものだった。

王女の身分である幼い少女が自室で一人、使用人と同じような食事を摂《と》らされる。

一体、どんな気持ちだっただろうか。

そういった物理的なことだけでなく、精神的な領域でもそう。

付けられた教師達は、彼女に対して手抜きの授業をしていた。

適当に報告をしても咎められず、手を抜いても同じ給料、というのであれば徐々に手を抜き出す人間もいるだろう。

むしろ、そういう人間ばかりあてがわれていた節すらある。

そんな扱いを見ていた使用人達も、少しずつソニア王女の世話から手を抜き始めた。

そして、誰もそれを咎めなかった。

親である国王も、腹を痛めて産んだ側妃すらも。

……これは、男である俺の幻想が過分に入っていることは認める。

だが、理解出来なかったし、認めたくなかった。

側妃にとっては自身が産んだ第二王子が王位に就けるかどうかが一番重要で、政略上大した意味のないソニア殿下には興味がいかなかったらしい。

ふざけるな、と叫びそうになった。

いくら王族だと言っても、それでも人の親かと。

子供がいないどころか独身である俺ですらそう思ったのだ、既婚で子持ちのアイゼンダルク卿など、血管が何本か切れそうなほどに顔を真っ赤にしていた。

せめてこの人がソニア王女と直接関わる立場だったなら、と思わずには居られない。

そんな親の姿を見ていて、子供達、つまりソニア王女の兄姉が勘違いをするのも自然な流れ。

『この子はいじめても問題ない、何も言われない』と理解した時の子供の残酷さってのは、貴き身分であろうと変わらないらしい。

特に、王妃が産んで年も近い第三王女は、側妃が産んだソニア王女に強く当たっていたようだ。

これで彼女が自分の立場に気付かないで居られるくらい愚鈍であれば、まだ幸いだったかも知れない。

だが、残念ながらそうではなかった。それどころか、逆だった。

「王女殿下は、本当に聡明《そうめい》な方で……いい加減に教えられたことでも、ご自分でお調べになってきちんと習得なさっていて……」

数少ない、ソニア王女付きだった侍女が涙ながらに言う。

ぞんざいな仕事の使用人が多かった中で、彼女やソニア王女殿下に付いていった侍女は誠心誠意彼女に仕えていたらしい。

彼女に言わせれば、ソニア王女はそれに値する姫だった、と。

「ご自身がお辛《つら》い立場でらしたというのに、常に穏やかで、私どもにもお優しく……微笑みと気遣いの絶えない方でございました」

そう聞いた時には、心から驚きと、敬意のようなものを覚えた。

恵まれている時に優しく出来る人間はそれなりにいる。腐っていく人間もいるが。

だが、辛い時に優しく出来る人間など、そうそういるものではない。

なのに、ソニア王女はそうしていたのだ、年端もいかぬ幼い頃から。

どれだけ心が清ければそんなことが出来るのか、と不思議に思ったのだが、それは調査が進むにつれてわかった。

聞けば聞く程、ソニア王女は穏やかで優しく、常に微笑んでいるようなお姫様だった。

そう、微笑みを絶やさないでいた。

心からの破顔は、一度もなしに。

それを理解した時、胸が痛かった。いや、今も痛い。

彼女は、一度でも心から幸せだと、楽しいと思えたことはあったのだろうか。

答えなど返ってくるわけもない問いが、俺の頭の中でぐるぐると回る。

確かに彼女は王族の生まれだ、国に奉仕するための存在だ。

貴族である俺だってそうだ、王族である彼女はより一層そうであることを求められるのは当然だろう。

だからって、これはない。

いくらなんでも、これはないんじゃないか？

彼女は、諦めていたのだ。己の幸せだとかそういったものを。

だから他人のために微笑むことは出来ても、自分のために笑うことはしなかった。出来なかった。

そう思い至った時、俺は泣いた。

なんでだ、なんで、こんな年若い少女がそんな思いをしなきゃいけなかったんだ。

問うても、誰も答えを返してはくれない。

誰も答えを持っていないのだから。

思い知った程度でしかない第三者の俺ですらそう思ったのだ、当事者であったソニア王女はどれ程の絶望を感じていただろうか。

もう、誰にもわからない。王女付きだった侍女であっても。

それでも、きっと絶望しきってはいなかったのだろう。

「時折外に出られては、花や香草を持ち帰って、ご自分で香水を作られたりしていたのです。こちらに残っているのが、それでして……」

そう言いながら侍女が示してくれたのは、香水の瓶としてはシンプルなもの。

ドレスや宝飾品もろくに購入出来なかった彼女の心の慰めが、自作の香水だった。

なのに、その香水すら一本二本程度しか持って行くことを許さなかった王妃や第三王女ってなんなんだよ。ほんとに人間か？

そんな扱いで王都の門を通ることになった彼女の気持ちは、どんなものだったのだろうか……最早知ることは出来ない。

重苦しい空気の中漂う、場違いな程に明るく爽やかな香りは、どうしようもなくもの悲しかった。

＊＊＊

ソニア王女のことを知れば知る程に深い水底へと沈み込んでいくような気持ちになりながら、数日。

次から次へと集まってくる物証に、俺は一つの確信を持っていた。

彼女は、ソニア王女は、自分を蔑《ないがし》ろにしていた王家へ、周囲の人間へやり返す機会を窺《うかが》っていたのだ、と。

きっと、もう少しだけ周囲が彼女に優しければ、そんなことを考えずに済んだのだろう。

少ないながらも、彼女の味方はいた。

それが、もう少しだけ多ければ。彼女の尊厳を踏みにじらない程度の扱いをしていれば。

だが、そうはならなかった。

ならなかったんだ。

だからって、この話はここで終わりじゃない。

終わらせるわけがない。

けれど、悔しいが幕を引くのは俺じゃない。

「アルフォンス殿下、まさかご足労いただけますとは」

固めるべき証拠や証言が十分になったところで、俺の上司の上司である第三王子アルフォンス殿下がシルヴァリオ王都に到着した。

恐らく来るんだろうとは思っていたが、本当に来るとはなぁ……もうちょい自分ってものを大事にしてほしいとこなんだが。引き留めたかったであろうアルトゥル殿下や護衛騎士達の心的疲労には同情せざるを得ない。

多分俺以上にその心的疲労をわかる奴はいないだろうからな！

そして、そんな内心を顔に出さないことには長けているつもりなんだが、多分殿下にはバレている。もう、それはそれで仕方ない。この人相手に勝てるつもりでいる方が無駄な足掻《あが》きってもんだ。

それよりも今は、実務を優先すべきだろう。

「ご苦労だったね、アーク。これが、今まで集めた資料かい？」

殿下がここまでくる間、部下達を使って出来る限りの中間報告はしていた。

それらを踏まえて、今ここにある資料の意味を殿下は察してくれたのだろう。

だから俺は、ゆっくりと頷いた。

「はい、こちらのアイゼンダルク伯爵にご協力いただきまして集めた資料にございます。……俺の意見は今は言いません。まずは先入観なしにご覧ください」

「なるほど、わかった」

アルフォンス殿下は軽い口調で頷き返してくると、すぐに資料へと目を通し始めた。

まずはざっと概要を摑《つか》むために流し読み。膨大な資料をあっという間に横断したと思えば、重要であろうポイントへと戻って精読を始める。

……つくづく恐ろしいのが、多分最初の斜め読みで概要をほぼ完璧に摑んでるだろうってこと。

殿下がじっくり読み直してるのは、俺としても重要だと思っていたところ。

それを、あんなざっくりした斜め読みで捉えてるんだから、ほんと恐ろしい。多分情報処理能力が俺とは根本的に違うんだろうな。

そして、時間にして三十分も経ってないかくらいで殿下が顔を上げた。

「アーク、既にこの資料が先入観まみれじゃないか？」

「否定はしませんが、肯定もしません。言い逃れのしようがないくらいに酷い連中か、心から王女殿下に同情的な侍女や侍従のどちらかしかいませんでしたから」

「それはそれは……ってことは、この資料は大体鵜《う》呑《の》みにしていいってことか」

「俺が殿下相手に誤魔化《ごまか》しなんてするわけないでしょ、バレるに決まってんだから」

思わず、学友時代の気楽な口調が顔を覗《のぞ》かせてしまう。

いかんな、思ってたよりも気が張っていたらしい。

それが、殿下が来たことでちょっとばかり緩んでしまったんだろう。

「ま、アークは大体顔に出るからね。自分では隠してるつもりなんだろうけど」

そのせいか、殿下もちょっとばかり砕けた口調だ。

……あ～、くっそ。

それにちょっと安心しちまった辺り、俺はまだまだ未熟らしい。

資料を読んで、アルフォンス殿下が虫も殺さないような悪意の欠片もない笑顔をしている。

ってことは、相手はもう逃げようがないってことだ。

だからって、まだまだ敵地の中ではある。むしろこれからが本番だ、気を抜いていい瞬間なんてない。

俺は、ゆっくりと息を吸って。

それから、体中の疲れや緩みを、吐く息に乗せて身体の外へと追いやる。

もちろんそれは観念的なもので、実際に効果があるわけじゃない。

だが、それで緩みかけた俺の身体は力を取り戻す。

そういうふうに鍛えているからだ。

「わかりました。顔色を殿下に読まれるのはいいですが、シルヴァリオ側に見抜かれてはいけませんからね。気合いを入れ直させていただきます」

我ながら、キリッとした顔を作れたと思う。

そんな俺を、アルフォンス殿下はしばし見つめ。

「え、どうしたの、何か悪いものでも食った？」

「やる気出しただけでその言い草は、流石にないんじゃないですかね⁉」

思わず声を上げてしまったんだが。

悔しいが、落ち着きを取り戻したのもまた事実だった。

そして、資料を読み込んだアルフォンス殿下は、流石の一言だった。

「以上のことから、貴国は邪険に扱っていた姫君を、これ幸いとばかりに我が国に押しつけようとしたと考えられます。異議はありますか？」

するりと喉元にナイフを滑り込ませるような、静かに鋭い口調で問いただす殿下。

学生時代からの付き合いだから、彼が情にほだされたとかではないことはわかっている。

国を、条約を軽んじられた。そのことに憤っているのだ。

なんせ、邪魔者の厄介払いに使われたような形だからな。それも、向こうが敗戦国側だというのに。

ああ、ついでに色々と利用出来そうだってのもあるんだろう。

「異議がないのであれば、それはそれで結構。随分と舐められたものだと判断するだけのことです」

「お、お待ちあれ！　決して貴国のことを侮ったわけではないのです！」

慌てて隣国の国王が言い訳を口にする。

きっと、ソニア王女には尊大な態度で接していたであろう彼が。

その彼が俺と同い年であるアルフォンス殿下に下手に出ているのだ、ざまぁみろという気分になると思っていたのだが。

全然、そんなことはない。

むしろ、虚《むな》しい。

あれだけソニア王女をぞんざいに扱っていた国王が、王妃が、力関係が上であるアルフォンス殿下に対してはこうもへりくだるものかと、情けなくすらある。

こんな連中のために、ソニア殿下はその身を差し出し、道中で儚《はかな》くなってしまったのか？

あまりの理不尽さに、腸《はらわた》が煮えくり返りそうな気持ちになる。

だが、そんな俺の感情……いや、感傷で物事を左右するわけにはいかない。

まして今や、第三王子殿下が出張ってきたのだから。

「では、何故《なぜ》他の王女でなく、十分な教育も身だしなみも与えていなかったソニア王女を私の婚姻相手にと申し出られたのか？　第二王女も第三王女も未婚でいらっしゃるというのに」

声の温度を急降下させながら、アルフォンス殿下は問いを重ねる。

ちなみに、年齢で言えば第二王女が三歳差、第三王女が五歳差と、よっぽど釣り合いが取れているのだから、あちらはぐうの音も出ない。

あまりの酷さに深入りした結果、ソニア王女の部屋の惨状にまで至ったのは、俺だ。

侍女の部屋よりも狭い部屋、茶会だとかに使えそうなドレスが二着しか無かったクローゼット。

そのドレスも、明らかに十七歳となったソニア殿下に合うものではなかった。

調べてみれば、十三歳以降、彼女は夜会にもお茶会にも出ていない。

だが、予算は消化されていた。姉姫や使用人達のために。

つまり、横領が常習化していたのだ。

それ自体は国内事情だ、俺達がどうこう言う筋ではない。

感情は別として。

だが、そうやって蔑ろにして、まともなドレスの一着も持っていない王女をうちの第三王子の婚姻相手にふさわしいと送りつけたのならば話が変わってくる。

いや、送りつけるどころか行ってこいと放り出したのが実情だ、国としてはどれだけ馬鹿にしてるのかと憤るところである。

だから、こうして夫となるはずだったアルフォンス殿下が乗り込んできているのだが。

……何故《なぜ》だか、そう考えたところで、胸がチクリと痛んだ。

そんな俺の感傷など無関係に交渉は進む。

……交渉、というか一方的な言葉の暴力になっているような気がしなくもないが。

「更には、この携行した荷物の量と内容。これはつまり、嫁入り道具は持たせない、必要なものは我が国で全て用意しろと言外に要求しているようなものですが、いかがか？」

「ち、違うのです、後から送ろうと……」

「ソニア殿下が出立されてから、はや一カ月を過ぎております。ですが、その後から送ろうとしたという荷物は用意されていないようですが？　それとも、あのろくなものが残っていない部屋から送ろうとしていた、と？」

アルフォンス殿下の言葉に、また胸がうずく。

そう、調査をしていたうちに、もう一カ月が過ぎている。

これだけ時間が経ってしまっていて、ソニア王女が無事でいる可能性など毛ほどもないだろう。

というか、最早絶望的と言っていい。

ちなみに、手配していたはずの嫁入り道具予算は、侍従長だとかに使い込まれていた。

ここまで両国の関係を拗《こじ》らせてしまったのだ、恐らく連中は軒並み極刑となることだろう。

「そうやって放り出された王女殿下の消息は、国境を前に途絶えております。あなた方は、そんな致命的なことすら我が国が調査するまで知らなかったのですよ。条約を真摯に履行しようとしていたとはとても言えない状況だと言わざるを得ません」

宣言するように響き渡る声を聞いて、俺は肩を落とす。

ただでさえ最悪な状況だが、更に最悪なことに、行きしなに俺が見かけた襲撃後と思しき馬車が、ソニア王女の乗っていた馬車だったと判明したのだ。

一カ月以上経っていれば痕跡だとかも風に飛ばされていたのでろくな現場検証も出来ず、追跡することも出来ず……完全に手遅れだったのは間違いない。

もちろん、そのこと自体はとっくに知っていた。何しろ調査の指揮を執っていたのは俺なのだから。

だが、改めて公式の場で言われると、心に来る。

公式に、彼女の死が認められたようなものだから。

だからって、落胆しているわけにはいかない。

「これらの調査結果を基に、こちらとしてはそちらの不履行に対する賠償を請求させていただきます」

シルヴァリオ側が反発しそうな発言の瞬間、俺は最大限に警戒し。

……それは、徒労に終わった。

見れば、シルヴァリオ王国の騎士団長、アイゼンダルク卿がこちらへと小さく頷いてみせている。

きっと、軍部だとか実力行使出来る面々を掌握しきったから安心しろ、ということなのだろう。

終わった。

この国で、俺が出来ることは、終わった。

きっと、この国は前までよりも少しだけいい方向に行くのだろう。

それはもしかしたら、アルフォンス殿下の手腕によって呑《の》み込まれるという形を取るのかも知れないが。

ただ、そこにソニア王女殿下はいない。

彼女だけが、いない。

そのことがどうにもやりきれなくて、しかし隙を見せるわけにはいかなくて。

俺は、ただ溜め息を吐くしか出来なかった。

＊＊＊

こうして、俺がソニア王女に対して出来ることは終わった。

そんな俺の失意をよそに、交渉は進む。世界は回る。

結局、過失とはいえ相手国の条約不履行となったので、そこを足がかりにしてアルフォンス殿下は、元々の停戦条件で支配権を得ていた領地に加えて複数の地域を獲得。一部地域に対する関税優先権を手に入れた。

……シルヴァリオ側からしたらそれらの地域は大した意味がないように見えていたようだから、割とすんなり話は進んだ。

その地域の意味を教えられていた俺としては、ほんと恐ろしいなこの王子、と思わずにはいられなかったんだが。

更に、王家に対してはその個人資産からの賠償金を請求、払えない分はドレスやら宝飾品やらの差し押さえを実施。

ソニア王女の予算をちょろまかして随分と贅沢していた姉姫達からは特にこってり搾り取らせてもらったし、それでも足りなかったから今後毎年の予算から支払ってもらうことになる。

これで十年はまともにドレスを作る事も出来ないはずだ。

ほぼこっちの要求をそのまま通せた形だというのに、終戦直後の敵地で行われた交渉としては、例を見ないほど平穏に終わったと言って良いだろう。

もちろんそれは、騎士団長アイゼンダルク卿の密《ひそ》かな助力があったおかげだし、俺がかき集めた資料の力もあったと自負もする。

最後に美味《おい》しいところを持っていった形になっているアルフォンス殿下だって、事前に色々とシミュレーションしていたから、ああも完膚なきまでに言葉で叩き伏せることが出来たんだろうし。

だからこれは、俺達の勝利と言って良い。アイゼンダルク卿含めて。

戦略上の話をするなら、彼をこちら側に取り込めたのは極めて大きいだろう。

そしてそれは、俺の功績と言ってもいいかも知れない。

だが俺は、それを誇る気になんてなれやしない。

結局それは、いなくなったソニア王女殿下の功績と言うべきものなのだから。

なのに、ある意味で最大の功労者である彼女はもういない。

それが、俺の心にどうしようもない影を落とす。


そのせいか、どうにも溜め息が増えたなと自覚した、諸々が片付いた頃。

「アーク、お前ここのところ働きづめだったろ？　しばらく休め」

アルフォンス殿下が、俺に休みを取るよう勧めてきた。

それを聞いた俺は、もちろんこう答えた。

「え、明日は雪が降るんですか？　それとも槍ですか？　殿下が俺に休みを取らせようだなんて」

「ほんとに槍を降らせてやろうか、この野郎」

俺が聞き返せば、殿下が王子にあるまじき言葉遣いでジト目を返してくる。

あ、まじなんだ。本気で俺を休ませようとしてるんだ。

そのことに、俺は心の底から驚いてしまう。

「え、殿下がそんな、部下を心配するようなことなんて」

「待て、私はこれでも部下の限界を見極めた上で使ってるつもりだぞ？」

不本意だ、とばかりな殿下の顔を見て、俺は一層驚愕した。

あの殿下が、使い潰すつもりはなかったと言っている⁉

いや、しかしだな。

「待ってください、それじゃまるで、俺がどんだけ酷使しても壊れないみたいじゃないですか？」

「実際壊れてないし、感情を失ったりもしてないじゃないか」

あっさりと返ってくる答えに、俺は肩を落としそうになる。

……いや、実際、なんだか肩が重い。

「だけど、今回ばかりは別だ。敵地でずっと気を張っていたんだから、自分で思ってるよりもずっと疲れてるんだよ、お前は。それでもそれだけ言い返せるのは流石だけどさ」

そう言ってくる殿下の声も顔も、いつになく優しい。

嘘《うそ》だろ、殿下そんな顔出来たんだ。

じゃない。そんな顔させるくらいやばく見えるのか俺。

いや待てよ。

「お待ちください殿下、俺よりも先に」

「ああ、ゲイル達には既に特別休暇を与えてるよ。お前が休まなかったら、むしろ彼らもゆっくり休めないんじゃないかな」

「なんですと……」

俺が気に掛けたことになど、とっくに殿下は手を回していた。

こういうところが、傍若無人な無茶振り大王に見える彼の元から人が離れていかない所以《ゆえん》なのだろう。

……俺含めて。

「はぁ……わかりました。お言葉に甘えて、しばらく休みをいただきます」

「うん、そうしなよ。というか、この場合はむしろ休むのが義務ですらある、かな」

俺が諦めて承諾すれば、にこやかにアルフォンス殿下は頷き。

ちらり、冷たい気配を漂わせる。

あ〜……つまり、俺が休みから帰ってきたら、更なる無茶振りが待ってるってわけですね？

いやまあ確かに、この状況でシルヴァリオに対して手を緩めるなんてのはありえないわけだが。

そして、シルヴァリオの王城内部を闊歩《かっぽ》して色々見聞きした俺が、その戦略から外されるなんてこともまた、ありえないわけで。

休み明けからは、シルヴァリオ王国を完全に陥落させるまで俺がゆっくり休める日は来ないのだろう。

「休むのが義務だってんなら、もうちょい扱いを良くしてくれませんかね？」

「それは難しいなぁ。お前がもう少し使えない奴なら考えるんだけど」

……くっそ、ずるいなこの人。

こんなこと言われて、やらないわけにはいかないじゃないか。

「はいはい、そんじゃ殿下のご希望に添えるパフォーマンスを発揮するために、しばらくお休みを頂きますよ」

「うん、そうしてくれ。……お前が休まなくてもちゃんと下の連中が休みを取ってるのはいいことなんだけど、やっぱり全体的には、ね」

「ああくっそ、我ながら信頼されてますねぇ！」

なんて口調を荒くしてみせるが、実際部下達がちゃんと休めているのはいいことだ。

こんな命がけの職場、ちょっとの疲労が致命的なことになりかねない。

だから俺はゲイルを含む部下達を積極的に休ませているし、多分あいつらもちゃんと休む時は休めているんだろう。

……で、そこに一人だけ、俺の目が届いてない人間がいたわけだ。

誰あろう、俺なんだが。

「お前は自分が無茶出来る分、部下に対して寛容だからね。まあ、そのせいで自分の疲労には無頓着過ぎるのが玉に瑕《きず》なんだけど……今まで問題にならなかったのがおかしいくらいに。ねえアーク、お前ほんとに人間？」

「失敬な！　俺はれっきとした人間ですよ！　……多分！」

言い切った。つもりだ。

確かにまあ、部下とか他の面々に比べて、追い込まれても身体が動くことが多いっちゃ多いんだが、それでも俺は人間だ。

疲れ果ててれば倒れもする。……滅多《めった》にないが。

「人間だって言うなら、ちゃんと休むこと。普通の人間は、休まないとバテるものだから、ね？」

「うっ……わ、わかりました……」

自分の発言の揚げ足を取られれば、反論のしようもない。

元より、殿下に言われて、自分がまずいくらいに疲れてるらしいことも頭では理解した。……身体ではわかっていないが。

そんな状況で、抵抗しても意味はないのだろう、色んな意味で。

だから俺は、長めの特別休暇を取得した。

＊＊＊

取得したのは、いいんだが。

さて、何をしたものか。

俺には、さっぱりわからなかった。

いや、以前はそれなりに遊んでたんだ、休みともなれば。

ダチと遊びに行ったり、飲んだり、たまには郊外に遠乗りに行ったり。

けれど、大人になって騎士団に入って、アルフォンス殿下の麾下《きか》に入ったと思ったら戦争が始まって。

俺の生活はすっかり軍人のそれとして染まりきっていて、そこから外れた行動がすぐには浮かばない。

もちろん、今までだって休暇はあった。

だが、文字通りの休暇……身体と心を休めているうちに終わるもので、つまりは次に何かするための休息時間でしかなかった。

それは、今俺が手にした色んな意味で自由な時間とはまるで違っていて。

俺は、どうにもそれを持て余していた。

「休み……何してたっけ？」

思い出そうとするも、なんだか頭にもやが掛かったような状態で、思い出せない。

というか……休んでいていいのか？　そんな問いかけが、ふとした瞬間に投げかけられる。

俺は、休んでいてもいいのか？

そんな資格はあるのか？

あの人は、もう二度と自由な時間を楽しめなくなったというのに。

持て余した時間で酒場に入って昼酒をかっくらっていたその時に、そんな問いが頭をよぎって。

俺は、愕然とした。

もしかしたら、普通の状態であれば絶対にしないであろう昼酒なんてものが良くなかったのかも知れない。

あるいは、だから俺の中の枷《かせ》が外れたのかも知れない。

いずれにせよ、俺が塞ぎ込んでいた原因は、それだった。

多分俺は、世界で一番彼女に詳しい男だ。

流石に侍女達には負けるだろうが、男の中では一番と言って良いはず。

侍女達もそれぞれは知らない情報もあるだろうし、それを俺は知っている、とも思う。

そんなどうでもいいことを、誰にともなく張り合うくらいに俺はイカれていた。

それくらい、会ったこともない彼女に。幻のような、陽炎《かげろう》のような彼女に入れ込んでいた。

そのことにようやっと気がついた。

……気付いたせいで、しばらく立ち上がれないくらい腰が抜けたのは勘弁してほしい。

こんな経験、今までなかったのだから。

「嘘だろ、勘弁してくれよ……」

気付いたから、俺は頭を抱える。

なんせ、こんな俺の感情をどうにか出来る術などないのだから。

きっと、始まりは同情だった。

それから、彼女を知る度に少しずつ深みにはまり込んでいった。

彼女の顔も知らないのに。

絵姿の一枚も残されていなかった彼女の顔なんて、俺は知らない。

そもそも彼女は、きっともう、この世にいない。

「彼女に会う術なんて、ないんだぞ?」

会ったこともないのに、きっとすれ違っただけでも彼女のことがわかる自信がある。

なのに、彼女に会う術はない。

いまだに認めることは出来ていないが。

ごちゃごちゃと入り交じる思考を断ち切るように、俺は立ち上がった。

場末の酒場、平日昼間からやっているような店の酒なんざ、混ざり物たっぷりな質の悪いものと相場が決まっている。

悪酔いなのか、それとも俺の精神状態がやばいのか。

どちらでもいい。

どちらでも、いい。

どうでも、いい。

「釣りは要らねぇよ！」

飲んで食った分よりも大分多い硬貨を置いて、俺は外へと出た。

日差しが、眩《まぶ》しい。

「ああ……ちっくしょう……」

誰にとも無く零した罵倒。

きっとそれは、最終的には俺に向けたもの。

もしかしたら。

最初から、俺が王都まで迎えに行っていれば。

現実的でないたらればに頭を支配されながら、俺は重い足を引きずるようにしながら雑踏に紛れていった。

✦第二章✦……さあ、物語を始めよう。

私は、籠の中の鳥だった。

それも、餌やりを時折忘れられる類いの。

シルヴァリオ王国の、側妃が産んだ第四王女。それが、私の身分。

ソニアと名付けられた私は、普通であれば丁重に扱われただろうが、残念ながら生まれたタイミングが悪かった。

王妃殿下が第一王子と第一王女、第三王女を。

側妃殿下が第二、第三王子と第二王女を。

男女それぞれ三人ずつ、十分な数の王子と王女が既にいて、周囲の国とも緊張はあれども大きな衝突はないから政略結婚のコマは足りていた。

国内に目を向ければ、南に豊かな海を抱える我が国、というか王家は王都にある整備の行き届いた港での漁業や貿易で富み、その経済力を背景に国内への影響力は安泰。

後ろ盾はさほど必要でなく、むしろ王女を降嫁させて王家の血を侯爵などの大きな貴族に取り込まれる方が面倒だと考えたのか、私に婚約者があてがわれることはなかった。

そんな立場にあった私の成育環境は、王女としては劣悪なものだったのだろう、きっと。

お茶会など外で着るドレスは十三歳の時に作ったのが最後で、もう何年も作っていない。

忘れ去られたかのようにお茶会にも招待されず、自分で開くことも出来ず。

そういえば、デビュタントも結局していない。

だから、私の顔を知らない貴族がほとんどだし、数少ない私を知る貴族は家庭教師くらいのもの。

その家庭教師も入れ替わりはなく、ずっと同じ人間が担当していた。

それは、別に熱心だったから、というわけではない。

むしろ逆で、適当に教えても十分な給料が支払われる美味《おい》しい仕事だから手放せない、と愉快そうに笑いながら言っていたのをうっかり聞いてしまった。

もちろんそれを聞いて家庭教師を変えてほしいと訴えたのだが、却下された。

後でわかったのだけれど、侍女長とその家庭教師がグルで、家庭教師への謝礼金を始めとする私関連の予算を横領していたから、変えさせまいとあれこれ手を打たれたらしい。

だから私は十分な教育を受けられず、本来自分のために使えるはずの予算も使えずじまい。

親も誰も、大人は頼りにならないと悟った私は、王城内にある図書室に通って一人で勉強をするようになった。

知識を得て、頭を動かして鍛えて、そうすればこの環境から抜け出す糸口になるのではと思って。

少しだけ風向きが変わったのは、ローラが私付きの侍女になってから。

男爵令嬢である彼女が王女である私の侍女になる、というのは正直に言えば異例のこと。

私の姉にあたる他の王女方に付いている侍女達《たち》は、皆伯爵以上の家の者が何人もあてがわれ、第一王女殿下の侍女など侯爵令嬢までいる程。

それに比べて私には男爵令嬢であるローラ一人、というのがどれだけおかしいことか、明白だ。

どうも、やたらと私を目の敵にする第三王女殿下がそう仕向けたらしいのだけれど、結果として私にとってはその方が良かった。

「あんな馬鹿に教わる必要はないですって！」

なんて言いながら家庭教師を追い払い、彼女が勉強を教えてくれるようになった。

男爵令嬢にしては随分知識が豊富な彼女のおかげで私の勉強は一気に捗《はかど》るようになり、家庭教師は働かずに給料だけもらえるようになり、ある意味でwin-winの状況が出来たため、ローラの所業が明るみに出ることはなかった。

若干複雑ではあるけれど私にはメリットしかないし、元々お金の流れはどうしようもなくおかしくなっていたのだ、私の知ったことではない。

開き直ってしまえば、随分と気が楽になったものだ。

それだけでも十分な助けになったのだけれど。

「姫様、たまには外の空気吸わないと病気になっちゃいますよ！」

なんて言いながら、ローラは私を時折外に連れ出した。

第三王女殿下から王家の紋章付き馬車の使用を禁じられていたため、使えるのは使用人達用の質素なもの。

護衛もまともに付けられてないから、かえってそちらの方が人目を引かず良かったのかも知れない。

そしてこの時に御者のトムとも引き合わされた。

「あたしの昔なじみで、まあまあ使える奴ですし、何より信頼出来る奴ですよ！」

「昔なじみっていうか、良いように使われてただけじゃないっすかねぇ」

なんて軽口を交わすのを見れば、二人が気安い関係なのは間違いない。

であれば、きっと信じていいのだろう。

なんて思うくらいに、私はすっかりローラを信頼していた。

そのトムは、随分と陽気な男だった。

「おいらは御者だ〜陽気な御者だ〜」

なんてご機嫌に歌いながら馬車を操る様子は、実に楽しげ。

長い道のりも、気分良く過ごせたものだ。

ただ。

時折、盛り上がってきたのか一層大きな声で歌い出し、オーバーアクションで鞭《むち》を振り回すなんてことがあった。

……多分本人は盛り上がってるふうに見せたかったのだろうけど。

いつだったか、気付いてしまった。

彼が盛り上がってる時に、歌声でわかりにくくなっていたけれど、何かを弾《はじ》く音がしたり風を切るような音がしていたことを。

多分あれは、襲撃だとか狙撃だとかを迎撃していたのではないだろうか。

そしてそういう時に限って私が外を見ないようにローラが誘導していたから、きっとそう。確かめることは出来なかったけれど。

……ということは、ローラも襲撃に気付いていたことになるのだけれど……馬車の中にいて、どうやって……？　多分聞いても教えてくれないだろうから、聞かなかったけれど。

ともあれ、こうして私は、ちょっと理解出来ないレベルで護衛として優秀な二人のおかげで、私視点では安全な外出が出来ていた。

「ああ、この花はこんな色なのね……ふふ、図鑑よりもずっと色鮮やかだわ」

何しろお花なんてもらったことないから知らなかったのよ、とか言ったらトムが泣きそうな顔になるだろうから飲み込んだ。

陽気な彼は、感情豊かな分、涙もろいところがある。

ちなみにローラは、『あ、憤ってるな』とわかる笑顔になるから、やっぱりこんなこと聞かせるわけにはいかない。彼女のことだから、察していたかも知れないけれど。

こうして私は外に出ることを覚え、様々な物に触れて知識と実際の擦り合わせをしていった。

摘《つ》んできたお花で香水を作ることを覚えたのもこの頃。

「いや姫様これ、売り物になりますって！」

とかローラが言い出した時には、流石《さすが》に贔屓《ひいき》の引き倒しだと思ったものだ。

確かに良い出来だとは思ったけれど……他の香水をろくに知らないから、比べてどうかとかわからないのよね。

「それは言い過ぎというものよ。これくらい誰でも作れるんじゃないかしら」

「ほんとですって！　わかりました、じゃあ実際に売ってきますから！」

これがほんとの売り言葉に買い言葉？　とか思ったのは内緒。

まさか本当に売りに行くだなんて……。

どういうツテがあったのかわからないけれど、多めに作った香水を彼女は結構な値段で全て売りさばいてみせた。

おかげでそれなりに纏《まと》まったお金が手に入ったのは助かったけれど。

そうやって資金が出来たところで、私はもう少し遠出をするようにした。

というのも。その頃になると同腹の兄である第二王子殿下から書類仕事を押しつけ……もとい回されることが増えたのだけど、地方貴族の治める領地に問題点をいくつか発見してしまった。

しかし、このことを報告として上げても、第二王子殿下はわざわざ地方まで見に行くような性格ではない。

なので、私が行くようにしたのだ。

もちろん予算は横領されているから、自費で。

実際に行ってみれば、やはり聞くと見るとでは大違い。

書類上よりも軽微だったケースもあったけれど、酷《ひど》かったり深刻だったりするケースの方がやはり多かった。

また、そういう場合だと王家の紋章のない普通の馬車で来たお忍びの貴族令嬢風な私には、遠慮せず本音を話しやすかった様子。

王女相手だったらそれでもまだ体裁を取り繕うとしたかも知れないけれど、そうは見えない子供相手とあって、気も緩んだのだろう。

おかげで待ったなしな現状を見知ってしまった私は、最初に見てきた案件に関して纏《まと》めた陳情書を『第一王子殿下』が処理していた書類の中に紛れ込ませた。

実際にやってくれたのはローラだけど。

まだ比較的まともに仕事をしている第一王子殿下はその陳情をなんとかかんとか処理。

そうしたら、それを知った第二王子殿下が噴き上がった。こちらの思惑通りに。

「あいつに出来たことが、俺に出来ないはずがない！」

とか言い出して。

年齢差に母親の格付けと、重なる不利な条件を覆して王太子になりたい彼は、手柄を欲していた。

なのでそれ以降は基本的に陳情書の類いは第二王子殿下の方に回し、たまにある彼では無理だろうと思われるものは第一王子殿下の方に回して、と差配すれば、まあ片付くこと片付くこと。

何故《なぜ》かそれを見ていたトムが「怖ぇ……姫様怖ぇ……」とか言っていたけれど。

これくらい普通よね？　とローラに尋ねたら、彼女は良い笑顔で親指を立てて応えてくれた。

そういう生活は、私としてはそれなりに充実していて、これはこれでいいか、と思っていた。

王族として生まれた責務を、民に対して果たせているのではないか、と。

その見返りに得られるものはないけれども、それは今更だったし。

ただ、やっぱり私はまだ未熟で隙の多い子供なのだろう。

大事なことをわかっていなかった。

こうやって陳情書を上げるようになっても、地方のトラブルは減らなかった。

そもそも根本的にというか大元の制度や仕組みを変えなければいけなかったのに、対症療法的な対応を繰り返していたのが原因。

例えば水利関係のもめ事が頻発するなら、用水を上手《うま》く分配出来るよう工事をするべきだった、だとか。

おまけに、減らないことが第二王子殿下にとって好都合であるのもよくなかった。

点数稼ぎになるからと、むしろトラブルを誘発させるような真似《まね》まで始める始末。

これで陛下や第一王子殿下が気付いて止めればまだましだったのに、二人は止めようとしなかった。

どうも、問題は起こっているが解決しているからいいじゃないか、という考えだったらしい。

それに、地方のトラブルは王家の収入源である港にほとんど影響を与えなかったから、本腰を入れなかったというのもあるだろう。

……国家の頂点に立つ人間として、もうちょっと大局的な見方をしてほしいと思うのは、求めすぎではないはずだ。

せめて私から進言出来ればあるいは何か変わっていたのかも知れないけれど、私にそんなことが出来るわけもなかった。

ここに、私がもう一つわかっていなかったことも絡んでくる。

私は、自分がやっていたことを何一つアピールしていなかった。それが、良くなかった。

つまり私は、表向きは何もしていないことになっていたのだ。

これで私のやってきたことが知られていたら、いくら家族の情がほとんどない状態であっても話を聞いてはもらえたかも知れない。

けれど、知られていない状態では何か物申してでも取り合ってもらえるはずもない。

だから私は、少しずつこの国の歯車が狂っていくのを見ているしかなくて。

結果、私自身の命運も左右されることになってしまった。


「私が、ブリガンディアに、ですか」

「はい、左様にございます」

唐突に告げられた輿入《こしい》れ。

それは、既に決定した事項として淡々と告げられた。

戦争が起こったことは知っていた。

開戦時は拮抗《きっこう》していたものの、ある時を境に一気に戦況が悪化し、敗戦と言っていい状況で終戦したことも。

結果、急に政略のコマが一つ必要になり、丁度良く私という、どう扱っても良いだろう姫がいた。

それ自体は仕方が無いと割り切れる。

ただ、告げられた形がどうにも納得出来ない。

何しろそれは、国王陛下の侍従から告げられたのだから。

そう。婚姻という重大事項においてさえ、血の繋《つな》がった親であるはずの国王陛下も側妃殿下も直接お話にはいらっしゃらなかった。

これが、私の中での決定打だったのだと思う。

王家の人間として生まれたのだ、政略の道具として使われるのは仕方がないと思う。

そのための心づもりもしていた。そのつもりだった。

けれど、ここまで道具扱いされるとは思っていなかった。

せめて僅かばかりは娘として扱ってもらえるのではないか、と思っていたのだけれど。

その後、出立の日まで、誰も私に会いに来なかった。

お忙しい国王陛下は仕方が無いかも知れない。

王妃殿下やお産みになられた、つまり腹違いとなる第一王子殿下、第一王女殿下と第三王女殿下も仕方ないのだろう。

むしろ第三王女殿下に来られたら困る、まである。

しかし、血の繋がりがある上にそれほど業務の多くない側妃殿下や、私に取って同腹の兄弟である第二、第三王子殿下、第二王女殿下もいらっしゃらなかったのは……かなり、堪えた。

血の繋がりがあろうと、あの人達にとって私は、家族では無かった。

そのことを、改めて突きつけられた気がして。

ならば。

家族でないのならば。

私を道具として使い捨てるつもりならば。

王家に対して私が仕返しをしてもいいのではないか。

そう思った私を、誰が責められるというのだろう。

そして、少し考えればわかることなのだが。

私が今までの扱いそのままで出て行くことが、最大の仕返しになるはずなのだ。

「これであんたの顔を見なくて済むと思うとせいせいするわ！　あ、勝手に荷物を持っていくんじゃないわよ！」

ご丁寧なことにというか好都合なことにというか、第三王女殿下がわざわざやってきて、私が持ち出す荷物に難癖を付けてくれた。

粛々と指示に従い、ついでにそっと記録も残して、私は言われた通り最低限だけにして出ることにした。

まあ、私にとって大事なものを彼女はほとんど把握していなかったので、何の問題もなかったし。

大した量でも無く、さして纏めるに時間の掛からなかった荷物を、やはり第三王女殿下に言われて使っている、紋章なしの粗末な馬車に詰め込む。

侍女のローラに御者のトム、それと私の三人がかりならばそれもあっという間。

二度と戻って来ないつもりの出立だというのに、荷物は小旅行に出掛ける程度しかないのは色々な意味で象徴的だし、私の中に残っていた最後の感傷も綺麗《きれい》さっぱり拭い取られたような感覚にもなろうというもの。

そしていつものように正規の手続きをして王城の正門、ついで王都の門を潜れば後は隣国へと繋がる街道。

不穏な空気は感じつつも、なんとか国境の都市ヴェスティゴの前にある最後の宿場町を越えて。

そこで野盗に襲われた……と思ったのだけれど。

「よ～しあんたたち、良い仕事してくれたよ、ご苦労さん！」

爽やかな笑顔で、侍女のローラが言う。

……ローラ、よね？

普段から快活な彼女ではあるのだけれど、今はなんだか盗賊の女頭領のような貫禄《かんろく》で私達を襲ってきたはずの野盗達を労《ねぎら》っている。

彼女にこの計画を話してはいたし、「私にお任せを」なんて言って色々段取りを組んでくれていたのは知っていたけれど、この馴染《なじ》み具合はなんなのだろう。

そう。この襲撃はローラの仕込みで、私はもちろん御者のトムも無事。

野盗、であるはずの彼らは私達が離れた後に馬車を壊し、襲撃があったように偽装して、その後、ローラから報酬を受け取ってホクホク顔で去って行った。

馬を二頭置いて。つまり、私達に移動手段を残して。

「……なんだか随分手慣れているわね……？」

「ええ、昔取った杵柄《きねづか》といいますか何と言いますか！」

呆然《ぼうぜん》と私が問えば、ローラはとても爽やかな笑顔で答えてくれた。

あ、こっちがローラの本性なんだ、とすぐに理解出来た。

一体昔にどんなことをしていたのか気になったのだけれど、『過去の秘密は女の香水なんですよ』とか名言風なことを言われて誤魔化《ごまか》され、結局いまだに聞けていない。

今度お酒で酔わせてしゃべらせようかしら。

その後は野盗の置いていった馬に荷物を括《くく》りつけ、ローラと私が一頭の馬に、もう一頭にトムが乗って移動。

お迎えが来ているはずの国境都市をそっと通過。

後に大騒ぎになったけれど、反対側、つまりシルヴァリオ王国側にばかり気が行っていたらしく私達を追いかけてくる人達はいない。

「まさか行方不明になったあたし達が、そのままこっちの王都に向かってるとか普通は思わないでしょ」

とはローラの弁。

そして実際その通りだったようで、私達は大した問題もなく隣国の王都に辿《たど》り着いた。

人目を避けるようにしながら転がり込んだのは、ローラが事前に用意していた家。

なんでも、いつかこういうことになるだろうから、と用意していたのだという。

……どうやって国外に用意したのかしら、と疑問に思ったけれど、答えてくれない確信があったから、聞かなかった。

そのタイミングで、私の夫となるかも知れなかった第三王子アルフォンス殿下が出立なさった、らしい。

英俊であると名高い彼であれば、私が残したあれこれから事情を読み取ってくれるに違いない。そうだといいな。

ちょっとは覚悟していたけれど、実際恐ろしいほどスムーズに調査は進んで、民に迷惑を掛けることなく王家への制裁だけで事は収められたのだとか。

そのことには、本当に感謝だ。

「これで姫様の心残りもなくなったでしょうし、気兼ねなく新しい人生を始められますね！」

なんてローラは言ってくれるけれど、残念ながら私はまだ切り替えられていない。

籠の中の鳥から、何者でもなくなった。それ自体は望んだこと。

ただ、その後何者になるのか、そこを考えていなかった。……そもそも、何者にか、なれるのだろうか。

ローラやトムは「ゆっくり考えればいいんですよ」などと言ってくれるけれど、とても申し訳ない。

私だとわからないように髪を切り、染めて平民として溶け込める姿を手に入れたのだから、後は職の一つも見つけて二人に恩返しの一つもしてあげたい。

香水の売り上げだとか、ローラがいつの間にか持ち出していた宝飾品を売ったお金で生活にはしばらく困らないけれど、それにも限りはあるのだし。

けれど、どうしたらいいのかわからない。

何かきっかけがあれば、なんて思いながら王都を歩いていた時だった。

「お、お待ちあれ！　そこのお嬢さん、お待ちになっていただきたい！」

いきなり、すれ違った男性から声を掛けられた。

黒を基調とした服装、黒髪黒目の、狼《おおかみ》を思わせる精悍《せいかん》な顔立ち。

何よりも、真《ま》っ直《す》ぐに私を見つめてくるその瞳の強さ。

私の中の何かが射貫《いぬ》かれ、どくん、と心臓が大きく動いた音がした。

◆◆◆◆

すれ違った瞬間、彼女だと気付いた。

聞いた話では腰の辺りまであったというサラサラストレートの髪を肩の辺りで切り、金色だったのを茶色に染めているのは、市井に紛れ込むためだろう。

服装だってちょっと裕福な平民が着るような服だし、抜けるように白いと聞いた肌も少しばかり日に焼けている。

けれど、それでもわかってしまった。

徹底的に調べた彼女の部屋、そこに残っていたお手製香水の、明るいからこそあの部屋ではもの悲しく感じた香り。

それが、ほのかに香った、気がした。

香りは記憶に結びつく、だなんて言っていた奴がいたが、もしかしたら本当なのかも知れない。

俺の脳裏に、シルヴァリオ王城で見た彼女の部屋と、彼女の置かれた境遇が次々と明らかになって打ちひしがれた日々が蘇《よみがえ》る。

「お、お待ちあれ！　そこのお嬢さん、お待ちになっていただきたい！」

気がついたら、そんなことを言いながら彼女を呼び止めていた。

もし本当に彼女だとしたら、お嬢さんなどと呼んでは不敬にあたるのだが、そんなことは頭にない。

ただただ、この機を逃してはならない、きっともう二度とこんな奇跡は起きない、そう思ったから。

そして、彼女が振り返った。

驚いたような顔は一瞬のこと。

胸元を手で押さえたのはこちらを警戒しての防御姿勢だろうか。

そりゃ当然だ、いきなり街中で俺みたいなガタイのいい男に大きな声で呼び止められたら驚きもするだろうし警戒もしようってもんだ。目つきだっていいもんじゃない自覚はあるし。

さて、なんて言い訳しようか、と頭を回していた時だった。

ある意味流石、と言えるのかも知れない。

彼女の顔から、驚きの色はあっという間に消えて無くなる。

「あの、何かご用でしょうか？」

それからそう言って、彼女は微笑《ほほえ》みを浮かべた。

俺が想像していた通りの、静かに距離を置く笑顔で。

「あ……あああっ、あ、っあ」

途端、意味不明な言葉が俺の口から漏れる。

柔らかで、穏やかで……薄い、しかし不可侵のベールを纏ったような笑み。

彼女はそこにいるのに、遠くにいる。

薄いベールの向こうに、一人でいる。

近づかないように、触れないように……巻き込まないように。

諦めているから浮かべられる、そう推測した通りの微笑みだった。

そう理解した瞬間、俺は慌てて口を鷲摑《わしづか》みにして押さえ、声がこれ以上漏れないようにした。

だが、目は塞げない。

むしろ口を押さえたせいで圧力が増したかのように、ぼたぼたと目から涙が溢《あふ》れ出す。

「あ、あの⁉　だ、大丈夫ですか⁉」

そんな俺を見て、彼女が慌てたように近づいてきて、どうしたものかとオロオロ俺を見たり周囲を見たり。

しかし、いきなり泣き出したガタイのいい黒ずくめの野郎になんぞ近寄りたい人間など居るわけもなく、行き交う誰もがそそくさと逃げるように去って行く。

ああ……そんな中でも彼女は、俺を気遣っているのだろう、この場を去ろうとしない。

なんて優しい人なんだ……俺の中に、何とも言えない温《ぬく》もりが生まれてくる。

「だ、大丈夫、です……いえ、大丈夫じゃないかも知れませんが、大丈夫です」

「あ、あの、大丈夫なのか違うのか、どちらなのですか……？　お、お怪我《けが》、とかではないのです、ね……？」

混乱しながらも視線が動いているのは、俺の手足やらを観察しているから、のようだ。

質問でなく確認口調なのはそういうことなのだろう。

なんて冷静で的確な判断力なんだ……。

いや違う、単に俺が冷静さを失っているだけだ。

二回ほど深呼吸してなんとかある程度気持ちを落ち着けた俺は、改めて彼女へと向き直る。

「本当に、大丈夫です。……何と言いますか、思わず感極まってしまったのです」

「は、はぁ……え？」

俺の返答に、よくわかってないような相づちを返して……すぐに、はっとした表情になった。

さっきまでの微笑みは鳴りを潜めて、こちらへの警戒を滲《にじ》ませながらも刺激しないよう、平静であろうとしている。

……これは、気付かれたな。

恐らく顔見知りなどいないであろうこの王都で、彼女を見て感極まる程に感情を動かされる人間は限定される。

例えば、彼女を捜索していた人間だとか。そこに彼女は思い至ったのだろう、この短時間で。

「あなたと、お会いしたことは……ありません、よね……？」

自身の記憶と照らし合わせながらなのだろうか、探り探りな口調の問いかけに、思い出す。

確か彼女は、シルヴァリオの王城に勤める使用人や騎士の顔を大体覚えていたはず。

そして、この国の騎士であり貴族である俺の顔は、当然彼女の記憶にあるはずがない。

「はい、お会いしたことはありません。俺は、この国の人間ですから」

まずは隣国からの追っ手ではないと開示してみるが、それだけで警戒を解いてはくれないようだ。

まあ、この国の人間だからって彼女に危害を加えないわけでもないからなぁ。

となると、もうちょっと踏み込むしかないか。

「誓って、あなたに危害は加えません。突き出されたくないとこに突き出したりなど、悪いようにもいたしません。少し、話をさせていただけませんか、」

そして、小さく小さく、彼女にだけ聞こえるように呟《つぶや》く。

『ソニア様』と。

しっかり聞こえたらしい彼女は、ぴくっと一瞬だけ肩を振るわせて。

それから、ふぅ、と大きく息を吐き出した。

「わかりました、そこまでご存じなのでしたら……あなたから逃げるのは難しそうですし、ね」

そして浮かべる、先程よりも諦めの色が僅かばかり濃い微笑み。

ああ……もうそんな微笑みを浮かべなくていいようにしたいのに、今の俺には到底出来やしない。

いや、焦りは禁物だ、今出来ないだけだ、きっといつかは。

俺は内心で自分に言い聞かせながら、表には出さないようにこやかに笑ってみせる。

「ご理解いただけて幸いです。あまり騒ぎになってもなんですし」

抑えた声で俺が言えば、彼女はこくりと小さく頷《うなず》いた。

何しろある意味で彼女はお尋ね者だからなぁ……正確には違うんだが。

その辺りの説明もしておかないとな。

そんなことを考えながら、俺は彼女と共に場所を移動する。


「……内密の話が出来そうな場所といえば、現在の住居であるここしかないのですが……」

そう言いながら彼女が案内してくれたのは、平民の住居として一般的な二階建ての家だった。

……いやまて？　婚姻の話が出てから二カ月程度しか経《た》っていないのに、なんでこんな物件に住めてるんだ？

ってことは、かなり前から計画していた……？　だからこんな生活拠点が持てている？

いや、それもそうか、あの環境じゃなぁ……しかしそうなると、彼女の失踪事件はつまり。

俺が色々と考えている間に、彼女がドアノブに手を掛けて半分ほど回したところでコンコン、コンとノック。

ほうほう。

「さあ、どうぞお入りになってください」

「ありがとうございます、では遠慮なく」

先程と同じ、本当に寸分違わぬ程に同じ微笑みを見せる彼女に促されるまま、素知らぬ顔で俺は中に入った。

そして……室内に向けて思いっきり殺気を迸《ほとばし》らせる。

「んぐっ⁉」

「こ、こいつっ⁉」

中には、俺に向かって飛びかかろうとして、強烈な気当たりで出鼻を挫《くじ》かれた二人の男女。

そういえば御者と侍女が一緒だったはずだが、それがこの二人なのだろう。

俺の殺気を受けても一瞬足が止まっただけで油断なく構えていられるんだから、中々の手練《てだ》れだし場慣れもしている。

なるほど、この二人に守られてたのなら、ソニア王女殿下が無事なのも納得だ。

「ローラ⁉　トム⁉」

「あ～……すんません、危害は加えませんが、自衛だけは許してもらえませんか。この二人に同時に来られたら、流石に俺も本気でお相手しないといけなくなりますんで」

いきなり動きが止まった二人に驚いたらしい彼女へと、頭を掻《か》きながら言い訳がましく言う。

いや、まじでこの二人相手に不意打ち食らったら、かなりやばいぞ、多分。

だから全力で殺気を放って動きを押しとどめたわけだが……このままだと俺を警戒したまんまだろうし、色々説明せねば。

「多分、さっきの妙な手順のノックが合図だったんでしょう？　『要注意人物、捕らえろ』みたいな意味の」

「……その通りです。あなたは、一体……」

俺が種明かしをすれば、信じられないものを見るような目でこちらを見る彼女。

いや、化け物じゃないよー、怖くないよー、とか内心で自己弁護してたんだが。

「あんた、まさか、『黒狼《こくろう》』か」

「げ、まじかよ」

と、侍女らしき女が言えば御者であろう男が苦虫を嚙《か》みつぶしたような顔になる。

流石俺、悪い方向に有名人。思わずぼりぼりと頭を掻いてしまったのも仕方ないところだろう。

だがまあ、その悪名も使い方次第、と思いたい。

「確かにそう言われることもあるな。で、その悪名高き『黒狼』がこうして大人しくしてるんだ、危害を加える気がないってのは信じてくれないか？」

そう言いながら、俺は軽く両手を挙げてみせる。

このローラとトムと呼ばれた二人は、どちらかと言えば真正面からの戦闘よりも不意打ちだとかの方が得意なタイプと見た。

そして俺は言うまでもなく正面切っての殴り合いが得意で、こうして相対した状態になってしまえばこの二人であっても問題なく制圧することが出来ると思う。

それはこの二人もよくわかっているらしく、俺にやりあう気がないのなら、と彼らは視線を交わし、小さく頷き合った。

「わかった、あんたの言うことを信じよう。姫様、それでよろしゅうございますか？」

「……ええ、ローラがそう言うのなら、仕方ありません」

ローラと呼ばれた侍女の問いかけに、ソニア王女も頷いて返す。

なるほど、このご一行だと、最終決定はソニア王女だがリーダー的ポジションになるのはこのローラのようだ。

確かにかなり場数を踏んでそうだもんなぁ。なんで王女殿下の侍女なんぞやってるのやら……いや、むしろ、だからか。

「ありがとう、助かるよ。こっちとしてはあくまでも平穏にお話をしたいところだからな」

ひらりと手を振って、俺は礼を言う。

こうして、いきなり手厚い歓迎を受けた俺は、やっと本題に入ることが出来る状況を作れたのだった。

決していい空気ではないが。

ざっくりとテーブルを整えるローラとトムの顔からもそれはわかるし、まあ、当然と言えば当然。

俺の向かいに座ったソニア王女も表情が硬いし。

だからって話を進めないわけにもいかないんで、俺は勧められた椅子に座り、改めて自己紹介をした後に話を切り出した。

「まず、現在ソニア王女殿下は死亡したものとして扱われております。ですから、追っ手の類いはどちらの国からも出されていません」

俺がそう言えば、ソニア王女は少しばかり複雑な微笑みを見せる。

彼女の隣に立っているローラも気遣わしげにソニア王女へと視線を向けた。

ちなみにもう一人、トムは俺の左後ろに立っている。俺が妙な素振りをしたらすぐに突き飛ばすなり出来る位置取りだ。

いやだからほんとに何もしないってば。ってのをここでわかってもらわんとなぁ……。

「俺がソニア王女殿下に気がついたのは、殿下をお迎えに上がった任務の延長でお探ししていたからです」

「それは……私の勝手で、ご迷惑をおかけしまして……」

「いや、それは気にしないでください、お気持ちはわかりますので」

流石に微笑みを消して沈鬱な表情で頭を下げる彼女へと、俺は首を振りながら答える。

……なるほど、俺みたいな子爵風情にも頭を下げてくれるんだなぁ……流石だ。

と感心していたところで、ソニア王女が何かに気付いた顔になった。

「……あの。そういえば、私の絵姿などはなかったはずですし、こうして姿を変えてもおりますのに、どうして私だとおわかりに……？」

……話に聞いてた通り、かなり頭の回転が速いな、この人。

さてなんて説明したものか……。

「え。ああいや、なんでしょう、直感としか言いようがないのですが……何故か、あなたを見た瞬間に、わかってしまいました」

まさか香水の香りに今まで蓄積してきたイメージが一気に噴き上がりました、だなんて妄執じみて変態的なことは言えないので、俺はキリッとした顔でソニア王女を見つめる。

こう、目力で強引に押し通そうとしたんだが……ふいっと目を逸《そ》らされてしまった。

また胸を押さえるように手を当ててるし、ちょっと耳が赤いし……いかん、見つめすぎて気持ち悪がられたか？

話題を変えて誤魔化すか……。

「そうそう、そういえば、停戦条約が結び直されまして……こう言ってはなんですが、王女殿下の母国は今大変な状況なので、更なる捜索などとても出来ない状態ですよ」

俺の振った話題は気になったのか、また視線が戻ってきた。よかったよかった。

彼女の残していた資料……と呼ぶには断片的だったあれこれから、彼女は母国……というか家族であるはずの王家に仕返しをしたかったんじゃないかと思ったんだよな。

ということでアルフォンス殿下がシルヴァリオ王家に対して課した制裁を説明したんだが……中々に驚いてもらった。

それだけじゃなく、今回の失態は情報管理の不備やら様々な制度の不備が原因だってんで、内政干渉レベルで口を出して行政改革をうち主導で実施中。あちらの国王としては屈辱以外の何ものでもないだろう。

……ついでに、あっちの行政機構をこっちに都合良く作り替えたり情報がこっちに筒抜けになるようにしてたりするんだが、それを気付かれないようにこっそりやっているうちの王子様の恐ろしいことよ。

『今度何かあったら、戦争にすらならず無血開城させられるくらいにまでやらないとね』と爽やかな笑顔で言っていたのが昨日のことのように思い出せる。

「ああ、後は追加でいくつかの山の支配権をいただきまして」

「……え？　お待ちください、その山は……一体どこからその情報を……」

「おや、ソニア様もご存じでしたか、流石です」

驚くソニア王女を見て、俺は思わず感心する。

今挙げた山は、今は何もないただの山なんだが……うちの第三王子アルフォンス殿下曰《いわ》く、銀やら金やらの鉱脈が埋まってる可能性が高いらしい。

向こうはそのことに気付いておらず、開発もしてないしあっさりと手放しもしたのだが……ソニア王女だけは気付いていたわけか。

それだけ聡《さと》い彼女は、俺が説明しなかったことにまで気付いたらしく、質問、というより確認口調で聞いてきた。

「もしかして……あそこの街道の関税を設定する権利を要求したりしていませんか？」

「え、確かに、その通りですが」

「ということは……あちらを押さえて……あらあら、これは、本当に血を流さずに国を取るおつもりみたいですね、アルフォンス殿下は」

きっとめまぐるしく頭の中で様々なシミュレーションをしたのだろうソニア王女の目には、いつの間にやら力強い光が宿っている。

……こういう表情も素敵だな……って、いかんいかん。そうじゃない、そうじゃない。

とか俺が煩悩に飲まれそうになっている間に、ソニア王女の思考は一つの結論を出していたらしい。

「あの、マクガイン卿《きょう》。アルフォンス殿下は、シルヴァリオ王国攻略のための相談役などご入り用ではありませんか？」

「……なんですと？」

「ちょっ、姫様⁉」

まさかの発言に、俺は思わず聞き返し、ローラは悲鳴のような声を上げる。

しかしすぐに俺は、『なるほど、そこまでため込んでいたか』と納得もしてしまった。

その相談役が誰のことを指すのかなんてわからない奴は、この場にいない。

「私が足を運べたところと、それ以外は書類上のものとになりますが、殿下が必要となさりそうな現地のデータが頭に入っておりますし、それを踏まえたご提案も出来るかと思います。また、少ないですがコネクションもないわけではございませんし、社交界の人間関係もこちらのローラを通じて色々と知っております。それなりにお買い得なのではないかと自負いたしますが……」

「そ、それは……確かに、そうなのですが。よろしいのですか？　っと聞くまでもないですよね」

ソニア王女の目を見ればわかる。愚問だと。

彼女は制裁が与えられるようにとあれこれ仕込みをしていったのだ、シルヴァリオ王家に対して今更躊躇《ためら》いもないだろう。

それどころか、トドメを刺すつもりだとしても不思議じゃない。それくらいの扱いはされていた。けれど彼女にそこまでする力はなく、ささやかながら故国に痛い目を見せられたと一区切り付きそうだったところに、俺と出会ってしまった。

トドメを刺しうる刃、アルフォンス殿下へと繋がる人脈に。

であれば彼女が捨てかけた望みを拾い直してこんなことを言い出すのも理解は出来るし、俺が止める理由もない。

ない、のだが。

「問題は、ソニア様の身分というか身元をどうするか、ですね……。今のソニア様は扱いとしては平民となりますから、流石に殿下に直接会える職務に就いていただくのが難しく」

なんせ第三王子殿下だ、貴族だって近づける人間は厳選されている。

俺は戦功で爵位を賜った成り上がりの子爵でしかないが、学友だったからってんで特例的に許可されてるようなもんだし。

どこかの貴族の養子にしてもらって……というのも、彼女の出自と経歴を考えれば難しい。

露見すればまた面倒なことになるのは間違いないし。

さてどうしたもんか、と考え込む俺に、ソニア様が笑いかけてきた。

「それでしたら、その……こういう手があるのですが……いかがでしょう」

はにかむように。

あの、仮面を被《かぶ》るかのごとく浮かべている諦めからの微笑みとは全然違う、彼女の感情を感じられる笑みで。

「はい、それでいきましょう」

それに撃ち抜かれた俺は、ノータイムで返事をしていた。

＊＊＊

翌日。

「結婚の仕方を教えてください」

「何を言ってるんだ、お前は」

第三王子執務室に朝一で押しかけた俺は、人払いをしてもらった後、アルフォンス殿下の執務机に両手を突き前のめりになりながら質問をしていた。

必死な形相の俺を、殿下は呆《あき》れた顔で見やる。

……金髪碧眼《へきがん》のいかにも王子様なイケメンがやると呆れ顔すら絵になるんだから、つくづくイケメンはずるい。

いやそうでなく。確かに唐突過ぎたかも知れないが、しかしこっちだって必死なんだから勘弁していただきたい。

「婚約者も作らず浮いた噂《うわさ》の一つも無かったお前が、一体何の冗談だ？　ああ、そうか、休みのせいで頭が緩んで、ありもしない幻想を見てしまったとかそんなところか」

「人を人格破綻者か何かのように言うのはやめていただけませんかね⁉」

「じゃあ、酒か。だから言ったじゃないか、安酒ばっかり飲むのはやめとけって」

「二日酔いでもアル中でもないです、素面《しらふ》ですよ今は！」

確かに休みの間は悪酔いしたりもしてたが、あの時はタイミングよく素面だったんだ。

おかげでソニア王女から不審者扱いを……受けはしたが、酔っ払いじゃなかった分ましな反応だったと思いたい。

まあ、自分でも突飛なことを言ってる自覚はあるし、殿下からしてみたら胡乱《うろん》にも程があるだろう。

だからって、もうちょっとだけ容赦はしていただきたいところではあるが……しかし、今日の俺は挫けないのだ。

こほん、と軽く咳《せき》払いして、やいのやいのと言い合ってたのを一旦断ち切って。

「実は昨日、運命的な出会いがあったのです。ですから俺は、その方と結婚しないといけないのです！」

「落ち着け、言ってることが滅茶苦茶だ。……勘弁してくれよ、運命だとか真実の愛だとか、兄上だけで十分だってのに」

俺が目に力を込めて力説したら、アルフォンス殿下はそう言ってこれ見よがしに大きな溜《た》め息《いき》を吐いた。

殿下の兄、アードルフ第一王子殿下が起こした、婚約破棄騒動。

『真実の愛』とやらに目覚めたとか言い出して侯爵令嬢との婚約を陛下に無断で破棄し、その上、男爵令嬢と婚約するなんていう世迷《よま》い言を抜かしくさりあそばしやがった事件。

やらかしたアードルフ殿下はやらかした王族が押し込められる北の塔に幽閉、男爵令嬢は辺境にある貴族令嬢専用監獄とも言われる極めて規律の厳しい修道院に収容された。

その結果、後々公爵に臣籍降下して程々に国政参加するつもりだったアルフォンス殿下は、突然降って湧いた王位継承争いに振り回されている形になっているのだから、愚痴りたい気持ちにもなろうってものだろう。

第二王子アルトゥル殿下との関係が良好だから、今のところ大きな騒動にはなっていないが、良からぬ事を考える阿呆《あほう》はやっぱりいるからなぁ……。

だが、俺の状況はアードルフ殿下のそれとは違うのだから、是非ここは聞く耳を持っていただきたい。

「運命であればと思ってはおりますが、これにはちゃんと意味がございまして」

と、俺はソニア王女との出会いから彼女との会話内容、そして提案を殿下に余すところなく伝えた。

こうやってアルフォンス殿下に話すことは、ちゃんとソニア王女にも許可をもらっている。

そして聞いた殿下は。

「何してくれてんの、お前は……」

両肘を机に突きながら、両手で顔を覆っていた。

いや、多分俺が殿下の立場だったとしてもそうなってたとは思うが、ここは上に立つ人間として飲み込んでいただきたい。

「しかし、大きなメリットがあることもご理解いただけると思うのですが」

「ああそうだよ、逃すわけにはいかないと思ってるよ、リスクもでかいけどさ。まったく、どういう因果だよ、結婚するはずだった人の結婚偽装を手伝う羽目になるって」

死んだと思われていたソニア王女が生きていて、更に輿入れ予定先だったアルフォンス殿下に抱え込まれていた。

こんなことが露見した日には、あの条約不履行は殿下の工作だったなどと言われかねないし、そうなったらまた一悶着《もんちゃく》起こるのは間違いない。

時系列はまったく逆なのだが、それを証明する手立てはほぼないわけだし。

「リスクはありますが、あの方は十三歳から社交界に出ていないのですから、こちらにやってくる外交官などがあの方のご尊顔を知っているとは思えません。おまけに今は変装もしていますし」

「それもそうか。なら、後は彼女の顔を知ってそうな人間がこっちに来ないようにしておけば……。いや、むしろお前が話を聞いてた侍女だとかを引き抜いた方が早いな」

「あ、それはありですね。訃報を耳にして心を痛め、仕える主が居なくなったからと暇乞い、という流れなら不自然じゃないし、辞めた使用人の後を追跡するような真似もそうそうしないでしょうし。そこまでやったらバレる可能性は極めて低くなりますし、メリットの方が上回りますよね？」

「まあねぇ。しっかし、かのお方も大胆なことを考えるもんだ。お前と結婚して、身元の保証を手に入れようだなんて」

そう、ソニア王女が俺に提案してきたのは、俺と結婚して身元の保証を得て、その上でアルフォンス殿下にお仕えするのはどうか、ということだったのだ。

この辺りの国では、婚姻に際して神の前で宣誓をする。

平民は割と雑だし、宣誓と言ってもしっかりとした立会人と手順でもって厳密に誓うわけではないから、多少違えたところで神罰は落ちない。

だが、身分が高かったり信仰が篤かったりといった事情のある貴族は神に対して厳粛な儀式を持って宣誓することがほとんどだし、違えれば神罰を受ける。

逆に言えば、貴族としてきちんとした婚姻の儀式を行えば、神によってその身の確かさが保証されたものとなる、とも言えるわけだ。

そして、確かな身元を必要とするソニア王女がこんなことを言い出した理由もこれなわけである。

提案の中身を聞く前にノータイムで即答してた俺だが、詳しい中身を聞いても否やはなかった。あるわけがなかった。

渡りに船とはこのこと、おまけにお互いに利のあるwin-winな提案なのだから。

……わかってる、あくまでも彼女にとっては利益があるからするだけのこと、政略結婚みたいなもんだ。

だが、そこから始まる愛もある、はずだ！

当然白い結婚スタートだが、一つ屋根の下に住むんだ、チャンスはきっとある！

なお、ローラもトムも住み込む模様。

……し、仕方ない、仕方ないんだっ、っていうかある意味当然だっ！

様々な葛藤を飲み込んでその辺りの条件を組み込んだ俺は、きっととてつもなく理性的な男だ。

などと思い出している間、顔には出していなかったはずなんだが、呆れたような顔でアルフォンス殿下が俺を見ていた。

「わかってると思うけど、子爵だったら一応平民と結婚するケースはある。普通は豪商の娘だとかになるわけだけど……彼女達に資産は？」

「あるわけないでしょう、おわかりのくせに」

「ま、そりゃそうだよねぇ」

正確に言えば平民としてしばらく慎《つつ》ましく暮らす分には十分あるんだが、豪商の資産と言える程ではないというのが正確なところ。

身分だけで言えば、子爵までは下位貴族ということになるので、この国ではあまり相手の血の尊さは問われない。

そのため、あまり多くはないが子爵やその令息令嬢が平民と結婚することはままある。

……今回の場合は相手の血が尊すぎるわけだが、それは秘匿するので今回は問題にならないこととする。

とはいえ男爵ならまだしも、新興とはいえ俺も子爵なわけだから、例えば資産家の娘など、家に入れるメリットがある相手であることが望ましい。

手っ取り早いのはどこぞの貴族家に養子に入ってもらうことだが、事情が事情だけに他の貴族家をあまり巻き込みたくはない。

巻き込むのが可哀想《かわいそう》ということもあるし、情報が漏洩《ろうえい》する可能性だって生じるしな。

だから『結婚の仕方』に関して殿下にお知恵をお借りしたく参上した、というわけだ。

俺の返答に少しだけ考えたアルフォンス殿下は、何か思いついたのか、ふむ、と小さく呟く。

「……だったら、そうだな……どこぞの国の学者の娘ということにしようか。こちらに留学に来て、偶然お前と出会って恋に落ちた。話を聞けば学識豊かで、諸々《もろもろ》が落ち着いたら領地を与えられるはずのお前からすれば領政の助けにもなりそうな才媛故に娶《めと》ることにした、と、こんな筋書きでどうだい？」

「流石殿下、出任せの天才！」

「喧嘩《けんか》売ってるのか、お前は」

「いやいや、心からの賞賛ですよ。確かにあのお方の知識教養だったら、学者の卵と言ってもまったく違和感がないですし」

実際、こんな設定をさらっと考え出すんだから、虚実入り交じる王宮でその存在感を盤石のものにしつつあるだけのことはある、と本気で感心する。

俺じゃとても考えつかないからな、こんなこと。

「ま、この設定なら万が一彼女がスパイか何かだった時にも切り捨てやすいしね」

「うわ、これだから微笑む氷山とか呼ばれる人は」

ニヤリと意味深な笑みを見せる殿下に、俺はわざとらしく顔をしかめてみせる。

こんな悪ぶったこと言う人だけど、身内と認めた奴は出来るだけ守るように立ち回る人なんだよな。

そういう人だって知っているから、ソニア王女を疑うようなことを言われたのに俺が平静でいられるわけだが。

「煩《うるさ》いよ。なんだって王族に対してそんなあだ名が付くんだか」

「日頃の行いですかねぇ。でもまあ、あの方は大丈夫だと思いますよ」

俺が自信たっぷりに言い切れば、アルフォンス殿下はしばし俺をジト目で見て。

それから、大きく溜め息を吐いた。

「普段であれば、お前の勘は信じるんだが、今ばかりはちょっとなぁ」

「何故ですか、なんなら今までの人生の中で最高に感度良好ですよ？」

「むしろ良好すぎて変な何かを受け取ってないか心配なくらいだよ……」

そう言いながら、もう一度大きく溜め息を吐く殿下。失礼な、俺はそんな変なものは受信してないぞ。

「ただ、運命の出会いだとか大げさな言い方はしないこと。彼女に注目が集まるのは良くないからね」

「ですね、そこはもう普通の出会いくらいに。運命であることは俺だけが知っていればいいことです」

「へぇ、彼女は知らなくてもいいのかい？　……ああ、お前が勝手に運命だって言ってるだけか」

「ぐうっ！」

容赦の無いアルフォンス殿下の言葉が鋭く俺の胸を抉《えぐ》る。

確かに今はまだ、ソニア王女は運命を感じていないだろう。

しかし、今から次第で運命に変えることだって出来るはずだ！

後で振り返ってみれば、『これはきっと運命だったのね』とか思ってもらえたらそれでいい！

……いや、自分でもちょっと気持ち悪いという自覚はあるからな？

そんな俺を、アルフォンス殿下はジト目で見ていたのだが、やがてふぅ、とこれ見よがしに溜め息を吐いた後、話を続けた。

「後はあれだな、彼女は王族としての教育を……形の上では受けていたはずだから、子爵夫人として振る舞うには洗練されすぎてないか、というのが心配だね」

「あ～……それなんですが、あの王家というか王妃サイド、嫌がらせの一環で降嫁先に子爵だとか下位貴族も考えてたらしく、子爵家レベルのマナーや振る舞い方も教えてたらしくてですね……」

「……色々言いたいことはあるが、結果として好都合だから何も言わないでおこうか……」

低い声で言いながら、殿下はぐりぐりとこめかみを揉《も》み解す。

うん、正直俺も複雑だからなぁ……ラッキーではあるけれど、彼女の不遇の副産物なわけだし。

まあしかし、これで当面の問題は大体なんとかなりそうかな。

「では、この方向で一度あちらとも相談してみます。あ、問題なかった時は婚姻契約書の証人をお願いしますね」

「いいけどさ、王族を自分の良いように使うってのはどうなんだい」

「まあほら、普段こき使われてますから。その分今後も働きますんで、勘弁してください」

「はいはい、期待してるよ」

なんて軽口をたたき合いながら、俺は執務室を後にした。

『あいつにも春が、ねぇ』なんて殿下の独り言が聞こえた気がするが……ほんと、これが我が世の春になればいいんだが。

とか思いながら、俺はマナー違反にならないギリギリの速さで殿下の執務室を、そして王城を後にした。


そして、俺はそのままの勢いでソニア王女達の住む家へとやってきた。

そんでもってアルフォンス殿下との打ち合わせ内容を説明したわけだが。

「なるほど……僭越《せんえつ》ながらそれなりに知識もございますし、学者の娘の振りも出来るかと思います」

ソニア王女は、あっさりと受け入れた。まあ、予想はしていたけれど。

彼女のことだ、どこぞの子爵家に養子として入ることのリスクだとかは既に考えていたことだろう。

それに比べたら窮屈さがまるでなく、知識を披露する場面があるかも知れない程度である学者の娘という立場は、色々な意味で都合がいいはずだ。

「留学生としての身分証明はアルフォンス殿下が手を回してくださるそうなので、ご心配なく。これをどうにか出来るのは第二王子のアルトゥル殿下くらいのものですし、両殿下の仲は良好ですからそんなことは起こらないでしょう。あ、後は名前は……殿下のお名前、ソニアというのはそんなに珍しいものではないですが、変えた方がいいかも知れません」

「それはそうでしょうね、念のためにも。ニア、というのはどうかと考えておりましたが」

流石、この程度の懸念事項は織り込み済みだったようだ。

それにニアという名前はこの国だけでなく周辺諸国でも平民でよく使われる名前だから、十分紛れることが出来るだろう。

しかし、ニアか……なんだかソニア王女の愛称みたいだよな……それを外では今後呼ぶことになるわけか？　これってすっげー役得じゃね？？

などという下心を鋼の意思で抑え込み、俺はきりっとした顔を作る。

「そうですね、問題ないと思います。後は、どこから来たのか問われることも考えられますので、殿下のツテで、少し離れた国の学者で準男爵にある人物に父親の振りを依頼することになりそうです。殿下曰く、研究以外頭にない人物なので、たっぷりの研究費用と一緒に依頼したら頷いてくれるはずだそうで」

「なるほど……ああ、そちらの国でしたら、基本的な情報は頭に入っておりますから、大丈夫かと思います」

殿下から聞いていた国の名前を言えば、ソニア王女はあっさりと頷いてみせる。

いや、そこそこ離れてる国なのに、なんで？？　凄《すご》いなこの人？？

……まじであの国は宝を手放したんだなぁ……俺は、俺達は大事にしないと。

そうそう、大事にすると言えば、重要なことがあった。

「後は住む家になりますが、何かご希望はございますか？」

そう、住む家。

今ソニア王女達三人が住んでいる家は、平民が暮らすような家。

その中ではそこそこいい家ではあるんだが、一応形式上は俺と結婚することになるのだから、引っ越してもらわないといけない。

新居に。

……一人で盛り上がりそうになったところだが、顔には出さないように必死に堪えた。

そんな俺の内心など知る由もなく、ソニア王女は謙虚な姿勢を崩さない。

「いえ、特には。こうして手はずを整えてくださった上に住まわせていただくのです、贅沢《ぜいたく》は申せません」

「なんて慎ましやかな方なんだ……」

「え、そんな、何をおっしゃいますやら」

「あっ、やべっ、声に出た⁉」

思わず漏れ出た俺の心の声に、照れたのか少々慌てた様子を見せるソニア王女。まじかわいい。

いや違う、そうじゃない、そうなんだけどそうじゃない。

「と、ともかくですね、え～、申し訳ないですが、俺も子爵になりたての若造で収入もまだこれから。あまり贅沢はさせて差し上げられないかとは思いますので、そう言っていただけて、正直安心しているところはあります」

なんせ戦争が終わったばかりだ、物価もそれなりに不安定になっている。

それなり、で済んでるのが、第二王子アルトゥル殿下のおかげで物流のコントロールが戦時中もされていたからってのがまた……あの兄弟はどっちも化け物か。

第一王子？　知らない子ですね……。

そんな中、家に関しては『住む人間がいなくなった』なんて嬉《うれ》しくない事情で安くなってる物件がちょくちょく目に入ってきたりしているが。

俺一人ならそういう物件はむしろ使ってやりたいくらいなんだが、流石にソニア王女達に曰く付き物件に住んでもらうのは気が引ける。

他にも色々、気を使わないといけないところはあるんだろう。

っていうか、気を使いたい。

彼女の今までを考えれば、いくら気を使っても使いすぎるということはないだろう。彼女本人は遠慮するだろうけど。

でも、俺は出来る限りのことをしてあげたい。

「ただ、それだけでは申し訳ないので……出来る限りの気遣い、心遣いはさせていただきます。……あなたには、出来る限り笑っていていただきたいので」

「まあ……」

俺が思い切って言えば、ソニア王女の隣でローラが砂糖と生姜《しょうが》の塊を口に突っ込まれたみたいな妙ちくりんな顔をしていたが、まったく気にならない。

なぜなら、ソニア王女が驚いたような顔になったと思ったら……また、はにかんだような笑みを見せてくれたのだから。

俺の中の何かが撃ち抜かれたような感覚があり、ぐあっと顔に血が集まってきたのがわかる。

やばい、なんかめっちゃ恥ずかしくなってきた。

そう思った俺は、慌てて立ち上がる。

「そっ、それでは、話も一段落したと思いますので、今日のところはこれで！　ま、また来ますので、よろしくお願いします！」

口ごもったりつっかえたり、何ともかっこがつかない挨拶。

けれど、ソニア王女はそんな俺を馬鹿にしたふうもなく。

「はい、また。……お待ちしております」

そう言って、それはもう柔らかく微笑んでくれた。

あ、ヤバイ、頭に血が限界以上に上ってきそう。

「は、はいっ、ではっ！」

それだけをなんとか言い返すと、ドアを潜るまでは、なんとか堪えたものの。

ドアを閉めた瞬間に俺は、全速力で駆け出した。

◆◆◆◆

慌ただしくアークが走り去っていった後。

ローラが気遣わしげにソニアの方を見ながら問いかけた。

「姫様、本当にいいんですか？　こんな、御身を捧《ささ》げるようなことまでなさって……」

何しろ彼女からすれば、相手はシルヴァリオ王国にとって不倶戴天《ふぐたいてん》の敵。

いや、そのシルヴァリオ王国に見切りをつけたのだから、そこまで憎いわけではないが……それでも恐るべき戦士であり油断出来ない相手であることは否めない。

アークがそう評価したように、ローラもまた、トムとの二人がかりでも正面からならアークには敵わないと見ている。

そんな相手の懐に入ってしまえば、ソニアを守り切れるか不安にもなってしまうのだが。

当の本人であるソニアは、まるで気にした様子がなかった。

「いいのよ。それに私、捧げるだとか我が身を犠牲に、だとか思ってないわよ？　だって、いくら私でも、絶対に嫌と思うような人相手にこんな手は打ちません」

「え。だ、だって相手はあの『黒狼』ですよ!?」

「ふふ、そうね……とっても鼻の利く狼《おおかみ》さん」

悲鳴のようなローラの声に、ソニアは微笑みながら答える。

思い返すのは、あの見つけられた時。

少し上ずった声は決して格好の良い響きではなかったのに、何故か心をざわめかせた。

そして迷うことなく向けられた視線の、その必死さに胸を射貫かれたような気持ちになった。

今まで感じたことのない動きをする心臓に驚いて、思わず胸を押さえてしまったことを今でも覚えている。

彼は、会ったこともないのにソニアを見つけてくれた。

「何者でもなくなって、どこにいけばいいのかわからなくなった私を、顔も知らないのに見つけてくれた人」

どうしてわかったのかと問えば、『直感としか言えない』なんて曖昧な根拠で。

なのにあの王都の人混みの中からただ一人の自分を違わず見つけ、迷わず自分へと向けて手を差し伸べてくれたのだと思ったら、また心臓が変な動きをして胸を押さえてしまった。

そんな出来すぎとも言える出会いを表す言葉なんて、博識なソニアであってもたった一つしか知らない。

「……ね、ローラ。私だって一応女の子なんだもの、運命を感じてしまったらだめかしら？」

ローラは雷に打たれたように硬直し、何も言えなかった。

向けられた、はにかむようなソニアの微笑みは……紛《まご》うことなく恋する乙女のそれだったのだから。

こうして、表向きは運命の出会い的な演出をしながらの政略結婚が決まった。

我ながらこれはどういう因果なのかと言いたくもなるが、運命なのだから仕方が無い。

多分一番言いたいのはアルフォンス殿下だろうが、その殿下が後ろ楯《だて》として付いてくれたのだ、これで怖いものは何も無い。

ついでに、新居選びもさくっと決まった。

色々と物件を見ていった末に選ばれたのは、とある男爵家が手放した家。

男爵家の邸宅としては大きめ、子爵家の屋敷としては小さめ。そして、タウンハウスと考えるならば丁度良い、というサイズ。

……ということは、元とはいえ王族が住むには狭いわけだが……気になったから物件探し前に条件面の一つとして確認したら、問題ないとのこと。

『一カ月ほどこの家で暮らしているんですよ?』と笑っていたのだから、ソニア王女も中々タフな女性である。確かにあの家は、平民向けのだしなぁ。

そんな程よいサイズの家が売りに出されていたのは……主であった男爵が、先の戦争で重傷を負ったため、田舎に帰ることになったからだ。

そう、こないだ俺が気にしていた、安いけど曰《いわ》く付きの物件という奴である。

もちろんそのことはソニア王女にはしっかりと説明したのだが。

「そういうことであれば、むしろ是非入居させていただきたいくらいです。勇敢に戦われた方が、私達《たち》に住処を預けて心安らかに故郷で身体を癒やすことが出来るのでしたら、多少縁起が悪かろうと気になりませんよ」

とか言われて、俺はまた泣きそうになった。

彼女が地方に視察に行ったりしていた話は聞いていたから、現場の人間に対して理解があるというのもあるのだろう。

けれど、根本的には彼女の善性から来た発言としか思えない。

まあ、それだけでもなく。

「それに、遠からず領地を賜ってそちらに行くのですから、あまりタウンハウスにお金を使っても。……お話から伺えるアルフォンス殿下の性格から考えるに、現地から離れる暇がないような領地を与えられる可能性が高いと思いますし」

と、とても現実的なお言葉も頂いたわけだが。

「あ、それは確かに。むしろ間違いないですね」

思わず、真顔で頷《うなず》いてしまった。

ほんとこの人、洞察力高いな……いや、俺が愚痴るように言ったんだから、察するものはあったんだろうけども。

正直なところ、与えられる領地に関しては考えないようにしている。

考えようとすると、背筋に冷たいものが走るからだ。

つまり、ヤバイ。

めっちゃヤバイ領地が与えられる予感しかしない。

こういう時、俺の勘は良く当たるんだ……ほとんど百%な勢いで。

だったらもう、実際に与えられた時に考えたってあまり結果は変わらないんじゃないかと開き直って、考えないようにしてるわけだ。

逃げと言われたら逃げだが、人生たまには逃げることだって必要なんだ。きっと。

で、更に、だ。

「何より、マクガイン卿《きょう》であれば、多少の縁起の悪さなんて撥《は》ね除《の》けてしまうでしょう?」

とか言われたらだ。

それも、微塵《みじん》も疑ってない笑顔で言われたら、だ。

引くなんて選択肢はなくなるのが男って生き物じゃないか?

「そんじゃ、即金で!」

「え、あ、はい!?」

俺がきっぱりと言い切れば、物件を案内してくれた不動産屋の従業員はびっくりしてたが。

いや、貯蓄はかなりあったんだよ。アルフォンス殿下、こき使った分はちゃんと出してくれるから。

ただ、それを使う暇がなかっただけで。

……いやまて、だからって、そして格安物件だからって屋敷一軒さくっと買えるのは色々おかしいな……？

若干ローラやトムも引いてたし。

ま、まあ、買えたのだからよしとしよう。

と、こんな経緯で新居も決まり、俺は長らく住み込んでいた騎士団の独身寮を退去することになった。

……新居。

良い響きだ……。

もちろん退去するにあたって各方面に表向きの説明はしたし、その結果盛大にやっかみは食らった。

まあ、俺の奢《おご》りで全員巻き込んで酒盛りして酔い潰してやったら、それも無くなったが。

現場の騎士なんて連中は、大体こんなもんだ。

例外的に、ゲイルなんかはきちんと祝福の言葉をくれたが。

あいつは義理堅いから、抜擢《ばってき》した俺に対して今でも恩を感じてくれているらしい。

……また今度あいつを引き立てる機会があったらそうしよう、とか思う俺は単純だなとも思うけども。

多少の計算はあるかも知れんが、あいつはちゃんと仕事で結果も出すし、ちょっと利用されるくらいはいいんじゃないかな。

とか、色々ありつつも全体としては清々《すがすが》しい気持ちで退寮しようとしていたある日の休日。

俺に、思わぬ……そして、考えてみればある意味当然な来客があった。

「結婚とはどういうことだアーク！！！」

と怒鳴り込んできたのは、俺の親父《おやじ》だった。

考えてみれば当たり前だが、今まで浮いた話の一つもなかった上に数少ない縁談もすっぱり断っていた息子がいきなり結婚とか言い出したんだ、慌てもするだろう。

しかも大体事後に連絡というか通達してる形だし。

「どういうことも何も、結婚するってだけじゃないか。何も問題ないだろ？」

「大ありだ、馬鹿もの!!」

親父の大声が、騎士団寮の応接室に響く。

もうちょっと落ち着いてしゃべれんもんかね、まったく。いや、元凶は俺なんだけれども。

「何が問題なんだ、親父だって俺が結婚せずにフラフラしてたの心配してただろ」

「だからだ！　お前のために縁談を纏《まと》めようとしていたところにいきなりだぞ!?」

あ、なるほど。

今まで俺は、貴族令嬢から見たら大して美味《おい》しい婚姻相手じゃなかったから、そんなに声が掛かってなかったわけだが。

「あれか、戦が終わった後に、縁談がいくつか来たとかか？」

「いくつかどころじゃないわ！　お前、自分がどんな立場かわかってないだろ⁉」

言われて、考える。

一介の騎士爵から自力で子爵位まで来た弱冠二十五歳の独身男性。

おまけに傍《はた》から見ればアルフォンス殿下からの信頼厚く、様々な仕事を任され、それらをやってのけていて実績も十分。

なるほど、有望株と言われればそうだろう。特に下級貴族とか落ち目の伯爵家とかから見れば。

しかし、そう考えると、だ。

「親父、そっちこそ立場をわかってないんじゃないか？　それともこう言った方がわかりやすいか？　マクガイン男爵って」

「ぐっ……そ、それは……」

俺の言葉に、一気に親父は勢いを失った。

そう、俺は男爵家の三男坊。

家督を継ぐ可能性が低かったから自力で騎士として身を立て、結果、親父や兄貴達を爵位の上では追い抜いてしまった。

だからって兄貴達相手に偉ぶるつもりはないんだけどな、二人とも文官としてしっかり働いてるみたいだし。

俺のような武官は、文官が物資だ何だを用意してくれなきゃ、すぐに飢え死にする生き物だってのはよくわかっているんだ。

それに、俺がこんな出世の仕方をしているのはアルフォンス殿下にこき使われているからで、かつ、たまたま俺が生き残ることが出来たからってだけの話。

俺が誇れるとしたら、生き残る努力をしたってことくらいのもんだろう。

で、そんな状況なわけだから。

「爵位の上下は置いとくとしてもだ、俺は子爵位を賜って独立してるわけだから、縁談を親父に持ち込むのは筋が通らないだろ？　持ち込みたいなら俺に直接来るべきだろうに」

「そりゃそうだが、お前が一つ所に落ち着いてないから、先方も連絡の取りようがなかったんだろうが！」

なるほど、そりゃそうか。

確かにずっと戦地にいたし、戦争が終わったと思えば国境都市に出向いてからの一連の騒動だ、連絡なんてしようがないのはわかる。

わかるんだが。

「ってことは連絡取るツテのない、俺が子爵位を賜ってから初めて連絡取ろうとした家ばっかかってことじゃないか。それまで歯牙にもかけてなかったのに、流石《さすが》に調子が良すぎないかねぇ」

「うぐっ……そ、それは……いやっ、お前が社交の場にろくに出てないからだろうが！」

「まあ、それは否定しないが。そうなると、どこかで俺を見そめたわけでもないってことで政略百%、しかもそれを取り繕う気もない相手ばっかかってことじゃね？　流石に、そういう相手と信頼関係築ける自信ないぞ、俺」

「ぐぬぬ……」

俺が反論すれば、親父は完全に言葉に詰まった。

正直に言って、貴族家出身である以上政略結婚になるのも仕方ないとは思いつつも、金と権力だけで見られる視線が苦手だから逃げていたところはある。

っていうか、そこから多少は自由になれるんじゃないかと思って騎士の道に進んだところはあるし。

これで、こっちの価値観に多少は歩み寄りを見せてくれるご令嬢であれば、多少は考えたんだが……幸か不幸か、そういう人に会った試しがないんだよな、これが。

今となれば、それは幸いだったんだが。おかげで運命の人に出会えたわけだし。

だとか思ってることを、不機嫌そうな顔を作って隠しつつ。

「こう言っちゃなんだが、親父も俺を利用するって色気を出しちまったとこがあるだろ？　育ててもらった恩があるから、それを全部否定するつもりもないが。流石に状況が違うんだ、せめて話を進める前に俺にも相談すべきだったろうに」

「そうは言うがなぁ……伯爵家からの申し出とか、儂《わし》にはどうしようもないだろうが……」

「は？　伯爵家？　なんでまたそんなとこが……いや、そうか、子爵家にだったらなくはないか」

言いかけて、俺は思い直す。

それこそ、さっき俺が内心で考えたことだ。

新興で勢いがあるように見えなくも無い子爵家に対してであれば、伯爵家からだって声がかかってもおかしくはない。

ただし、子爵家に、であれば。

「その話を、俺に直接じゃ無くて男爵である親父に持ってきたってことは……あれか、援助か何か言われたのか」

「正直に言えば、それはある。だが、それ以上に良い話だと思った方が大きいのは確かだ。これは、お前の親として断言する」

「……親父がそこまで言うなら、信じるけどさ」

俺を真《ま》っ直《す》ぐに見てくる目力の強さは、見覚えがある。

そう、誰あろう、俺だ。

こういう時に、間違いなく親父の息子であることを自覚させられるのは複雑なんだが……まあ、話がややこしくならないのなら、それはそれでありか。

親父が俺のことを考えて縁談を進めようとしたことは間違いないんだろう。勇み足だったが。

「まあでも、この婚姻に関してはアルフォンス殿下の後押しもいただいてるんだ、どうしようもないぞ？」

「は？　なんでそんな大事に!?　……あ」

そこまで言って気付いたのか、親父が口を噤《つぐ》んだ。

うん、やっと裏があることに気付いたらしい。いや、俺も何も言ってなかったんだから、仕方ないんだが。

「そういうことだ。あ、勘違いするなよ、無理矢理とかじゃないからな。政略面と心情面が上手《うま》く噛《か》み合った結果だから」

「そ、それならいいんだが……いや、やっぱり良くないな。あちらもかなり乗り気だし、まだ婚約の段階なら強硬手段を執るかも知れん」

嫌なこと言うな。確かにまだ俺とソニア王女は正式な婚姻は結んでないし。

親の承諾を得るため問い合わせ中、という体で例の学者先生に連絡し、口裏を合わせてる最中なんだ。

だから二カ月から三カ月ほど時間をおく必要があったんだが……それが少々裏目に出たらしい。

「なんでだよ、なんでそこまで必死なんだ、向こうは」

そこまで言いながら、俺の頭の中で一つの仮説が浮かんでいた。

あそこの家なら、ありえなくはない、と。

そして、残念ながらそれは正解だった。

「申し込んできた先は、バラクーダ伯爵家だ。そう言えばわかるだろ？」

言われて、俺は頷くしかなかった。

バラクーダ伯爵家は、武家の名門。

そして、先の戦争で嫡男を失うという大打撃を食らった家の一つだ。

伯爵家の嫡男がなんで戦死するような羽目になってるんだって話だが、それもある意味仕方のないところで……獅子《しし》は子を千尋の谷に落とす、なんて言うが、あそこはそれに近いことをマジでやる。

今回は当主嫡男共々激戦区に参陣してた結果だってんだから、自業自得っちゃそうなんだが、王国全体として見ればおかげで助かったって面もあるんで、どうにも評価に困る。

そんなやり方をしてるもんだから、傑物と言って良い当主に恵まれることも多い代わりに、こうして不意に嫡男だとか有望な跡継ぎを失ったりしてきたらしい。

で、結果として段々家が傾いてきているようなんだが……。

「あれか、自分で言うのも何だが、突出した個人武勇を発揮させた俺を取り込もうってことか。子爵で、まだ領地を賜ってないうちであれば、婿に入れることも出来なくはないだろうと踏んで」

いや、なんなら俺が子爵領としてもらうはずだった領地をもバラクーダ伯爵領に取り込もうとまで考えてるかも知れん。

ガチの上位貴族は、武闘派であっても、いや、武闘派だからこそ抜け目ない家が少なくないからなぁ……。

「……大体まあ、そんな感じだ。嫡男を失う程の勇戦を見せたとあって、あちらも領地を加増されそうだから、それも加わったらお前が手にする領地は子爵として手に入れるものよりかなり広大になるはずだぞ」

「ただしそれは、バラクーダ伯爵家のものとして、だろ？　俺を一時凌《しの》ぎの婿養子として血を繋《つな》げさせれば、次代でまた戻ってくるからあちらの家にとっては痛くもかゆくもない、ってか」

家を一つの生命体のごとく扱うようなこの辺りの感覚は、伯爵家だとか上位貴族特有の感覚なのかも知れん。

同じ貴族なのに、俺にはイマイチ共感出来ない考え方だからなぁ。

「……ああ、そうか。成り上がりの俺が子爵領を賜るってだけでも統治が大変なのに、伯爵領なんて手に余るなんてもんじゃない。となりゃ、俺が婿に入っても代官として今の伯爵がそのまま代理統治、なんてこともありえそうだな」

「……代官が置かれるのは間違いないだろうな、少なくともお前が軍の一線から退くまでは」

「後二十年は現役のつもりなんだがねぇ。生きてりゃだが。いかんな、これで跡取りが出来た後に俺が死んだら伯爵家が丸儲《まるもう》けだとか、酷《ひど》い考えまで浮かんじまった」

「さ、流石にそこまで外道じゃないと思うぞ⁉ ……多分」

親父の語調が尻すぼみになったのは仕方ないところだろう。

なんせ一介の男爵である親父だ、社交の場で武闘派貴族のトップとも言えるバラクーダ伯爵と会話をしたことなんてほとんどないはず。俺は言うまでもなく。

となると、その人となりなんてわかるわけもなく、違うかどうかなんてわかりゃしない。

「ま、どの道断るつもりなんだから、どうでも良い話ではあるんだが。あるんだが、あんま無下にも出来ないのがなぁ……」

正直なところ、そういう伯爵家のお家事情なんてどうでもいい、と言いたいところなんだが。

面倒なことに、そうもいかないんだな、これが。

「バラクーダ伯爵は『騎士は相身互《あいみたが》い』と言うではないかとおっしゃってるしなぁ」

「やっぱそうくるよな。こっちとしても否定は出来んし」

完全に板挟みになってしまった親父が困ったような顔で言うし、実際困ってるんだろう。

そして、俺もその言葉を否定することは出来ないでいる。

この辺りの国々において、武人の間には『騎士は相身互い』という思想というか文化がある。

平たく言えば、『お前が死んだらなんとかするから、俺が死んでもなんとかしてくれ』ということだ。

言うまでもなく騎士や兵士は戦場に身を置く、明日をも知れない立場の人間。

死んだ仲間を葬った経験のない兵士はほとんどいないし、明日には自分がそうなるかも知れない。

そこでもし、死んだ仲間や敵を粗雑に扱っていた人間に万が一のことがあったら、その後どんな扱いを受けるか、想像してみてほしい。

身ぐるみ剝がされてその場に捨て置かれるだけならまだまし、ここぞとばかりに溜《た》まった鬱憤の捌《は》け口として死体に鞭打《むちう》つようなことだって起こりかねない。

これは上官連中なんて更に切実で、死んだ部下を粗末に扱った結果、その夜謎の変死を遂げた騎士や貴族は枚挙に遑《いとま》が無いし、後頭部に矢が刺さった貴族の遺体が戦場に転がっていたのだって何度か拝んでいる。

そうでなくても、そんな上官の下で命は張れないってんで士気は下がり、ちょっとの交戦であっさり崩壊、逃げ出したりなんてのもよくあることだ。

これは、敵国相手にも適用される。むしろ敵国だから、だろうか。

何しろ、やったことはやり返されても文句が言えないのが戦場の不文律、敵国の兵士相手に非道なことをすれば、いずれ自分に返ってくるかも知れない。

だから倒した相手の遺体を出来る限りは丁重に扱うし、捕虜の扱いだって意外と紳士的だ。

まあ、ちゃんと扱っておけば、捕虜返還の際に身代金交渉を有利に運べるってのもあるんだが。

こないだのシルヴァリオ王国での調査でも騎士連中が理性的で紳士的だったのは、神罰を恐れてというだけでなく、この辺りの文化も影響していると思う。

で、そんな文化があるわけだから、戦死者の遺族に対してもあまり冷たくは当たれないってのがあるわけだ。

次は我が身、自分が死んだ後に残した家族が悲惨な目に遭う、なんてことは避けたいものだからな。

逆に、死んだ後も家族の面倒を見てもらえるとなれば、勇敢に戦う人間も増えるだろう。

南の方の『戦闘民族』とすら呼ばれる国では、戦死者遺族の保護を手厚くしているから後顧の憂いが無い命知らずの恐ろしい戦士ばかりだ、なんて話を聞いたこともあるが、あながち冗談でもないのかも知れん。

話が逸《そ》れたが、そういうわけで、伯爵家の申し出をあまり冷たくあしらうわけにもいかんわけだ。

「まず一回はバラクーダ伯爵に会って、直接断りを入れて……どこまで説明していいか殿下に確認しといた方がいいな、こりゃ」

「……おい、ところで儂は、どこまで聞いていいもんなんだ？」

「あ～……今聞かせてるとこは大丈夫だと思うが。親父なら口は堅いし」

「そりゃ黙っとるわい、うっかりしゃべりでもしたら首が飛ぶ、どころかいつの間にか失踪させられるわ」

仮定の話だというのに、それでも首筋が寒くなるのか、親父はしきりに首をさする。

まあ、うん。アルフォンス殿下の策略の邪魔をすると、それくらいのことは起こりかねないからな。程度にもよるが。

「後は……ニア、にも言っておかないとなぁ」

まだ慣れないから、ちょっと口ごもりかける。ついでに、にやけそうになるのを我慢する。

彼女がソニア王女であることは最重要機密なのだから、当然親父の前だろうと彼女のことは偽名であるニアと呼ばなければいけない。

そう、これは義務なのだ。だから仕方ないのだ、うん。

「ニア、というのがお前が婚約した娘さんか」

「ああ、そういや名前も教えてなかったたな。ニアは賢くて美しい、素晴らしい女性だよ。今度会わせるから時間作ってくれよ」

事があまりの急展開だったせいで会わせる暇もなかったが、俺だって会わせたくないわけじゃないんだよ。

ソニア王女だって気にしてたくらいだしな。

この申し出に、しかし親父は若干躊躇《ためら》っている。

「勿論《もちろん》喜んで、と言いたいところだが、流石にこの件が片付かんことにはなぁ。伯爵の心証もよくないだろうし」

「そりゃそうか」

縁談を進めようとしていたら、息子は既に婚約してましたってだけでもよろしくないところに、伯爵との話が終わる前に伯爵令嬢そっちのけで婚約者と会ってました、なんて知られたら、伯爵の顔に泥塗るようなもんだしな。

もちろん第三王子であるアルフォンス殿下が仲裁に入れば伯爵とて折れるだろうが、それはそれで向こうとしても踏んだり蹴ったり。

『相身互い』の精神からしたら、こちらにも落ち度があると見られかねないのが面倒なところ。

古風な家からは、なんとなればこちらが悪いと見られる可能性すらあるからなぁ。

「まずはとにかくちゃんと話をつけないと、だな」

そう結論づけた俺は、大きく溜《た》め息《いき》を吐いた。

＊＊＊

ということで、まずはアルフォンス殿下に報告。

さくっとなんとかしてくれるかも、という淡い期待をしていたんだが。

「バラクーダ伯爵か……彼であれば、出来るだけ裏を教えないで終わらせたいところだが」

と、珍しくスッパリ解決とはいかないようだった。

なんでも、バラクーダ家は脳筋な伝統を持っているが、脳筋の中でも頭が使える脳筋らしい。

国家転覆を狙うだとかの野心はないが、伯爵の領分を越えない範囲においては貪欲で抜け目なく狙ってくるタイプなのだとか。

「またねぇ、当主も嫡男も激戦区に躊躇わず馳《は》せ参じるもんだから、他家も多少の融通は利かせてやろうって空気になりがちなんだよ。特に武家は。おまけに今回は、まさに嫡男が戦死したわけだろ？　同情的な家が多いと思うんだよね」

「は～……命を張っているから家に利益がもたらされる。まさかあの時代錯誤な教育方針が、そんな意味を持つとは」

そう考えると、ある意味あの『戦闘民族』の亜種にすら思えてくるな、この方針。

家のため、全体のためにそこまで身体を張れるってのは、武人としては尊敬しちまうが。

だが今回の件は俺も譲るわけにはいかんしな。

「なら、出来る限り裏の事情は話さずに説得を試みます。万が一の時はすみません」

「バラクーダ伯爵も馬鹿じゃないからね、裏の事情を話しても理解はするだろうし黙ってるとは思うよ。ただ、口止め料を要求するだろうってだけで」

苦笑しながら殿下が言えば、俺も苦笑をせざるを得ない。

ここまで聞いて浮かぶ人物像から考えるに、多分バラクーダ伯爵はソニア王女の話がばれた時の影響を理解するに違いないだろう。

そして、バレた時の国が蒙《こうむ》る損害も。そうなると、だ。

「伯爵家への口止め料なんて、一体いくらするんだか……考えたくもないんですが」

「だから出来るだけ話さないように、ね。お前なら出来る、きっと。多分」

「もうちょい自信ありげに言ってほしいんですがね！」

思わず食って掛かるが、段々大事になってきてるんだからこれくらいは許してほしい。

いや、今回ばかりはアルフォンス殿下のせいじゃないが。いやちょっとはあるか。

「ま、説明についてはニア嬢とも相談しなよ」

「ええ、もちろんそのつもりです。こんなことを内緒で進めても、いいことなんてないでしょうからね」

先輩方の話を聞くに、一人で抱え込みすぎたり勝手に決めたりってのが夫婦喧嘩《げんか》の原因に多いようだ。

であれば、俺はちゃんと相談して夫婦円満な家庭を築くんだ！　と心に決めている。


その決意を胸に、殿下の執務室を辞去した後、早めに仕事を切り上げて引っ越し準備中のソニア王女達の家に行ったのだが。

「あら、でしたら、私もバラクーダ伯爵様に説明する場に同席させてください」

まさか、そんな大胆なことをあんな良い笑顔で言われるとは思わなかった。

「同席させてくれって、しかし……」

言われて、考える。

バラクーダ伯爵がソニア王女の顔を知っているとは思えないから、身バレの心配はない。

ソニア王女のことだから、うっかり身バレするようなことを言ったりもしないだろう。

後は……。

「お話を伺うに、まずないでしょうけれど……万が一バラクーダ伯爵様が実力行使に出ても、マクガイン卿がいらっしゃるなら大丈夫ですよね？」

「それはもちろん！」

頭にその懸念事項が浮かんだ瞬間に言われ、俺は即答した。

いやだって、そんなこと言われたらこう答えるに決まってるじゃないか？

ソニア王女もそれを見越しての、振りだったのかも知れないが……それはそれで、手の平の上で転がされてる感が、これはこれで。

とか新しい扉を開きかけていたのに気がついて、待て待てと踏みとどまる。

そんな扉、開くだけならまだいいが、バレたらドン引きもの。

そして、バレない自信は無い。ソニア王女に見抜かれないとは到底思えない。

だから、開かない方が良いのだ。

「それに、私が同席することでこのお話が一気に片付く可能性は高くなるかと」

「それは、確かにそうなんですよね～……」

ソニア王女が言えば、俺はこくりと頷いて返さざるを得ない。

まず単純に、本当に婚約者がいるのか、断るために言っているだけじゃないかという疑念を払拭出来る。

また、納得出来ない、どちらがふさわしいか見定めてやる、とか言い出した場合に日を改める必要もない。

「あ、その際は、是非ともバラクーダ伯爵家のご令嬢もご同席いただければ」

「そ、そうですね、その方が話が早いですよね……」

なんだろう、とってもいい笑顔なのに圧が半端ない。

しかし大胆というか、強気というか。

言ってしまえば、同席してその場で見比べられても負けない、見劣りしない自信があるということで。

いや、実際ソニア王女が負ける相手なんて居るのかってレベルなんだけどな、確かに。

相手になるとしても、王妃教育を受けた公爵令嬢とか王女だとかになるんじゃなかろうか。

少なくとも、伯爵令嬢レベルだったら勝負にもならないはずだ。

……いや、俺の贔屓目《ひいきめ》が入ってるのはあるんだろうけども。

あれ、いや待てよ?

「……あ。そもそも俺基準で見比べるなら、間違いなくソニア様が勝つじゃないですか」

「えっ」

今更なことを俺が口にすれば、ソニア王女が珍しく驚いたような声を上げた。

見れば、実際驚いたのか目を見開いていて。

珍しいなと思って見つめていれば、じわじわと彼女の顔が赤くなってくる。

「あ、すみませんいきなり変なことを言って。気持ち悪いですよね、俺がこんな柄にも無いこと言ったら」

「い、いえ、そんなことは、ない、ですよ……？」

慌てて俺が謝れば、そう言ってくれながらもソニア王女は両手を胸の前で組んで目を逸らした。

うわ～、やっちまったよ。こういうのは、もっと似合うイケメンが言わなきゃだめだろ。

ともかく、このおかしくなった空気をなんとかしないと。

「まあその、どんなご令嬢が来ようとも、俺が選ぶのはソニア様ですから、同席していただいても問題はないなと」

「は、はい、その、ありがとう、ございます……」

あ、あれ、おかしいな、あんまり空気が変わらないぞ？

他の話、他の話……。

「あ、それはそうと、確かバラクーダ伯爵は相当な強面《こわもて》のはずなんですが、それは大丈夫でしょうか？」

一回遠くから見たことがあるんだが、山賊か海賊の親玉かって風貌だった気がする。

お前のような伯爵が居るか！　と言いたくもなるが、居るんだから仕方が無い。

なんでそんな人と面倒ごとになってるかなぁ、ほんと今更だけど。

で、そんな心配をする俺に、ソニア王女は立ち直ったのかさっきまでの笑顔を見せてきた。

「恐らく大丈夫かと。山賊の親玉みたいな方とお話ししたこともございますし」

……俺、心の中読まれたりしてないよな？

いや、読まれてたらもっとドン引きした顔になってるはずだから、きっと大丈夫なはず。多分。

まあしかし、彼女が大丈夫というなら大丈夫なんだろう。この人は、出来ないことは出来ないと言うタイプの人だ。

なら、俺からもう言うことはない、と一つ頷いてみせる。

「わかりました、では当日は同席をお願いします」

「はい、ありがとうございます。無事伯爵様を説得出来るよう……頑張りましょう、ね？」

頷き返してきたソニア王女が、『ね？』と言いながら小首を傾《かし》げてみせる。

……危うく心臓が止まるところだった。

「は、はいっ、頑張りましょうっ！」

心臓は止まらなかったが、動揺は止められなかった。

上擦る声に情けない気持ちになりながらも、それを上回る幸福感で有頂天になってしまう俺は、多分大分チョロい奴なんだと思う。ソニア王女限定だが。限定だが！

＊＊＊

そして、当日。

「はじめまして、マクガイン男爵様。ニア・ファルハールと申します。ご挨拶が遅くなってしまいまして、誠に申し訳ございません」

「は、はい、はじめまして……」

バラクーダ伯爵と会うより先に、打ち合わせも兼ねてソニア王女と親父を引き合わせたわけだが。

丁寧に挨拶の言葉を述べるソニア王女……ニア、に対して、親父はろくな返事が出来ずぽかんと彼女の顔を見るばかり。

そのまま沈黙が落ちること数秒。

流石に見かねて、俺は親父の肩を揺らした。

「お～い、親父、どうした。ニアも反応に困ってるじゃないか」

「うおう⁉　す、すまん……っていうかアーク！　お前、どういうことだこれは！　女っ気が欠片《かけら》もなかったお前が、こんな素敵なお嬢さんをどこで見つけてきたんだ⁉」

「いやなんで文句付けられてんだよ俺」

感情をもっていく場所に困ったのか、俺に食って掛かる親父。

なんでこっちにと思わなくもないが、そりゃニアの方には持っていけんわな。

いいんだけどな、素敵とか言われて照れてるニアを見られて俺としては眼福だし。

「ほんと偶然なんだよ、王都で困ってたところを俺が助けてっていう」

「ええ、あの時は本当に困り切っていたのですけれど、その、アーク様に声をかけていただいて本当に助かりまして」

……俺の名前を呼ぶ時に一瞬恥ずかしそうに溜めてしまうのが可愛《かわい》いと思うのは俺だけか？

俺もまだ慣れてはないが、ソニア王女……ニアもまた、俺のことは普段マクガインの方で呼んでるから、慣れていないのは仕方ない。

それがまた堪《たま》らない、とか思ってはいるが顔には出さない。出したら色んな意味で不審だからな。

頑張れ俺の演技力。

「は～……そんな偶然の出会いから、なぁ……アークお前、一生分の運を使い果たしたんじゃないか？」

「正直、そんな気はしてる」

「あの、お二人とも言い過ぎかと思います……」

親父と二人してそんなことを言えば、恥ずかしそうにニアが止めてくる。

こんな顔が見られるならもっと、と思わなくもないが、流石にそれは可哀想《かわいそう》だ。

それに、現実的な問題もあるし。

「おっといけない、もう少ししたら伯爵達もいらっしゃるだろうし、打ち合わせをしとかないと」

と話題を変えれば、ニアはほっとした顔になる。

意識をそっちに持って行かれそうになるが、俺は必死こいて意識を引っぺがした。

なんせ今日は、この最低限の体裁だけ整えた新居、マクガイン子爵邸にバラクーダ伯爵親娘をお招きしているんだから、どうしたって気を遣う。

ちなみに、内装やおもてなしの準備はローラとトムが頑張ってくれた。

特にローラは、お茶の準備とかに関して文句の付けようがなく、流石王女の侍女をやってただけのことはあると感心した。

だがな。内装業者をどっから手配したお前は。なんでそんなツテがあるんだ。

聞いてはみたが、「それ、秘密です」と笑顔でかわされてしまった。

ほんと底が知れないなこいつは……。

おかげで、伯爵家をお迎えしてもなんとか失礼でない程度に整えることは出来たが。

この国のマナーというか礼儀としては、爵位が下の側が上のお宅に伺うのが基本。

ただし、伯爵家と子爵家みたいに隣り合う階級であれば、お願いだとか依頼だとかをする方から訪問することが多い。

これが伯爵家と男爵家だったら、それでも男爵家の人間が伺うことになるんだが。

で、今回はバラクーダ伯爵の方から、こっちに来ることを希望したんだよな、面倒なことに。

婚姻の申し込みに断りを入れるなら、子爵家であるこっちが訪問するのが礼儀に則《のっと》った形になる。

しかし伯爵は、断りを受けるのではなくあくまでも話し合いの場を設ける形にしたい、との希望により、向こうがこちらに訪問してくる形をとったのだ。

……もうこの段階でかなり俺はゲンナリしてる。

面倒くさい。この段取りが、ではなく、相手の伯爵が。

全然諦めてないし、何より、こんだけ気を回せるってことは絶対ただの脳筋じゃない。

ってことは、説得するにも一筋縄じゃいかないだろう。

ただでさえ身分が上の相手がこうなんだ、面倒にも程がある。

だから、しっかりと打ち合わせをしておきたかったんだが。

「もういいんじゃないか？　ニアさんなら大丈夫だろう」

「いやだめだろ、大丈夫は大丈夫だと思うが、それでも打ち合わせなしはだめだろ」

すっかり骨抜きになってしまった親父に、俺は溜め息を吐きながら突っ込みを入れる。

万が一もあるし、何より俺や親父が失言しかねない。特に今の親父は信用出来ない。

そして、平民ということになっているニアのやらかしはともかく、この国の男爵である親父、子爵である俺のやらかしは、割と困ったことになりかねない。

ということでなんとか打ち合わせをした頃に、バラクーダ伯爵親娘がやってきた。

二人揃《そろ》って黒っぽい服なのは、嫡男が戦死したから喪に服する意味合いがあるのかな。

「いやぁ、急な申し出にご対応いただき、申し訳ない！　しかも新居に手を入れ始めたばかりだというのに、最初に押しかけたのが私とは！」

と思ったんだが、この勢い、ちっとも悪びれた様子もない態度。

……やっぱ面倒な人だわ、この人。

内心はどうあれ、嫡男の死を乗り越えて次の手を打とうとしている外向きの顔で、さらっと、俺とニアが婚約したてで、まだそんなに準備が進んでいないと暗に告げた上で、今からでも婚姻は止められるとか匂わせてきやがった。

エントランスで俺とニア、親父で迎えたその人は、山賊か海賊の親玉かと思う無精髭《ひげ》に焦げ茶色の髪はざっくばらんな髪型という偉丈夫。獅子のたてがみってのはこんな感じなんだろうなと思わせるだけの圧を持っている。

体格は実に立派で、四十代後半と聞くのに俺と遜色がない程。

何よりもその足運び、佇《たたず》まい。

歴戦の勇者であることを、これ以上なく物語っている。

……正直に言えば、是非とも一手お手合わせ願いたいと思う。こんなことがなければ。

アイゼンダルク卿とも良い勝負だろうな～……三人で総当たり戦とかやってみたいな。

とか現実逃避したくなるくらいに見事な戦士が、そこにいた。

これで上位貴族である伯爵だってんだから、色々どうかと思う。

いや、アイゼンダルク卿も伯爵だったな。……多忙であろう伯爵だってのに、二人ともいつ鍛えてるんだろう。

ともかく、伯爵であることは事実なのだから、まずはきちんと対応せねば。

「いえいえ、むしろ光栄ですよ、バラクーダ伯爵様。閣下の武名は若輩で物を知らぬ私ですら幾度も耳にしておりますから」

「はっはっは、こちらこそ貴殿の武名は聞き及ぶところ！　名高き『黒狼《こくろう》』殿とこうして縁が出来たのは実に喜ばしい！」

「過分なお言葉、痛み入ります。まあ、どんなご縁になるかはわかりませんが……」

ああもう、返事一つにも気を遣うじゃねぇか！

向こうはこっちと縁続きになったと言わんばかり。こっちはそんな気はないってのに。

おまけに、一応否定もしきれないような言い回ししてきやがって……これだから腹の探り合いが絶えない上位貴族の世界に顔出してる武闘派は！

しかし、こっちはこっちでその世界の頂点近くにいる腹黒氷山に毎日鍛えられてるんだ、簡単には言いくるめられねぇぞ？

……あれ、なんだか背筋が寒くなったんだが、気のせい、だよな？

軽く肩を動かして寒気を追い払った俺は、誤魔化《ごまか》すように小さく咳《せき》払いをしてからバラクーダ伯爵に向き直る。

「それから、こちらが私の婚約者となってくれました、ニア・ファルハール嬢です」

「ほうほう、こちらが」

俺の紹介が終わるかどうかくらいのタイミングで割って入るバラクーダ伯爵。

くっそ、あくまでも場の空気を自分の制御下におくつもりだな、この人。

だが、そこはニアも負けていない。

恐らく自身の娘、バラクーダ伯爵令嬢を紹介しようとしたのだろう、伯爵が息を吸った一瞬に合わせて前に進み出る。

あるいは、ニアがその身に纏った濃紺色という地味な色合いの、それでいて深みと品のあるドレスに驚いたのかも知れないが。

いずれにせよ、文字通り呼吸を奪われ、タイミングを崩された伯爵が言葉を失った数秒でニアが披露したのは、完璧なカーテシー。

遠目にしか見たことのない王女や公爵令嬢のそれと比べても遜色のない、あるいは凌駕《りょうが》しているそれに、流石のバラクーダ伯爵も態勢を立て直すことが出来ない。

そして、支配した数秒をしっかりと使って自身の存在感を見せつけた後、ニアはこれ以上ない淑女の微笑《ほほえ》みを見せた。

「ご紹介に与《あずか》りました、ニア・ファルハールでございます。我が国にも勇名轟《とどろ》くバラクーダ伯爵様のお目に掛かることが出来まして、これ以上なき光栄と存じます」

強すぎず、聞き取れない程弱くもない、適切な声量。

冷たくはなく、緩すぎもしない、程よく柔らかな声音。

文句の付けようも無い、そして、取り付く島も無い調子でニアが挨拶をすれば、バラクーダ伯爵は今度こそ言葉に詰まる。

タイミングを崩されたのではなく、ぐうの音も出ない見事な淑女ぶりに、言葉を奪われたのだ。

当然、本人からしたら相当な屈辱だったろうに……それでも、言葉を奪われていたのはほんの数秒でもあった。

「いやいやこれはこれは、ご丁寧な挨拶、痛み入る！　なるほど、これは素晴らしいお嬢さんだ！」

すぐに立て直し、ニアのことを褒める余裕さえ見せるバラクーダ伯爵。

内心では焦ったりだとか色々あるだろうに、それがまったく見えていない。……つくづく、面倒くさい。

しかも面倒くさいのは彼だけじゃないのが、更に面倒くさい。

「しかし、当家の娘も決して負けてはおりませんぞ。エミリア、挨拶をしなさい」

「はい、お父様」

促されて進み出てきたのは、まるでバラクーダ伯爵に似ていないおやかな令嬢。

いや、そのエメラルドのように輝く翠《みどり》の瞳が放つ目力の強さは、親子だなと思わせるものがあるが。

緩やかに波打つ金の髪は腰まで届き、その毛先に至るまできっちりと手入れをされている。

「お初にお目にかかります、バラクーダ伯爵が息女、エミリアでございます。マクガイン子爵様、そしてニア・ファルハール様におかれましては、ご機嫌麗しゅう」

そして、見た目だけの令嬢でないことも、すぐに見せられた。

バラクーダ伯爵令嬢であるエミリア嬢が見せたのは、これまた恐ろしく整ったカーテシー。

公爵令嬢にも引けを取らぬであろう端整なそれは、見事の一言。

これは、引かないのも納得は出来る。

ただ……なんだろな、それでも俺の心は動かない。

間違いなく美人さんなんだが。

「これは丁寧なご挨拶、痛み入ります。お会いできて光栄です。さ、ここで立ち話もなんですし、まずはこちらへ」

と、挨拶を受けた俺がなんでもないように応接室へ案内しようとすれば、伯爵はまったく顔が動かなかったのだが、エミリア嬢は一瞬だけ驚いたような顔になりかけた。

まあな、彼女からすれば、自分の挨拶や美貌に心動かない男なんて滅多《めった》に見たことがなかっただろうし。

彼女が引き合わされるのは大体伯爵令息だとか子爵令息だとかのはず。

そして、そんな彼らからすれば、公爵令嬢にも匹敵しそうなお嬢様との出会いなんてほぼないだろうし、インパクトも大きいはず。

多分俺も、ニアと会う前だったら揺らいでいたかも知れない。

まあ、今となっては意味の無い仮定なんだがな！

まずはあちらの思惑を外すことが出来た序盤戦、しかしまだ諦めた様子はない。

などと思いながら応接室に通して、テーブルを挟んだ向こうにバラクーダ伯爵とエミリア嬢、反対側には俺とニア、親父は双方の間というか側面に座る形。

……板挟みになってますって顔になってるが、ここは我慢してもらうしかないだろう。

こうなった原因の一つは、俺と連絡を取らずに進めてしまったってこともあるんだから。

「……ほう。これは、中々のお茶ですな」

全員が席に着いたところでローラが出した紅茶を口にすれば、先に口をつけたバラクーダ伯爵が素直な賛辞を述べた。

流石ローラと思いながら俺も口を付けたんだが、確かに美味い。っていうか、こんなの飲んだことないぞ、おい。

この茶葉どこから手に入れてきやがった、って気持ちを込めてローラを見るが、やはり『それ、秘密です』という微笑みが返ってくるばかり。

まさかこいつ、自腹で高級茶葉買って来たんじゃないだろうな？　うちにこんな高級なのなかったはずだぞ。

……ローラだったら、そんなもんでも手に入れてこられるツテがありそうだから困る……ほんと、敵に回したくないぞ、こいつ。

「お褒めに与り恐縮です。こちらのローラはニアが連れてきた侍女ですが、実に優秀でして」

と俺が紹介すれば、ローラもまたしずしずと頭を下げる。

男爵令嬢出身だけあってかその仕草もまた神経の行き届いたもので、これは伯爵家の侍女にだって負けていないはず。

実際、バラクーダ伯爵もエミリア嬢も、何も文句を付けてこられないでいる。

ただし、ローラには、だった。

「確かに、そちらの侍女の技量は見事なものです。しかし、ニア・ファルハール様はいかがでしょうか」

「ほう。それはまた、ご挨拶ですね。何故《なぜ》そう思われました？」

エミリア嬢の挑発とも言えるいきなりな言葉に、俺は不機嫌さを滲《にじ》ませながら言う。

この程度であれば、一応伯爵家に対しても失礼じゃ無いはず。先に失礼なことを言ってきたのはあちらだし。

「確かに新たに子爵となられたマクガイン様の奥方となるのであれば、礼儀作法は必須でございましょう。しかし、それよりも必要なものがあるかと存じます」

「必要なもの、ですか。それは一体？」

「知れたこと、不慣れな領地を与えられるマクガイン様をお支え出来るだけの人脈、そして知識教養でございます」

どこか得意げな顔で言うエミリア嬢。

確かにそれは必要なものではある。特に、どこに領地をもらうかわからない今、人脈はあればあるだけいい、んだが。

「ご心配ありがとうございます。ただ、人脈に関してはアルフォンス殿下が気にかけてくださるとのことで」

俺がそう返せば、エミリア嬢も伯爵もすぐには返せない。

なんせ第三王子殿下だ、アルフォンス殿下の人脈はとんでもないし、殿下が声を掛けてくれれば何かと便宜を図ってくれる家は多いだろう。

もちろん、伯爵家が地道に築き上げてきた人脈に比べれば、こっちは与えられるだけなんだし、弱いものなんだろうが。

それでも、即座に否定出来る程弱くも無い。

だから、エミリア嬢はもう一つのとっかかりから切り込んできた。

「なるほど、それは確かに心強いでしょう。しかし、知識教養はいかがでしょう。そちらのファルハール様は、外国出身と伺っておりますが……例えば、賜った子爵領の食料生産量が悪かった場合に、どこから輸入すべきか、ですとか……」

「確かにそれは懸念事項として挙げられますね。輸入する先として考えられますのが……」

と、エミリア嬢の言葉に続いてニアが告げたのは、我が国に所属する穀物生産の多い領地を持つ貴族。それも一つ二つでなく、十に及ぶ程。

おまけに東西南北偏り無く、どこに配置されても輸入の話を持ち掛けることが出来そうだと考えられるだけ挙げてきて、これにはエミリア嬢もバラクーダ伯爵も、更には親父も俺もびっくりである。

「しかし、当然問題もございまして……例えば東方に領地を頂いた場合に考えられる問題点は、おわかりでしょうか？」

「くっ、それは、街道の整備状況と道中の治安状況ですわねっ！　通らなければならない大都市の関税などが太守の交代によって上がっており……」

逆にニアが問い返せば、エミリア嬢もまたすぐに答えを返す。

東の方は、実はそれこそ先日まで戦争をしていたシルヴァリオ王国と隣接している。

そこでは、当然そういった懸念事項はありえるわけだが……エミリア嬢は、そのことに対してきちんと見識を持っていた。

なんだこれは、と思う間にまたエミリア嬢が出題し、ニアが回答したと思えば出題し返し……。

呆気《あっけ》に取られてる俺達男性陣の目の前で、二人のクイズ合戦、というか知識によるマウントの取り合いが始まっていた。

実のところを言えば、この展開自体はニア、つまりソニア王女が想定していたうちの一つではある。

短期間で集めた情報でしかないが、バラクーダ伯爵令嬢であるエミリア嬢は、かなりプライドが高い人物であるらしい。

そして、俺がニアを選んだ理由の一つが、新しく領主となる俺を知識面で支えられる人物であるということだと摑《つか》んでもいるようだと。

であれば、知識勝負で一発逆転を狙ってくる可能性もあった。

そして、実際そうだった。

ただ。

「ならば、イーディス街道沿いの陶器御三家と呼ばれる家はいずこですか！」

「それはカラポート家と……」

まて、なんでそんなローカルなことまで知ってんだ。とか言いたくなるくらいに白熱した、俺も即答出来ないような知識勝負になるとは想定外だった。

そして何より、そんな勝負に平気な顔で対応出来ているニアも予想外だったし、ついてこれているエミリア嬢も予想外だった。

つまりこの二人は、子爵家の夫人なんかに収まる器じゃない。

にも拘《かか》わらず、二人とも真剣に、全力で勝負を繰り広げていた。

最早《もはや》それは、俺との婚姻だとかそんなものを超越した次元だったのではないかと思う。

実際、そうだったのだろう。

時間にして三十分だろうか、一時間だろうか。

男連中に口を挟む隙を与えず繰り広げられた舌戦というかクイズ合戦は、終幕を迎えた。

「……なるほど、流石マクガイン卿が見込んだお方。ニア・ファルハール様、素晴らしい知識教養でございました……」

「ありがとうございます。しかし、バラクーダ様も、と言わせていただきます」

そんな言葉を交わした後、エミリア嬢が右手を差し出し、ニアがそれを握り返す。

つまり、握手。

勝負は決着し、二人の間に遺恨はない、という証《あか》し。

それからおもむろに、エミリア嬢が左手でニアの右手首を掴み、それを高々と掲げた。

「お見事でございました。わたくしの知識が負けた、とまでは申しませんが……マクガイン子爵様にふさわしいのはあなただと認めざるを得ません。あるいはこれが、巡り合わせというものでしょうか……」

「バラクーダ様……ありがとう、ございます……」

つまり、エミリア嬢はニアを勝者と認め、その手を高く掲げたわけだ。

激しい知識バトルの結果、どうやら二人の間には友情と言って良いものが生まれたらしい。男連中は蚊帳の外だが。

「ま、まてエミリア、お前が負けを認めるというのか……?」

その光景を見ていたバラクーダ伯爵が、信じられないものを見たかのような顔で言う。

実際、多分エミリア嬢の性格からして、素直に負けを認めるような性格じゃなかったんだろうな。

しかし、ニアの前には負けを認めざるを得なかった。流石ニア。

いや、そうでなく。いや、そうなんだが問題はそこでなく。

「エミリア嬢、巡り合わせ、とは一体？」

彼女が素直に負けを認める性格ではないらしいのは、こうして直接会っただけでわかった。

しかし、その彼女が素直に負けを認めた。とはいえ、知識量的に言えばそこまで明確に負けていたわけでもなかった。

ニアが押し気味ではあったけれども。

となると、その決め手が気になったのだが。

「それはもちろん、ファルハール様がストンゲイズ地方を始めとする、先日までシルヴァリオ王国支配下にあった地域の情報にお詳しかったからです。そんな方とこんなタイミングでご婚約なさるとは、と」

「なるほど。……なるほど？」

明確に答えてくれたエミリア嬢に対して、俺が返したのは歯切れの悪い言葉。

なんでそれが決め手になったんだ？　と思ったのだが、すぐにそれが決め手になる理由に思い当たった。

ただ、まだ憶測でしかないんだが。

「……あの、もしやマクガイン子爵様は、まだお聞きになっておられませんでしたか……？」

俺の様子から察したのか、珍しくエミリア嬢がおずおずと聞いてくる。

隣で溜め息を吐いてるバラクーダ伯爵を見るに、どうやらエミリア嬢の口が滑ってしまったらしい。あるいは読み違え、か。

それに対して俺は、苦笑で返すしかない。

「ええ、私が賜る領地に関しては、まだ何も」

「そ、そうだったのですか⁉　てっきり、もう内々に打診があったものかと……」

「先日の会議でも、マクガイン卿にストンゲイズ地方などを任せる方向で八割方決まりになっていましたからなぁ、てっきりアルフォンス殿下から話があったのかと思っていましたが」

驚くエミリア嬢の言葉に、バラクーダ伯爵が補足を入れる。

残念ながらないんだよなぁ、これが。あの殿下のことだから、何か考えがあってのことなんだろうけど。

……単に俺を驚かせたいっての含めて。

「いえまったく。なるほど、閣下は論功行賞の会議に参加しておられたから、ご存じだったのですね」

質問というより確認の口調で問えば、バラクーダ伯爵がばつの悪そうな顔で頷く。

なるほどな、だから若干強引に婚姻を結ぼうとしてきたのか。

会議の通りに土地が与えられたとして、その後俺を婿に取れば、吸収合併することで国内貴族の領地に影響を与えることなく、そして刺激を最小に抑えながら伯爵領を広げることが出来る。

飛び地にはなるが、むしろだからこそ、ブリガンディアに編入されたばかりで不安定なストンゲイズ地方は俺に任せ、伯爵自身は代替わりしたとしても代官的に伯爵領で変わらず権勢を振るうなんてことも可能。

強引に話を進めようとしたのも、俺が王都にいる間に話を付けて、なんなら赴任前に子種を授かって跡取りを伯爵領で育てようってとこまで考えていたのかも知れない。

つくづく計算高いっつーか、食えないっつーか。

俺個人としては、こういう立ち回りが出来る人は、どちらかと言えば好きだ。

ただし、俺に絡んでこないのであれば。

悪いが、エミリア嬢との婚姻が前提である以上、俺が飲むことは出来ないし。

あれ？　しかしそうなると？

「ニア、あなたは当然知らないはずだが……なんでまた、ストンゲイズ地方に関する問題を？」

確か、ストンゲイズ地方に関する問題を最初に出したのはニアだったはず。

結果としてそれが決め手となったわけだが、ニアが何も考えずに出したわけがない。

俺の質問に、ニアははにかむような微笑みを返してきた。可愛い。

「その、アーク様のお話から伺えるアルフォンス殿下の性格であれば、恐らくアーク様をストンゲイズ地方に配置するだろうなと予想していましたもので。バラクーダ様がご存じかは半々くらいに考えておりましたが……」

返ってきた答えは可愛さからほど遠いものだったが。どっちかって言えばかっこいい？

何なのその神としか言えない読み。

いやでも確かにそうだわ、あの殿下なら俺を一番面倒なとこに送り込むわ。

おまけに、ニアっていうこれ以上ない参謀もいるわけだし。

「後は、ストンゲイズ地方でしたら、実際にフィールドワークで行ったこともございましたから。バラクーダ様の知識が素晴らしかったので、勝つには実体験で得た知識経験を駆使するしかないかな、と」

なるほど、とエミリア嬢もバラクーダ伯爵も、そして俺も納得するしかない。

そんな可愛く微笑みながら言う内容かと思わなくもないが。

ある程度彼女の生い立ちも聞いているんだが、ニアの言うフィールドワークってのは、地方巡視のことなんだろう。

直接色々ストンゲイズ地方で現地の人から話を聞いてたわけだから、そりゃ知識の質も量も違うわけだ。

「確かにあの問題は、現地を知っている方のものでした。やはり私は、負けるべくして負けたのですね……お二人の出会いは、それこそ運命だったのかも知れません」

エミリア嬢が、清々しい顔で言う。

知っているだけでなく実際に行ったことがあるとまで言われれば、彼女の言っていた『知識で俺を支える』という面においてニアが圧倒的に優《まさ》っていることになるわけだしな。

それからエミリア嬢はニアへともう一度右手を差し出した。

「改めて、あなたの勝利を認め、称《たた》えます。そしてもしもよろしければ……敬意と親しみを込めてニア様と呼ばせていただいてもいいでしょうか。私のことも、どうかエミリアと」

まさかの申し出に、バラクーダ伯爵も親父も驚いた顔になっている。多分、俺もだ。

この辺りの貴族社会では、基本的に家名で呼び合う。

ファーストネームで呼び合うのは、友人付き合いをするくらい親しくなってから。

王族だとかは例外だけど。

で、その親しい関係の呼び方を、伯爵令嬢でプライドの高いエミリア嬢が、準男爵の娘、割と平民に近い立場のニアに許したわけだ。

バラクーダ伯爵の驚き様を見るに、これはかなり珍しいことなんだろう。

もちろんそんなことも頭に入っているだろうニアは、それはもう嬉《うれ》しそうに微笑みながら、伯爵に見せつけるかのごとくエミリア嬢の手を握り返した。

「はい、もちろんです。光栄です、エミリア様」

「ふふ、ありがとう、ニア様」

しっかりと握手を交わし、微笑み合う二人。

ここに、身分を超えた友情が生まれたのだ。

表向きの身分差と実際の身分差は大きく違うが、それは知らなくてもいいことだろう。

「ぐぬぬ……まさかエミリアが……」

何とも複雑そうな顔のバラクーダ伯爵。

まさか負けるとは思っていなかっただろうし、更には知識バトルを通じて友情が生まれるとは思いもしなかっただろう。

俺もだが。

ともあれ、これでもうエミリア嬢は、俺のことは諦めたはず。

おまけにエミリア嬢とニアの間には友情が結ばれたのだ、ニアに対して直接的に攻撃するなんてことはもう出来ない。

後は、負けを理解はしつつも認め切れないバラクーダ伯爵をどうにかすればいいだけのこと。

そして、多分ここは、俺の出番なんだろう。

「閣下、ご息女とニアの間では、話がついたようです」

「うむ……そのようですな……」

頷きはするものの、歯切れは悪い。

つまり、心はまだ、納得していない。

「理屈の上では決着しました。後は、閣下のお心、感情にご納得いただかねばなりません。ということでここは一つ、男同士ならではの言葉で語り合いませんか？」

そう言いながら俺がぱしんと右の拳を左の手の平に打ち合わせれば、バラクーダ伯爵は驚いた顔になって。

すぐに、理解したのかニヤリとした笑みを浮かべた。

こんな時の、男同士ならではの言葉。

つまり、肉体言語である。

普通の貴族なら多分乗ってはこないだろうが、相手は武闘派のバラクーダ伯爵だ、乗ってくると思った。

そして、恐らく彼の感情を納得させるのに、これ以上の方法はない。

「流石はマクガイン卿、粋なことを考えなさる。ならば存分に語り合い、考えを改めていただこう！」

うわ～、いい顔するな～。背筋がゾクゾクして、思わず俺まで笑顔になっちまうじゃないか。

「ええ、存分に。ただ……」

そこで言葉を句切って、溜めを作って。

「閣下には、出来ないかも知れません」

そう言い放った俺は、唇の端を挙げて犬歯を剝き出しにしながら笑ってみせた。


ということで、俺とバラクーダ伯爵は肉体で男同士の話をするため中庭へと移動。

それを見届けるためにエミリア嬢とニア、親父がついてきたのだが、エミリア嬢は「これだから殿方は」などと呆《あき》れたように言っている。

もしかしたら彼女は、武闘派伯爵家に生まれて脳筋に囲まれて育ったから、逆にこういうノリに反発を覚えているのかも知れない。

ちなみにニアは心配半分興味半分な顔である。

これはこれで意外だな、そういうのは苦手かと思ってたんだが。

だったらまあ、こちらとしても心置きなくやらせてもらおうかな。

「では閣下、金的・目潰し・剝がし以外の投げ技禁止、でいかがでしょう」

「ほう、立ち関節や締めもありでいいと？　流石マクガイン卿、よくわかってらっしゃる」

俺からのルール提示に、楽しげに応じるバラクーダ伯爵。

流石になんでもありはやばすぎるし、訓練用に整えているわけじゃない中庭だから、投げ技食らって石に頭をぶつけられたら最悪なことになる。

ただ、立ち関節・組み技ありにしたから、剝がそうとする動作が投げ技に取られて反則負けとかになったら興ざめなんで、それはあり。

これはブリガンディア王国軍の格闘技訓練で良く使われるルールであり、往々にして肉体でのお話し合いにも使われているもの。

そして、当たり前のようにバラクーダ伯爵閣下はこのルールをご存じだし、何度も『話し合い』をしたことがある様子。

だから俺の提案に乗ってきたんだろうしな。

で、上着を脱いでお互いに上半身はシャツ一枚になったんだが……予想通り、年齢を感じさせないしっかりとした筋肉をつけてらっしゃる。

それも、訓練や実戦で鍛え抜かれたって感じのバランスのいい肉体。

わかっちゃいたが、油断なんてしようものなら一瞬で終わるな、これ。

しかしまあ、こういう話し合いには様式ってもんも大事なわけで。

「それでは閣下に敬意を表しまして、お先にどうぞ」

「ほう？　儂の方が年がいっているからと油断してくれるのかね？」

「まさか、閣下のそのお体を見て油断など出来るわけがないでしょうに。あれです、お断りするお

「詫びということで一つ」

「そういうことであれば、遠慮なく行かせてもらおうか、なっ！」

こっちの喉笛を噛み切りそうなくらいに獰猛《どうもう》な笑みを見せたバラクーダ伯爵は、音も無く両手を顔の前に挙げて構え。

俺は……両手を下げたまま構えもせずにそれを迎える。

ガードを放棄した俺の顔面、左頬をバラクーダ伯爵の右拳が的確に、そして容赦なく捉え、鈍くて強烈な音を響かせた。

「っか～……流石は音に聞こえたバラクーダ伯爵、効きますなぁ……」

「はっ、平気な顔して立っていながら、よく言うわ！」

口元を拭いながら言えば、楽しげに、しかし獰猛な笑みのままで伯爵が言う。

いや、マジで効いたわ。拳が硬いし痛いし重い。実に理想的なストレートをお持ちのようだ。

だがこっちも鍛えてるんだ、一発で意識を持ってかれる程ヤワじゃない。

軽く頭を振ると、今度は俺が両手を顔の前に上げて構え。

「それでは閣下、よろしいか？」

「おうともさ、こい！」

「では、遠慮無くっ‼」

踏み込んだ俺は、地面を蹴った力に身体の捻《ひね》りを加え、発生させた全身の力を拳に乗せ、同じく伯爵の顔面、左頬に右拳を打ち込んだ。

「くはっ、ははっ！　最近の若いのにしてはやるではないか！」

かんなり良い手応えだったってのに、バラクーダ伯爵は豪快に笑い飛ばしてくる。

いや、効いてはいるはずなんだが。あれだ、精神の高ぶりの方が勝ってるやつだな、これ。

ま、そういう人種だからこんな話し合いに乗ってくるわけだが。

ちなみにこれは、最初にお互い拳を打ち込みあい、互いの力量を見るって意味がある。

あまりに差があると感じた場合は、ここで降参してもいい。

そこで無理に意地張った結果、残念な事故が起こってしまったケースは少なくない。

だから、それを少しでも予防するためのルールでもあるんだ、これは。

後は、一応不文律やルールの機能する、ただの野蛮な殴り合いではない、という体裁を取り繕う意味もあるか。

で、こうしてお互いの拳を確かめあったわけだが。

「続行で？」

「聞くまでもなかろう！」

「ですな！」

バラクーダ伯爵の答えに俺が応じれば、二人同時に両の拳を顔の前に上げてファイティングポーズを取る。

恐ろしいことに、四十後半の伯爵の一撃は俺とほとんど五分のもの。

若い頃はどんだけ強かったんだよ、この人。

だがまあ、俺が戦う……もとい、話し合いをするのは、今のバラクーダ伯爵だ、過去の人じゃない。今目の前にいる伯爵も、十二分に恐ろしい強敵なのだから。

「ふんぬっ‼」

「っしゃぁっ‼」

バゴン、ドゴンと強烈な音を立てながら、お互いに殴り合う。

序盤はろくにガードも回避もしないのが作法だ。

身体の芯に響く伯爵の拳をまともに食らうのは正直勘弁願いたいのだが、作法だから仕方ない。

そして数回殴り合った後、今度は互いの首を取ろうとするかのように組み合う首相撲へ移行。

これ、単なる力比べに見えるんだがそんなことはなく、首を抱え込むようにしながら相手の胸元に肘を当て、てこの原理でこちらに相手の頭を引き込んで体勢を崩す、なんてテクニックもある。

そこまで崩したら、膝だの肘だの浴びせ放題。

……なんだが、当然相手も大人しく崩されてはくれないので、地味だが気の抜けない攻防が繰り広げられることになる。

互いに有利なポジションを探って小刻みに足を動かし、重心を浮かされないよう腰を落とし、しかし落としすぎて上から潰されないように気をつけ。

傍目《はため》にはかなり地味な攻防が繰り広げられる。

「……組み合いも五分、経験でバラクーダ伯爵様、反応の良さでマクガイン様が勝っているため拮抗《きっこう》しておりますね」

ニアの側に控えていたローラが、いきなり戦況分析を始めた。

しかも、的確でやんの。そういやこいつも相当な使い手だもんな、わかるか。

ローラの分析通り、伯爵も俺も決定的に相手を崩すことが出来ず終《じま》い。

このままじゃ埒《らち》が明かないってことで、どちらからともなく腕を放して距離を取り直す。

地味だが体力を使う攻防のせいで互いに呼吸を荒くする中、伯爵が唇の端を上げた。

「流石、『黒狼』の二つ名は伊達《だて》ではないな？」

「正直そんなご立派な二つ名なんぞ要らんのですがね、ハッタリくらいにしかなりませんから」

そんでもって、目の前にいるのはそのハッタリが効かない相手。

おまけに老獪《ろうかい》、この会話に使った数秒で、呼吸をかなり落ち着かせてやがるし。

若い分、どうしたって持久力じゃ俺の方が有利、なはず。

はずなんだが、その差を経験と駆け引きでどうにかしちまいそうなんだよな、この人。

ほんっと、面倒くさい。

「そんじゃ、改めて参りましょうか！」

「おう、来るがいい！」

踏むべき様式は終わり、後はもう全力で語り合うのみ。

互いに踏み込んで右拳を振るえば、ほとんど同時に互いの顔面にヒット。

たたらを踏みそうになるのを踏ん張り、今度は左。

これがまたお互いに、顔面じゃなくてボディに刺さる。

俺はストレート気味に横隔膜近くを狙い、伯爵はフックで俺の肝臓付近を狙って。

ちくしょう、フックのくせに腕の回し方が上手いから俺のボディストレートとあんま変わらん速さで刺さりやがる！

しかし、とくれば。

急所である肝臓を打たれて俺の動きが一瞬止まったのを見透かして、伯爵の右アッパーが俺の顎を狙う。

だが、それを察知していた俺は首の動きだけでそれを間一髪回避。

腕を振り上げてしまった伯爵の隙を狙って今度は右のボディストレート。

直撃させたはずだってのに、伯爵の左拳が動いて俺の右頬を直撃。

やべぇ、マジで強いなこの人。

攻撃、防御が交互に繰り返されるどころか、防御しながら攻撃、回避しながら攻撃とにかく腕も目も頭も忙しい。

特に伯爵の攻撃は俺が経験したことがない程に必死なもので、迂闊《うかつ》に食らい続けたら俺の意識が間違いなく飛ぶだろう。

……そう、必死なのだ。

これだけ経験豊富で、あれだけ余裕綽々《よゆうしゃくしゃく》に見えた伯爵が。

だからとんでもない威力もあるのだが、同時に、どこか危うい感じもある。

伯爵は背負ってる。背負いすぎている。

そりゃそうか。

戦況がどうだったか詳しくは知らないが、伯爵は嫡男を戦死させてしまっている。

下手したら、目の前で。

武闘派貴族としては天晴《あっぱ》れと称えるしかないが……親としての本音はどうだったんだろう。

そして、嫡男の死を無駄にしないためにも、バラクーダ伯爵家を一層繁栄させないといけない。

背負ったものは、成り上がり子爵の俺なんぞとは比べものにもならないはずだ。

「っあ～……やはり、背負うものがある男の拳は、効きますなぁ！」

だから俺は、言葉にしてそれを認め、そうすることでプレッシャーを跳ね返した。

確かに効いている。だが、それだけだ。俺を仕留めるには、足りない。

「はっ、まだ減らず口が叩《たた》けるか！」

伯爵が言い返してくるも、僅かに、気勢が削《そ》がれていた。

背負っていることを言葉で明確にしたことで、意識しちまったんだろうか。

バラクーダ伯爵程の人であっても、こんだけ背負っちまったら重すぎるのかも知れん。

もっとも、悪いがそれを俺が肩代わりしてやることは出来ないんだが。

「叩けるのは、口だけじゃないんですよねぇ！」

俺の拳がクリーンヒットすれば、伯爵の身体が僅かにぐらついた。

子爵としての俺が背負ってるものは、伯爵の背負ってるものとは比べものにならない。

だが、俺個人となれば話は別だ。

ちらり、と横目でニアを見る。
心配はしている。けれど、それ以上に俺を信じている目でこちらを見ている。
俺が負けたら、彼女と別れる羽目になるかも知れない。
そんなのは、御免蒙《こうむ》る！
伯爵の拳が俺の顔面に突き刺さったと同時に、俺の拳が伯爵のみぞおちを抉《えぐ》った。
カウンター、なんて綺麗《きれい》なもんじゃない。ただの、相打ちだ。
だが、僅かにだが俺が押し勝っている。
会うことは出来ないと思っていた。
既に儚《はかな》くなっているものと思っていた。
そんな彼女と、この王都で、偶然に出会った。巡り会えた。
こんな偶然を、奇跡のような巡り合わせを、逃してなるものか。
だってなぁ。何もかも諦めてたような彼女が、笑ったんだぞ。
もっと笑わせたいじゃないか。
もっともっと幸せになってほしいじゃないか。
出来ることなら、俺の手で。
こんな、人を殴るだとかばっかり得意な手ではあるけれど。
ぎゅっと固めた拳が、伯爵の拳よりも先にヒット。
相打ち狙いのタイミングだったんだが……少しばかり俺の拳が速くなっていたらしい。

「どうやら、そろそろ、決着のようですなぁ！」

「なんの、まだまだぁ!!」

伯爵が、意地と誇りと、飲み込んだ感情を込めて振るう拳。

速いし、痛いし、重い。

だが、もう俺は押し負けなかった。

ニアを、幸せにしたい。幸せになってほしい。

伯爵家の婿なら、俺の代わりはいるだろ？　けどな、ニアを一番幸せに出来るのは俺だ。俺しかいない。

俺が、そう決めた。

出来れば、ニアにもそう思ってほしい。

だから、こんなことでいつまでも揉《も》めてるわけにはいかないんだ！

渾身《こんしん》の力と想いを込めて振るった拳が、伯爵の顎先を捉えて。

「ぬ、お、おぉ……」

漏れる呻《うめ》き声。

そして、伯爵は意識を飛ばしたらしく……崩れるように膝を突き、そして、地面に両手両足を広げた格好で転がった。

その姿を見て、しかし俺は油断をしない。

右手を顎下辺りに戻した上で左拳を伯爵へと突き出すようにして、牽制《けんせい》の姿勢。

倒したと思って油断をしていない、まだお前に意識を残しているぞ、と示す意味もある構え。

……数秒そのままでも、バラクーダ伯爵が起き上がってくる気配はない。

流石にこれは、勝負あったと見ていいかな。

などと俺が考えた丁度その時、伯爵が大きく息を吐き出した。

「ふはぁ……ああ、効いた効いた！　儂の、負けだ！」

両手両足を投げ出して寝転がったまま、伯爵が宣言する。

随分と、スッキリした声と顔で。

それを聞いて俺は、ゆっくりと両の拳を下ろし、空を見上げた。

「ふぅ～……」

腹筋に力を入れ、背筋も絞り、腹の底から空気を押し出すようにして吐いていく。

張り詰めていた気を解放するように。それでいて、力が抜けきらないように。

まさか『黒狼』のままでいるわけにもいかないし、かといってちょっとでも力を抜けば俺も倒れ込みそうだし。

息を吐き出しながら、意識を日常へと戻していく。

……バラクーダ伯爵の抱え込んでたもんも、いくらかは空に溶かすことが出来ただろうか。

高いところに行った嫡男殿は、少しは安心出来ただろうか。

問うても答えは返ってこないが、何となく、どうにかなったような気はする。

じっくり時間を掛けて息を吐き出した俺は、視線を地上へと戻す。

最初に目に入ったのは、やはりニアだった。

……あれ？　何か顔真っ赤にして目を潤ませてんだけど。

え、俺そんなに心配させるような戦い方してた⁉

いや、してたか。特に終盤。

相打ち上等の殴り合いとか、元王女やご令嬢には刺激が強すぎるだろう。

……いや、エミリア嬢は平気そうだな。彼女は特例か。

ローラ？　あれは普通じゃ無いから論外。

それはともかく、まずはニアを安心させないと。

ってことで、俺は痛む顔面に鞭《むち》を入れながら笑みの形を作り、ニアへと手を振ってみせた。

……口元押さえて更に泣きそうな顔になっちゃったんだけど。

うわ、どうすりゃいいんだこれ⁉

ま、まずは伯爵を起こした方がいいんかな、一応儀礼的に。

と、俺が若干混乱していた時。

「あの、マクガイン様。ゲイル・バルディナンド様がお越しです。なんでも、第三王子殿下から緊急の書類をお預かりしてきたと」

「へ？　アルフォンス殿下から？」

執事の真似《まね》事をさせていたトムがいきなりやってきて、ゲイルの来訪を告げてきたもんだから、俺は首を傾げた。

今日の決戦のために、俺は数日前から書類仕事を必死に片付け、休みをもぎ取っている。

だから、今急ぎで確認する必要のある書類には心当たりがないんだけどな。

「まあいいや、緊急だってんならしょうがない、こっちに通してくれ」

話し合いが終わったばっかかで寝転がったままのバラクーダ伯爵を置いて屋敷の中に戻るわけにもいかんし、無理に動かすのもよろしくない。

ってことで、中庭の方にゲイルを通してもらったんだが。

「……何やってるんですか、隊長」

中庭の光景を見たゲイルが、最初に口にしたのがこれである。

いやわかる、言いたくなるのもわかる。俺だってそう言う。

ようやっと上半身を起こしたバラクーダ伯爵に、立ってるのがやっとな俺。

何事だと思うのは至極当然な反応だろう。

しかしこれにには理由があるんだ、と説明しようとしたその時。

「まあ……」

という小さな呟《つぶや》きを、俺の耳は捉えた。

おや？　と思ってそちらへ視線をやれば、いつの間にか取り出した白扇で顔の大半を隠したエミリア嬢。

隠れていない目が向かう先を辿《たど》れば、こちら……というかゲイル。

その視線、何よりその表情を見た瞬間、俺の脳内に雷が走る。

内心を押し隠し、俺はゲイルへとにこやかな笑みを向けながら書類が入っているらしい封筒を受け取った。

「いやまあ、バラクーダ伯爵とちょっとした話し合いをな。すまんなわざわざ書類を届けてくれて。丁度良い機会だから閣下にご挨拶させていただけよ」

「はい？　は、はぁ……確かにバラクーダ伯爵様にご挨拶させていただけるのは、光栄なことですが……」

流石、殿下を除けばうち一番の知性派であるゲイル、バラクーダ伯爵のこともしっかり知っていたらしい。

俺はにこやかな顔のまま、伯爵へと向き直る。

「閣下、ご紹介いたします。こちらは私の部下で売り出し中の若手、ゲイル・バルディナンドです」

「ご紹介に与りました、ゲイル・バルディナンドでございます」

俺の紹介と共に、ゲイルが折り目正しい姿勢で挨拶をする。

うん、几帳面《きちょうめん》なゲイルの性格が良く出た、良い挨拶だ。

ゲイルは平民に多い明るめの茶髪に茶色の目という地味と言えば地味な外見なのだが、騎士としてしっかりと鍛えられた身体に知性の滲む顔立ちをしているからか、こうした振る舞い一つでそれが実直さへと変わる。

そんな挨拶を受けたバラクーダ伯爵もまた、良い笑顔で挨拶に応じてくれた。

「うむ、君がゲイル・バルディナンド卿か。卿の噂《うわさ》はかねがね聞いておるよ。先日の一件でも、随分と活躍したようだな」

……この顔、声の調子。どうやら伯爵も、俺の意図に気付いたようだ。

伯爵からの評価に「とんでもない」だとか恐縮するゲイルに、俺はわかりきったことを聞く。

「そういやゲイル、お前まだ独身だったよな？」

「なんですかいきなり。そんなこと、とっくにご存じでしょう？」

「まあまあ。そんでもって、婚約者もいないよな？」

「そりゃそうでしょう、そんな暇もありませんでしたし。……私以上の激務にも拘わらず婚約者様を見つけられた隊長に言われると、色々と複雑ですが」

平民から騎士団に入って騎士爵を得たゲイルは、そのための努力を怠らなかった。

だから今の立場があるし、俺はもちろんアルフォンス殿下からの信頼も厚い。

そのせいで色恋沙汰に現《うつつ》を抜かす暇もなかったし、そもそも平民出身の騎士に貴族からの縁談なんてあるわけもなかったんだが。

「そういやニアに会わせたこともなかったたな。折角《せっかく》だし……っと、閣下、ゲイルからご息女にご挨拶させていただいてもよろしいですか？」

「ああ、構わんよ。エミリア、こちらへ来なさい」

とバラクーダ伯爵が呼びかければ、エミリア嬢がこちらへ来たんだが……ほんのり頬が染まっているのを、白扇で隠し切れていない。

そんでもって、そちらに意識がいってなかったゲイルは、こっちにやってきた美女二人を見てびっくりした顔になっている。

そりゃそうだよな、俺はニアで慣れてるから平気だったが、エミリア嬢もとんでもない美人さん。男ばっかりの職場で女っ気のないゲイルには刺激が強かろう。……いや、俺もついこの間まではそうだったから、偉そうなことは言えないんだが。

「バラクーダ嬢、ニア、こちらは私の部下で最も頼りになる男、ゲイル・バルディナンドです」

「ご紹介にあずかりました、ゲイル・バルディナンドでございます。最も頼りになる、とは過分な評価ではございますが……」

美女二人を前にして緊張しているのか、若干言葉が詰まり気味なゲイル。

もっともそれは、二人の……特にエミリア嬢の印象を悪くしてはいないようだ。

「アーク様の婚約者、ニア・ファルハールでございます。過分などとんでもない、アーク様からよくお話は伺っております」

「ど、どんなことを言われていますやら、気になりますが……」

ゲイルに近づいたせいで緊張してきたのか、すぐには挨拶を返せなかったエミリア嬢に代わってニアが先に挨拶をする。

それに対してなんとか無難な返事をしたゲイルが、エミリア嬢を見た。

……ふむ、感触は悪くなさそうだな？

「バ、バラクーダ伯爵が息女、エミリアでございます。どうぞお見知りおきを……」

「は、はい、どうぞよろしくお願いいたします……」

挨拶を交わし、見つめ合う二人。

何かこれ、もう俺が何かする必要ない気がするんだが。

しかし、貴族のあれこれとなれば利もないといかんからな。

「ゲイルは今は騎士爵ですが、先日の功績で昇爵となりそうでして。準男爵か男爵か、で揉めてるんだっけ？」

「揉めている、と言うのははばかられますが……通常であれば準男爵だろうというところに、アルフォンス殿下が男爵位を、と掛け合ってくださっているそうで」

「だろうなぁ、そもそもそれだけの働きをしたと思うし。俺は領地を賜って動きにくくなるだろうから、お前が男爵になってる方が今後色々助かるし」

例えば、先日俺に与えられた外交特使の権限は、男爵以上の貴族でないと与えられない。

そりゃあれだけ強力な権限だ、ほいほいと渡せるもんじゃない。

で、今の殿下直属特務大隊の面子《めんつ》で外交特使の権限を誰に与えるべきかと言われたら、ゲイルは一番か二番に名前が挙がるだろう。

「今後助かるって……え、まさか私に無茶振りがくるようになるんですか？」

「そりゃお前、緊急の書類を預けられるような人間だぞ？　戦場で急ぎの伝令を任される奴がどんな奴か考えてみろよ」

「それは、まあ……そう言われたら悪い気はしませんけども」

温和で知的な顔立ちのゲイルだが、やっぱりそれでも叩き上げは叩き上げ、戦場の機微はよくわかっているし、そう評価される意味もわかっている。

そしてもちろん、そういう扱いをされている人間の評価がどういうものか、バラクーダ伯爵はよ〜っくわかってるから、さっきよりも一層良い笑顔になっている。

「ちなみにバルディナンド卿《きょう》は、男爵位を賜るとすれば望むところですかな？」

「そうですね……平民出身の私が辿《たど》り着けるのならば、とは」

伯爵が尋ねれば、ゲイルはとまどいながらも頷《うなず》く。

男爵位は、普通であれば平民出身者のゴール。そこまで行ける人間なんて、ほんっとに一握りだ。

そこに二十代で到達しようってんだから、ゲイルの努力と才能は特筆すべきものであるだろう。

温和な人間だが、ちゃんと上昇志向もある。じゃないと騎士爵なんて取らないんじゃないかな。

そしてそこは、バラクーダ伯爵的には重要なところであるはず。

「なるほどなるほど。であれば、儂《わし》がアルフォンス殿下にご助力するのもやぶさかではありませんぞ」

「え。そ、それは、とてもありがたいですが……」

唐突な伯爵からの申し出に、戸惑うゲイル。

そりゃそうだろうなぁ、多分本人だけがわかってないだろうし。

「マクガイン卿から見て、バルディナンド卿の腕前の方はいかがですかな？」

「そうですね、槍《やり》を使わせれば私の次、組み打ち限定なら私でも気が抜けません」

「ほう、マクガイン卿をしてそう言わしめるとは、大したものですなぁ！」

「ちょ、ちょっと隊長、言い過ぎじゃないですかそれは⁉」

上機嫌なバラクーダ伯爵の横で、ゲイルが慌てふためく。

いやでもな、実際それくらいの腕にはなってんだよな、ゲイルの奴。

あ、もう一つアシストしておこうか。

「いや、事実だしな。あ、俺の次っていっても、槍はまだまだ修練しないとだからな？　ところで、気の強い女性とかって、どう思う？」

「え、なんですか急に。……そういう、タイプがどうとかは考えたこともありませんでしたが、私の仕事を考えれば、むしろ気が強いというか芯がしっかりしている人の方が望ましいでしょうね」

なるほど、答えの感じからして、誰か特定の人の顔が浮かんでる感じじゃないな、これは。

それも伝わったのか、ゲイルの返答を聞いたエミリア嬢の表情が、ぱっと明るくなる。

どうやら、性格面の相性も問題なさそうだ。

こうなったらもうバラクーダ伯爵は絶対に逃しはしないだろうし、エミリア嬢には喜ばしい未来が訪れる可能性が高い。

何しろ、平民出身の男爵が伯爵家に婿入りした前例は、稀《まれ》ではあるが、いくつかは確かにあるのだから。

バラクーダ伯爵家のような有力な家には無いに等しいが、ゲイルの軍功に加えて殿下と閣下の後押しがあれば、文句を言える奴もいないだろうし。

そして。

「当然、殿下もご存じだよなぁ……」

段々俺そっちのけで盛り上がりだした伯爵とゲイル、時々エミリア嬢。

そんな三人を見つつ今更ながら封筒を開けて書類を見れば、普通の文章に見せかけた暗号で『ゲイルはどうだ？』とあった。

つまり、緊急の書類だとか言ってゲイルを使いに出したのは、アルフォンス殿下の策だったわけだ。

「どうやら、ばっちりみたいですよ」

と、誰にも聞こえないように呟《つぶや》いた俺は、そっと封筒を閉じた。

家に帰ると誰かが〝おかえり〟と言う…とは
なかなか新鮮な感覚だ
……ピーマンは少し
苦手かもしれない
家族を知らない
エリート騎士
×
家族に虐《しいた》げられた
辺境伯令嬢
……っ!?
呪われた子
なんだから
よくやったな…
って言って下さい…
愛を知らない二人が出会う

こうして、俺とニアの婚約に横槍《やり》を入れてきたバラクーダ伯爵家は、ゲイルという有望な婿候補と出会うことになった。

流石《さすが》に出会ったばかりで即婚約、というわけにはいかないし、伯爵家の方で身辺調査もするだろう。

それで問題なしとなれば、本格的に外堀を埋められていくことになる。

ということは、もうほぼ囲われることは確定してるわけだ。あいつ程身綺麗《みぎれい》な人間もそうはいないし。

「結果としては上手《うま》く収まったんじゃないかな」

「俺としては万々歳ですね、正直なところ」

バラクーダ伯爵との話し合いの終わった翌日、事の顛末《てんまつ》を報告しに顔を出した第三王子執務室で、アルフォンス殿下が絵に描いたような王子様スマイルで笑う。

うん、絵に描いたような。整いすぎて寒気がするくらいの。

「俺だけでなく色んな方面が丸く収まる形になったとも言えますが」

そう言いながら、俺は何となく指折り数える。

まずエミリア嬢だが、彼女としてもゲイルは満更じゃない、どころかかなりタイプだったようだ。

「実はお前から報告と相談を受けた後、短い時間ながらバラクーダ伯爵家やエミリア嬢のことを調べたんだよ。そしたら、どうもエミリア嬢はゴリゴリの騎士タイプよりも知的なタイプの方がお好みらしいとわかってね。ただ、知的とは言っても線が細すぎてもだめ、ある程度鍛えていないと、ってことでお眼鏡に適《かな》う令息がいなかったらしい」

「なるほど、その点ゲイルならしっかり鍛えられてるのに顔立ちには知性が滲《にじ》む感じで、丁度バラクーダ嬢の好みに一致した、と」

そう考えると、昨日のエミリア嬢の反応も納得がいく。

むくつけき脳筋二人が組んず解《ほぐ》れつしてたところに、いきなり好みドンピシャな騎士がやってきたんだ、そりゃギャップで一層好みに見えたことだろう。

ほっといたらそのギャップの効果も薄れただろうが、能力だとか条件だとかもばっちりだってたんだから、エミリア嬢の熱が冷めることはそうそう無いだろう。

ほんと、狙い通りと言いたくなる展開だったんだが、実はそうじゃなかったらしい。

「もっとも、わかったのが直前だったから、出たとこ勝負でゲイルに行ってもらったんだけど」

「うわぁぉ、ほんとにギリギリと言うか何と言うか……おかげで助かりましたけども。……うん？　だったらゲイルに何も教えてなかったのはどういうことなんです？」

「教えてたら、あいつ絶対ガッチガチになるだろ？　こういう類いのことだけはほんとに苦手なんだから」

「ああ、なるほど……」

苦笑しながら言う殿下に、俺も頷くことしか出来ない。

何しろ酒場でお姉ちゃんに絡まれただけで真っ赤になる奴だからなぁ……変な女に騙《だま》される前に良いご縁があってほんとに良かった。

「正直に言えば、ここまで当たるとは思っていなかった。勝算が薄かったとも言わないけど、賭けだったのも間違いない。だから、こんなにポンポンと話が進むとはって感じなんだけど」

「まあ、バラクーダ伯爵的には、あの日で大体見極めたみたいですしねぇ……」

苦笑を返しながら、昨日のことを思い出す。

結局あの後、大体回復したところで伯爵がゲイルとの組み手を希望、軽く揉《も》んでいただいて、ゲイルの腕を認めたらしい。

そうなれば、元々ゲイルに対して良い印象を持っていたエミリア嬢が反対するはずもなく。

後は外堀を埋めるだけだが、伯爵の助力もあるんだからゲイルに男爵位が与えられることは決定したと言っていいだろう。

これで伯爵家への婿入りも可能になるし、アルフォンス殿下としてもゲイルの使い勝手が向上する。

ゲイル自身も、ゴールだと思っていた男爵位が手に入る上に、伯爵家へ婿入りする流れにも乗れそうときた。

伯爵家としても知勇兼備で清廉な騎士を婿候補として青田買い出来そうとあって、歓迎しているし。

「ゲイルがあのバラクーダ伯爵にも認められる程の男になっていたとは、我ながら部下の育成能力の高さに身震いしてしまうね」

「あ～……まあ、育ってはいますよね、はい」

自画自賛するアルフォンス殿下に、俺は何とも言えない顔になる。

なんせ殿下の部下育成によって伸ばされた一人が、俺だ。

やり方はとんでもないスパルタだったが。

と言っても大量に使い潰して生き残った奴だけを掬《すく》い取るようなやり方じゃなく、本人も言っていた通り、各自の限界を見極めた無茶振りだったとは思う。多分。

「で、育てた結果、手の者がバラクーダ伯爵の内側に入り込めるようになった、と。流石にこれは予想外だったんじゃないですか？」

「そうだねぇ、しかもこんな理想的な形でなんて、ね。元々伯爵にちょっかい出すつもりもなかったんだよね、必要性も感じなかったし」

アルフォンス殿下曰《いわ》く、バラクーダ伯爵は理と利のある戦であれば出陣してくれるため、言うことを聞かせるための工作はほとんど必要ない。

むしろ伯爵家への干渉を察知すれば敵対的になって守りに入ることすらあるため、ちょっかいを出すなど百害あって一利無しとすら言える。

それが今回、腹心の部下と言っても良いゲイルが婿入りするのだから、アルフォンス殿下としても今後の戦略と策謀に大きなプラスとなるのは間違いない。

「流石にゲイルとエミリア嬢に当主を譲るのは十年後とかになるだろうし、今すぐ全面協力してもらうつもりはないけど……まあそれでも、某国攻略が前倒しに出来そうではあるよね」

と、とても良い顔で笑うアルフォンス殿下。

この某国とは、もちろんソニア王女の故国であるシルヴァリオ王国だ。

随分と舐《な》めた真似《まね》をしてくれたこの国は早めに攻略してしまいたいのだが、それはもちろん感情的な意味で……というわけではない。アルフォンス殿下にとっては。

「どう考えても宝の持ち腐れなんだよね、あの王家にあの港は。先代だか先々代が余程優秀だったんだろうけど、当代と次代は活かしきれないようだし」

「まあ、活かせてたら先の戦争も長引いていたでしょうしねぇ」

しみじみと言う殿下に、俺も同意せざるを得ない。

シルヴァリオの王都にある港は、近隣数カ国の中でも最大のもので、王家の懐をかなり潤していると聞く。

流石にその輸送力を内地の戦場に対しては使えなかったにしても、国外から食料だとか軍需物資を輸入してくれれば、かなり面倒だったはずなんだが……そういった使い方はしていなかったようだ。

「戦時だってのに、平時と変わらない輸入内容ってのはいかがなものかねぇ。それも宝飾品だとか嗜好品《しこうひん》だとか。もっと他に優先すべきものがあったと思うんだけど」

「戦争が短期間で終わったから発注が間に合わなかったのかも知れないと思って調べてみれば、どうも発注しようとした形跡も無かったですもんね。国内の備蓄だけでなんとかなると考えたようですが、それが滞ったらどうしようもないですな」

　例の事件でシルヴァリオ側に乗り込んで、色々とこちらの言うことを聞かせた際、あちらさんの帳簿だなんだもこっそり調べてわかったことがそれだ。

　食料だとかを国内だけでどうにか出来ると踏んだのはわかるが、金に余裕があるんだから万が一に備えて別ルートでも確保しておくべきじゃないかと思うんだが、それをした形跡がなかった。

　まあ、計画的な侵攻ってわけでもなかったから、そこまで本腰を入れるつもりもなかったのかも知れないが。

　そこから下手を打ちまくって領土割譲までする羽目になってんだから、どうにも救いようがない。

「ま、こちらとしてはそんな下手を打つ相手であれば、遠慮する必要もないわけで」

「だから、奪った領土に俺を行かせるわけですね？　前線基地扱いするつもりですか」

と、バラクーダ伯爵親子からリークされたネタをぶつけてジト目で見てやったんだが、流石微笑《ほほえ》む氷山、良い笑顔のまま微動だにしない。

　それどころか、だ。

「ついでに鉱山開発もするから、機密漏洩《ろうえい》をさせないだけの信頼と実績のある人間じゃないと困るっていうのもあるんだけど」

「ついでに、でやらせる内容じゃないんですけどねぇ⁉」

　楽しげに笑うアルフォンス殿下へと、俺は若干マジトーンで噛《か》みつく。

　こっちが奪ったばかりの土地なんだから、あちらさんだって普通の神経してたら奪い返そうとするだろうし、そのための諜報《ちょうほう》活動もするだろう。

それで『鉱山技師集めて何かやってます』なんて気付かれてみろ、また紛争が……。

「……殿下、まさか向こうが勘付いてまた仕掛けてきたらそれはそれで、とか考えてないですよね？」

「やだなぁアーク、何のための前線基地、何のための一個旅団だと思ってるのさ」

「そんなに子爵領に駐屯させるつもりですか⁉」

聞けば、今回我がマクガイン子爵領となる土地には、王国軍の兵と騎士が総勢五千人とそれを支える輜重《しちょう》隊が配置されることになった。というか、既に二千人は配置されてるらしい。

子爵領全体の人口は現時点で三万人くらいになるそうなんだが、そこにその六分の一にあたる数の王国兵が駐屯しようというのだ、石を投げれば兵士に当たるレベルである。

「……殿下、勿論《もちろん》食料だなんだは国が持ってきてくれるんですよね？」

「当たり前だろ、兄上が差配してくれるんだぞ、抜かりないさ」

「くっ……確かにこないだの戦争でも、飢えた記憶はないですが……」

第二王子アルトゥル殿下によって、戦時中でも物流が落ち着いていたのは以前言った通り。

その物流能力で支えてくれるってんならこれ以上心強いものもない。

何しろ常備軍として持てる人数の限界は、人口の三％だとか五％だとかって言われている。

となると、今回子爵領に配置されるのはその何倍にもなる人数なわけだから、維持するのは至難の業。

ただでさえ割譲されたばっかりで不安定なんだから、どれだけの生産能力を発揮出来るのかも未知数だし。

その心配をしないで良いってだけで、かなり心理的な負担は減ると言って良いだろう。

「わかりましたよ、そこまでお膳立てされてるんだったら、やってやろうじゃないですか」

「何言ってるのさ、元々拒否権なんか無いよ？」

「わかってるんですけどねぇ!?　こう、気持ちの問題っていうか気合いの入り方っていうか！」

思わず声を上げてしまう俺。

いやほんと、よく不敬罪でしょっぴかれないよな。

残念ながら、色んな意味でこれが当たり前になってるんだろうな、と思わず遠い目になってしまう俺である。

「そういうわけで、これからお前も忙しくなるし、早いとこ婚姻を無事済ませてほしいところなんだけど……流石にこういう理由で急《せ》かすのも無粋だよねぇ」

と、いきなりアルフォンス殿下が少々悩ましげに言い出した。

「え、殿下が人間らしい配慮をしている……あ、俺だけじゃなくてニアも絡むから、ですか」

「いや、一応お前の心情にも配慮するつもりではあるけど、どうせ結婚式に憧れとかないだろ？」

「まあ、それはその通りなんですが。ニアは……どうなんでしょうね……」

殿下に言われて、俺は考え込んでしまう。

婚約も無事纏《まと》まり、後はある程度の期間を置いた後に結婚するばかり。

ということで、結婚式の打ち合わせをぼちぼち始めたところなんだが……。

あ、ちなみに本来は一年だとかもっと時間をかけて準備すべきものってのはわかってる。

わかってるんだが、今回は色々な事情や思惑が絡むから二カ月から三カ月程度の準備で済ませることになるし、ニアもそのこと自体は了承済みだ。

「どうなんだとか聞かれても、私にわかるわけないじゃないか。彼女に聞いてないのかい？」

「もちろん聞いてるんですがね、特にこれといった要望が出てこないんですよ」

「あ～……彼女はどうも物わかりが良すぎるタイプみたいだからねぇ」

困ったように俺が言えば、殿下もまた納得して、同じように困った顔になる。

何しろ俺とニアの結婚は、彼女がアルフォンス殿下に仕えることが出来るような身元を得るためのもの。

更に言えば、その立場を使ってのシルヴァリオ王国の攻略・併合。

つまり、ガッチガチの政略結婚である。ちょっと普通のものとは違うが。

俺の方には下心もあるというところが更に普通と違うところだが、それをニアに押しつけるつもりは毛頭無い。

むしろそこは、俺の男としての器的なものが試されていると思っているので、なんとかじっくり口説いていくつもりだ。

話が逸《そ》れた。

まあそういうわけで、彼女としては元々の憧れはともかく、この結婚に夢を見ることはないんじゃないかと思ったりもするのだが。

そうでない、かも知れない、という淡い希望も持っているわけだ、俺としては。

……それくらいの希望を持つくらいはいいんじゃないかと思う。

ただ、仮に夢や憧れがあったとしても、ニアは現状を考慮してそういったことを口にしないんじゃないかというのが懸念事項なわけだ。

「実際、あまり派手な結婚式をするわけにもいかないですからね。彼女の素性を考えたら、多くの人目に触れるのは避けたいところですし。花嫁衣装や指輪については頑張るつもりですが、出来る限り、にはなってしまいますし」

最大で三カ月の猶予があるとして、オーダーメイドのドレスを作るには足る時間だろうが、王族が着るような豪華な奴は難しい。情けないが、予算的にも少々きついところ。

子爵家への嫁入り衣装として十分なものは準備出来そうだし、彼女は間違いなくそれでいいと言うんだろうけど。

彼女が心からそう思っているかはわからない。

「むしろ、これ以上無いほどの政略結婚なんだから、書類だけで済ませたいと思ってる可能性もあるよ？」

「それ、否定出来ないんでやめてもらえますか」

冗談めかしていう殿下に、思わず真顔で返してしまう俺。

うん、まあ。そう思われているのがある意味で一番怖い。

ただ、その場合傷つくのは俺だけだから、構わないっちゃ構わないんだが。

「悪い悪い。けど、こうして私とうだうだ言い合っていても、確かなことなんて何一つわからないだろ？　まずは彼女としっかり話し合うことじゃないかな」

「わかっちゃいるんですけどね……ちゃんと話してもらえるかどうか……」

「ふむ。となると、問題はそこかな」

「はい？」

一人納得顔の殿下に、俺は怪訝《けげん》な顔になってしまった。

視線で問いかければ、殿下はもったいぶることなく答えてくれる。

「ある意味当然といえば当然の課題なんだけど、お前とニア嬢の間にはまだまだ信頼関係だとかお互いの理解だとかが足りないんじゃないかい？　話してもらえないかも知れない、話してもらえる関係かがわからないっていうのは、そういうことじゃないかな」

「う……それは、確かにそうですね……」

殿下に指摘されて、俺は頷かざるを得なかった。

何しろ俺とニアは出会ってからまだ一カ月も経《た》っていない。

その間にコミュニケーションはもちろん取ってきているが、それはどちらかと言えば業務連絡だとか打ち合わせだとか、ビジネス的と言われたら否定出来ないもの。

そういう雰囲気のやり取りで、果たして感情的な歩み寄りだとか信頼関係が築けたかと言われたら、即答は出来ない。

だから俺は、ニアの言葉が本当に心からのものかがわからないわけだ。

「……どーすりゃいいってんですか、これ」

「残念ながら、これに関しては絶対の正解はないだろうからねぇ。お互いに会話を重ねていくしかないんじゃないかな」

「そうなりますよねぇ。……時間制限がないなら、いくらでも重ねるところなんですが」

ニアの父親の振りをしてくれる学者先生に確認を取って、諸々《もろもろ》の段取りを整えたという体裁をとっても不自然でない期間が二カ月から三カ月、とは前言ったが、現状、結婚を伸ばせるのも三カ月が限度、という状況になってきている。

シルヴァリオ攻略に向けた仕掛けは出来るだけ早く取りかかりたいし、鉱山開発なんてものは時間がいくら掛かるかわかりゃしない。

後単純に、国境付近のストンゲイズ地方が長い間領主不在のまま王国軍だけ駐屯している状態、というのは色々要らん刺激を与える可能性がある。

だから俺は出来るだけ早く領地に行かないといけないし、その際には参謀というか相談役としてニアを伴う必要性があり、そのためには結婚をしていなければいけない、というわけだ。

……つくづく、必然性でがんじがらめになってる状況だな、おい。

「大体三カ月を目処に結婚、これはずらせないですよねぇ」

「まあ、ねぇ。流石に伴侶となっていない女性を前線基地に送り込むわけにはいかないし、向こうでの活動には彼女の助言が必須だろうし。となると、三カ月後には結婚してもらわないと……いや、

てよ？」

「え、なんですか急に、酷《ひど》い悪だくみを考えついたみたいな顔して」

「不敬罪でしょっぴくぞ？」

なんて俺を軽く脅してくる殿下だが、今見せた腹黒い笑みは、滅多《めった》に見られないくらい真っ黒だった、いやまじで。

あんまり言い募って本気で怒らせるのも嫌だから、黙ってるけど。

……悟られてる気もするけど。

「それで、一体何を考えついたんです？」

「いやね、別に書類上の結婚だけ済ませて、結婚式は後日って形も割とあるじゃないか」

「ああ、まあありますよね。正直ちょっと考えたんですが、そもそもいつになったら出来るのかわからんというのがありますし」

「だったら、わかるようにしちゃえばいいじゃないか」

うわっ、背筋が冷えるっ！

めっちゃゾクゾク来たんだけど……え、何かとんでもないこと考えてないか、この人。

「そもそも、派手な結婚式が出来ないのって、彼女の生存がシルヴァリオ王国側にばれたらまずいからだよね？」

「ええ、それはそう……って、まさか殿下」

「うん。シルヴァリオ王国がなくなってたら、ソニア王女が実は生きていたなんてわかっても、何

にぶら下げることが出来るわけですね？」


も問題ないだろ？」

やばい、なんてこと考えるんだこの人。

さっきから背筋がゾクゾク震えて止まらない。

ただそれは、恐怖じゃなくて。

「で、シルヴァリオ攻略が成されたら派手な結婚式やっても問題ないぞっていう餌を、俺の目の前にぶら下げることが出来るわけですね？」

「もしかしたらニア嬢も食いつくかも知れないよ？」

さらっと軽く言ってくれちゃって。

ああもう、俺の中にいる『黒狼《こくろう》』がまた目覚めちまいそうじゃないか。

俺は第三王子殿下に対して向けてはいけない顔になりそうなのを抑えて、ひくつくような笑顔で殿下に問い掛ける。

「前代未聞じゃないですかね、結婚式挙げるために国を落とすって」

「そこは勘違いしないでくれ、お前達《たち》の結婚式をちらつかせたのも手段の一つ。あくまでも目的はシルヴァリオ王国攻略、それによってもたらされる我が国への利益だからね」

いつもより大分温度が下がった微笑みでにこやかに言う殿下。

この人の恐ろしいところだが、本気でこう思っている。

それでいて、同時に俺達のことを考えてくれるのも嘘《うそ》じゃない。

打算と感傷を共存させ、その軋轢《あつれき》や歪《ゆが》みまで飲み込んで平然としている。

これが王族の器って奴なのかと思うと、ほんとにこの人には畏敬の念を抱いてしまう。

しかしだな。

「……人の心理を理解して上手《うま》いこと利用する策謀家って、控えめに言って悪魔じゃないですかね？」

「良い加減ほんとにとっ捕まえるぞこの野郎」

俺が思わず本音を言ってしまえば、殿下が睨《にら》み付けてくる。

ただ、その口元は笑みの形を作っていた。

……いや、あんな物騒な話の後に笑ってるのもどうかと言えばそうなんだが。

まあ、俺も同類というか手下なんだ、今更ってものだろう。

そんなことを思いながら、俺は殿下と今後の話を詰めていくのだった。

◆◆◆◆

そんな、アルフォンスが思う存分腹黒さを発揮していた頃。

「はぁ……」

アークの子爵邸への引っ越し準備が一段落した家の自室で、ニアは机に頬杖《ほおづえ》を突くお行儀の悪い姿勢で溜め息を吐いていた。

「どうしたんですか姫様、溜《た》め息《いき》なんて吐いて」

お茶のお代わりでも、と部屋に入ってきたローラが声を掛ける。

だが、普段ならばすぐに返事をするニアからの反応が何もない。

呼吸が速い様子はなく、姿勢を見るに身体に力が入らないわけでもないとなれば、病気や体調不良ではなさそうだ。

であれば、別の要因だろうか、とローラが観察しながら考えていると、ゆっくりとニアが身体を起こした。

「ねえ、ローラ」

「はい姫様？」

問いかけられて、即座に返事をするローラ。

主の声に即反応出来るよう己を律しているその姿は、侍女の鑑《かがみ》と言ってもいいかも知れない。

本人の本質的な気性はともかくとして。

そして、問いかけたニアは……しかし、すぐには問いを発しない。

言いかけては口を閉じ、視線を逸らし。

躊躇《ためら》い、恥じらい。

そんな主の様子は可愛《かわい》いので、それはそれでいいのだが。

しかし、彼女をそうさせている存在が誰なのかわかっているだけに、素直に喜べない。

ましてその男が、主であるニアと結婚して雇用主となるなど。

と、主向けの和やかな笑顔の下でアークへの恨みを積み重ねていたローラへと、ニアがやっと問いを発した。

「アーク様って……私のこと、かなり好き、みたい、よね……？」

躊躇いがちに言うその顔は、頬を染めて、自信なさげに目を少しばかり伏せた……恋する乙女としか形容の出来ないそれで。

このタイミングでのそれは、ローラにとってかなりな痛恨の一撃となった。

うっかり顔面のガードが崩れそうになったローラは、慌てて表情を微笑みの形に引き締めながらニアへと答える。

「左様でございますね、あれはかなりではないかと」

「そうよね……」

ローラの答えに返すニアの吐息は、随分と熱っぽい。

聡明《そうめい》ではあれど純粋無垢《じゅんすいむく》だった姫様が、大人の階段を一歩上ってしまった。

そのことに愕然《がくぜん》とした想いになるものの、それでもまだローラは踏みとどまる。

というか、そもそもニアにそれが伝わってしまったのは彼女のせいなのだから。

「想いを込めた拳が、あんなに熱の籠もったものに見えるだなんて、知らなかったわ……」

そう言いながら、もう一度ニアは熱っぽい溜め息を零《こぼ》した。

事の発端は、もちろんアークとバラクーダ伯爵のステゴロ、もとい肉体言語による話し合いである。

アークの意識からは外れていたが、ローラは二人の首相撲辺りからずっと実況・解説を一人で続けていた。

それはひとえに、主であるニアを安心させるために。

何しろ傑物と呼ばれるに値する武人二人の格闘戦だ、素人目にはなにがなんだか追うことも出来ず、とにかく恐ろしい迫力だということくらいしかわからない。

……普通は。

色々な事態をくぐり抜けてきたニアは冷静にアーク曰くの『話し合い』を見据える肝の据わりっぷりを見せていたのだが、それでも理解は追いつかない。

だからローラが実況解説を買って出たのだが……それが良くなかった。ローラ的には。

「まあ確かに、武門の伯爵家として守るべき誇りを背負ったバラクーダ伯爵と、己の意地を張り通したマクガイン様のあの攻防は、武に携わる者であれば必見と言うべきものではありましたが」

悔しいが、確かに見事な戦いぶりだった。そして見事な勝利だった。

そこは認めざるを得ないのが、また悔しい。

何しろ、主であるニアが、その戦いにすっかり魅入られてしまったのだから。

「そうよね、そうよね！　武門の名家であるバラクーダ伯爵の、一門を背負ったが故《ゆえ》の力強さ、実に見事だったわ。だけど……それに対抗して、凌駕《りょうが》したアーク様……その、あの拳に込められたものって……つまり、そういうことよね？」

「そういうこと、ではよくわかりませんが、多分そうなんじゃないでしょうか」

すっかり浮かれポンチになってしまったニアの姿に、ローラは滅多に見せないくらい投げやりである。

正直に言えば嘆かわしい。こんな浮かれきった姿は見たくなかった。

だが、浮かれきってしまうだけの相手を見つけたことは喜ばしい。

また、その相手があの『黒狼』。

ローラからすれば故国をボコってくれてありがとうと言いたくなりはすれども、同時に三桁斬りの猛将という曰く付き物件である。

野蛮で血生臭い相手などとんでもないと思いはしつつ、しかしある意味恩人でもあるのだから悩ましい。

まして、こんな恋に悩む顔を見せられては。

「我ながら野蛮だとは思うのだけれど……アーク様が、私との婚約のために戦う姿を……私への想いを込めた拳を振るうところを見たら、胸が高鳴ってしまって……。それが、今日になっても収まらないの。ねえ、ローラ。私、どうしたらいいのかしら」

どうにも手の付けようがないと思いますよ、というのが正直なところである。

だが、ローラはそれを堪えた。必死に。己の持つ忍耐力を総動員して。

アークが絡むとどうしようもなくなってしまうことも多々あるが、それ以外であればいまだに敬愛すべき主なのだ、見捨てることなど出来るわけが無い。

ただ、悩んでいるのか惚気《のろけ》ているのかわからない言動だけはどうにかならないものかと思いはする。

口にはとても出せないが。

「いっそ、素直にそうおっしゃればいいのでは？」

どうでもいいです、を最大限オブラートに包んだ結果の言葉に、しかしニアは恥じらう表情を見せる。

そんな表情はとても愛らしいのだが。

そんな表情にさせるあの男が憎らしくもある。

「そんなこと、とても言えないわ！　殿方が殴り合う姿をみて胸をときめかせました、だなんてそんな、はしたない！」

「ええまあ、普通の淑女でしたら気を失っていてもおかしくない光景だったとは思いますが」

答えながら、ローラは思わず遠い目になる。

アークとバラクーダ伯爵の殴り合いを思い出すと身震いをしてしまうくらいに、二人の肉体言語による話し合いは凄《すさ》まじかった。

アーク本人は、それが当たり前の領域にいるから平然としていたが、並の武人であれば指を掛けることすら出来ない段階にあの二人はいた。

とても残念なことに、ローラはそこに近い段階にいるからこそ、自分がその領域に至ることが出来ないことを理解してしまった。

理解出来てしまった。

結果、アークに対する感情はますます複雑になってしまう。

「気を失うだなんて勿体《もったい》ない。あんなに熱烈なラブコール、一瞬たりとも見逃せないわ」

全てが正確に伝わってしまった後となれば、尚更《なおさら》のこと。

だからローラには、悪い考えが浮かんでしまった。

「でしたら姫様。マクガイン様の思いに気付いていない振りをしていたら、ああいった姿を何度も見られるかも知れませんよ？」

もしも今この場にアークが居たら、『何言ってんだお前はぁぁぁぁ！』と絶叫しそうなことを、さも当然のような顔でさらりと言うローラ。

せめて同じ男であるトムが居たら話は変わったかも知れないが、残念ながら女性の主であるニアの部屋に彼は滅多に入ってこない。

だから、ローラの発言を咎《とが》める者はいなかったのである。

「そ、それは……確かにそうかも知れないけれど……なんだかアーク様に悪い気がするわ」

「いいんですよ、そこで踏ん張って頑張るのが男の甲斐性《かいしょう》ってものですから」

多分。きっと。もしかしたら違うかも知れませんが。

そんな言葉をおくびにも出さずにローラは笑顔を作る。

聡明《そうめい》だが男女の機微に疎いニアは、ローラの言葉に半信半疑。

つまり、半分は信じかけている。何しろ、ニアはローラに全幅の信頼を寄せているのだから。

その信頼を悪用しているようで心苦しいが、あの『黒狼』の右往左往する姿が見られるのならば仕方が無い。

どうせ遠からず両思いであることには気付くのだろうから、今これくらいの悪戯《いたずら》は許されるに違いない。

そんなことを考えていたところで、トムがドアをノックして来客を告げた。

「まあ、このタイミングでアーク様がいらっしゃるだなんて……私、どんな顔をしてお会いすればいいのかしら」

「いつも通りでいいと思いますよ？　色んな意味でいつも通りに」

「そ、そうね、急に態度が変わっても、アーク様も変に思うかも知れないし……」

ローラの讒言《ざんげん》を、ニアは受け入れてしまった。

実際のところ、急にニアが恋する乙女モード全開で応対しても、アークは真っ赤になって混乱するばかりだろう。

状況を進めるためには、この程度の嘘《うそ》など方便なのだ。

そう自分に言い訳をしながら、ローラは出迎えのためにニアの身支度を調えるのだった。

「……という提案をアルフォンス殿下から受けまして。え～……ニアは、どう思います？」

新居へと移動する準備が進み、段々荷物が減っているニアの家で、俺はテーブルの向かいに座るニアへと問い掛ける。

……演技の必要が無い場でニアって呼び捨てにするのは照れるな、何か。

提案とは、もちろん先程殿下と話してるうちに浮上した、一旦書類上の婚姻だけ済ませ、シルヴァリオ王国攻略が終わってあちらの王家から何も言われない状態になってから挙式なりお披露目《ひろめ》なりするのはどうか、というもの。

これの意味するところは、説明するまでもなくニアにも伝わったらしい。

「なるほど、心置きなく結婚式をしたいならば最大限の協力と努力をしろ、とおっしゃっているわけですね。……そして、シルヴァリオ王国攻略がかなり上位の優先事項になっていること、ひいては協力の見返りをちゃんと用意していることも」

おっとぉ、なんだかどっかの殿下に似てる温度の笑顔になってるぞ？

やっぱこの人も一筋縄じゃいかない人だよなぁ……まああんだけ複雑というか虐げられた環境にいたら、そうもなるか。

ニアというかソニア王女が育ってきた環境は、以前シルヴァリオ王国を糾弾した際に調べ上げ、追及する材料としてアルフォンス殿下に全て渡している。

当然殿下もその環境から来た彼女の思いや、どういうつもりで色々な資料をこっそり残してきたかも理解している。

だからソニア王女が生きていることがわかって、彼女がシルヴァリオ王国攻略の手助けをすると名乗りを上げた時に、アルフォンス殿下はリスクを承知でニアをアドバイザーとして引き入れることにしたわけだ。

となると、ニアから様々な情報提供を受ける対価としてシルヴァリオ王国攻略を進めていく必要があるわけだが、誠意がない人間であれば情報提供を受けておきながら「ただし何年後になるかはわからんがな！」とか言って棚上げすることもありえる。

で、アルフォンス殿下はちゃんとやる気がある、と誠意を見せた形になるわけだ、今回の言い分で。

まあ、その分働けよ、とも言ってるわけだが。

「そういうことですね。と言っても、これはあくまでも提案であって命令じゃありません。攻略を早めようとすれば当然リスクも生じますから、殿下も無理に推し進めようとは思っていないようですし」

怒ってる、わけじゃないんだが、なんというかこう……殺る気？　みたいなのを滲《にじ》ませているニアへと、俺はフォローになっているんだかなっていないんだか、なことを言ってみる。

多分ニアの殺る気は殿下へではなく、俺と同じくシルヴァリオ王国へ向いてるんだとは思うんだが。思いたいんだが。

念には念を入れて、というわけだ。

どうやら俺の発言は思ったよりも効果があったらしく、ニアがふぅ、と吐息を零《こぼ》せば、滲んでいた殺る気がかなり拡散した。

「なるほど、それはそう、ですよね。既にアルフォンス殿下の頭の中には詰み筋がいくつも浮かんでいるでしょうし。その中の一つで私達《たち》にメリットが大きいものをご提示くださった、ということですか」

……私達、と言われてちょっと、いや大分嬉《うれ》しかったのは内緒だ。

いやいや、彼女からすればシルヴァリオ王国の目を気にしなくて良くなるのはかなり大きなメリットだろうから、きっとそれが大きいに違いない。俺は詳しいんだ。

……いや、ついさっき殿下から詳しくないと突っ込みを入れられたばっかりだったな……。

それはともかく、実際アルフォンス殿下に複数のプランがあるのは事実だし、いくつかは俺も教えてもらっている。

中には、俺が領主として赴くことになるストンゲイズ地方とかが絡む策もあるわけだし。

そのうちどれが実行されるのか……あるいは複数並行するのか。

そこは殿下にしかわからんわけだが。

「そういうことだと思います。国の戦略で考えたら十年以内に落とすとかそういうスパンもありでしょうが、個人がそんなスパンで考えるわけにはいかないですからねぇ」

今回の戦争は小競り合いと言っていい程度のものだったので数カ月で終わったが、国家間の戦争なんざ年単位になるのはザラ。

歴史を見れば百年近く戦争やってたなんて国もあるくらいだ、十年なんて当たり前にありえる。

だがそうなると、ニアは二十七歳。結婚式だけとは言え、この辺りの貴族女性としてはかなり遅いものになってしまう。

いやまあ、今は平民だからとかいう言い訳も出来るのは出来るし俺は気にしないが、ニアがどう感じるやら。

ま、その辺りも含めてちゃんと話し合わないと、なんだが。

「正直に申し上げれば、十年もかからない、というのが私の見立てですね」

と、中々に鋭い見解をニアが示したのを見るに、要らぬ心配なのかも知れない。

「これはまた随分とはっきり言いますね。それは、アルフォンス殿下がやった仕込みだとかの影響で、ですか？」

「ええ、恐らく二年から三年で、シルヴァリオ王国の物流はあちこちで滞るようになるのではないかと。そうなってしまえば、年単位の戦争にはとても耐えられないでしょう」

「流石《さすが》、お見通しですか」

澱《よど》むこと無く語るニアに、俺は苦笑しながら頷《うなず》くしか出来ない。

先日結ばれた条約によって正式に終戦となり、こちらが一部の関税を好きに出来る権利を得たわけだが……殿下はそれを上手《うま》く利用している。

例えばある地域では、こちらへと入ってくる時の関税を下げたんだが、そのおかげで、我がブリガンディアへと食料だとか実用品を輸出するシルヴァリオ貴族や商人が増えていたりするのだ。

なんせシルヴァリオ王国は戦争の影響で物流がおかしくなっている上に、治安が悪化したせいで護衛など輸送に必要な人的コストが大幅に上がっている。

だったら利益の上がるブリガンディアへ輸出してしまえ、となるのも無理は無いんだが、それだけで終わらないのが恐ろしいところで。

「利鞘《りざや》の大きな嗜好品《しこうひん》は今までと同じようにシルヴァリオ王都方面へ、薄利多売になりがちな実用品はブリガンディアへ、となってきていませんか？」

「その通りです。だから、シルヴァリオの王城はまだ事態に気付いていません。正確には、アイゼンダルク卿《きょう》辺りは事態を把握しているでしょうが」

シルヴァリオの王城に乗り込んで調査をした時にお世話になった騎士団長のアイゼンダルク卿は、シルヴァリオ王家を完全に見限ったらしい。

まあ、あれだけのあれこれを見せられちゃなぁ……。

で、彼は今、シルヴァリオ王国内の良識派を取り纏めてくれているそうな。

彼の人徳を考えれば、数年後にクーデターを成功させることだって可能な勢力になるだろうと思われる。

で、そんな良識派を抱き込むこともちゃんと考えてるところがアルフォンス殿下の怖いところで。

「彼らが王族に報告を上げる可能性は低いと考えています。なにしろ、民を飢えさせない程度の流通は保っていますからね」

こちらには策略の悪魔だけでなく、物流の神様とも言うべきアルトゥル殿下もいらっしゃる。彼の助言を受けたアイゼンダルク卿が中心となって、民は飢えず、しかし兵糧の備蓄は進まない、そんな絶妙な流通状態にしているのだという。

……いくらアイゼンダルク卿の協力があるからって、とんでもねーな、アルトゥル殿下。

その気になったら大陸全土征服出来るんじゃないか、あの兄弟。

多分そこまでの領土的野心はないだろうけど。

なんて勝手に背筋を寒くしている俺の前で、ニアは明らかにほっとした顔になる。

「そうですか、それは良かった……王家には色々とありますが、民に恨みはありませんから。……とはいえ、人道的理由だけではないのでしょうけれど」

「あ、はい。攻略後の統治まで見据えてのことだって言ってました」

ほっとした顔を見せたのもつかの間、またアルフォンス殿下似の笑顔になるニア。

思わず背筋を伸ばしながら硬い口調になっちまったのは悲しい条件反射というべきか……。

そう、あのアルフォンス殿下が甘っちょろいだけのはずがない。

飢えて人心が荒廃した後に占領するのと、精神的に落ち着いているところを占領するのと、どちらが治安を保ちやすいかは言うまでもない。

ついでに、吟遊詩人辺りを使って『どうして飢えずにいられたのか』を吹聴《ふいちょう》して回らせれば完璧である。……つくづく悪魔だよな、あの人。

「全てが上手《うま》く回れば、二年でシルヴァリオの体力は激減、五年もあれば決着を付けられるでしょう」

その悪魔の算段を解読出来てる人がここにいるわけだが。

そこまで口にしたところでニアは沈黙。しばし思考に沈んで。

「ただ、それだと私の出る幕などなく事が終わるでしょうが……それでいいのかと、アルフォンス殿下に問われているような気がしますね？」

と、それはもう、とても良い笑顔を見せてくれた。

この俺が背筋をゾクゾクと震わせるくらいに。

やっべ。

やっぱこの人最高だわ。

とか思った俺は色々とまずいかも知れん。

「恐らく間違ってないかと。で、どうします……って、聞くまでもないですね、その顔は」

聞くまでもなく、今この時ばかりは彼女の本心がよくわかる。

とても良い笑顔のまま、ニアは俺に向かって頷いてみせた……のだが。

「と、やる気にはなりますが……現状ではあまり動けないのが何とも残念なところですね」

漏れ出していた黒いオーラを引っ込めて、ニアが苦笑した。

それに関してはまったく以《もっ》てその通りなので、俺も頷くしか出来ない。

「申し訳ないですが、今の段階では共有出来る情報も限られてますし、手勢も使えませんからねぇ。

まあ、だから殿下も、先に書類上の手続きだけするか聞いてきたわけですが」

なんせニアの表向きの身分は準男爵の娘、つまりほぼ平民。

さっき話していた程度の情報でも割とギリギリなんで、具体的に殿下がどう動こうとしているかなどについては、これ以上踏み込むことは出来ない。

かといって擦り合わせもなしに勝手に動いてもらっても困るしってことで、ニア達は動きたくても動けない状況なわけだ。

なんかローラとトムはちょこちょこ情報収集してるみたいだけど。

……手慣れてるって感じるのは、多分間違いじゃないんだろう。

ま、二人の出自がどうあれ、ニアに対する忠誠心が高く、かつ、ブリガンディア王国に対する敵対心がないのなら問題は無い。

俺に対して複雑な感情があるっぽいのは仕方ないと思うので、これから心を開いてもらえたらと思うばかりだ。

なんせ時間はある。……まあ、気がついたらなくなってる程度の時間だが。

「では、対外的にあれこれ揃《そろ》う三カ月後に婚姻、で問題ないですか？」

「ええ、こちらはそれで構いません。むしろご配慮いただきありがたいくらいですし」

俺が問えば、ニアは微笑《ほほえ》みながら頷き返した。

そんなニアの顔を、俺はじっと見つめる。

……綺麗《きれい》だ。

いや、そうじゃない。

嘘や誤魔化《ごまか》しはないみたいだと俺の直感が言っている。

それはそれで、物わかりが良すぎるのがこう……彼女の今までを思わせてモヤモヤしてしまうんだが。

嘘はともかく、誤魔化しもない。感情的な引っかかりを押さえ込んだりだとかがない、ということ。

つまり、彼女の中の諦め癖は健在なのではないか、と思うとスムーズに事が運ぶことを喜べない俺がいる。

と、不意にニアが顔を逸《そ》らした。

いかんいかん、考え事をしてたから見つめすぎたか……頬が赤いし、怒らせてないといいんだが。

「すみません、考え事をしてしまいました。それで、今後の段取りなんですが……盛大な式は後日にしても、貴族の結婚なんで神殿で儀式をしないといけません。そのためのドレスは作らせてほしいんですけど、どうでしょう」

「あ、いいえ、こちらこそ失礼しました。それで、ドレスですね。申し訳ないですが、確かにお願い出来るとありがたいです」

そう答えるニアは、流石に申し訳なさそうだ。

でもまあ、神様の前に出ての儀式なんだから、ドレスをケチって『蔑ろにしてやがるなこいつ』とか神様に誤解されるわけにはいかないしなぁ。

万が一上手くいかなくて、ニアの身元保証が得られなくなっても困るし。

というのも……前にも触れたが、どうやら本当に神は居るらしく、神殿で神に対して誓ったことを破ると、天罰が下される。

その形は様々で、ある者は雷に打たれ、あるものは健康だったのが急に重い病に倒れ死ぬまで苦しんだり、などなど。

命を取り留める場合もあるみたいだが、大体は死に至るようだ。

つまり神殿で誓うということは命がけであり、だからこそ誓うことに意味がある。

で、貴族という強い権力と重い責任を背負う人間は神に誓って結婚する必要があり、誓いによって縛られるからこそ身元が保証される。

それを利用するためにニアは俺と結婚するという手段を取ったわけだし、婚姻前後で大きく扱いも変わるわけだ。

ちなみに平民は義務づけられていないが、金持ちな商人とかは誓っているケースが多い。資産を考えたら、騙《だま》し取ろうだとか裏のある相手と結婚するなんてことは絶対避けたいだろうし、当然というものだろう。

そういうわけで、神様の前で誓う儀式となればドレスなんかもちゃんとそれ用のものを用意しないといけないし、ここは俺が出すのが甲斐性というものだろう。

「じゃあ、今度予定を合わせて仕立て屋に行きましょう。俺の次の休暇が明後日なんですが、流石に急すぎますかね？」

「あ、大丈夫です、こちらは大した用事もないですし……大丈夫よね？」

とニアが振り返ってローラに確認すれば、ローラも静かに頷いて答える。

……何だろう、なんか普段よりローラから圧を感じるのは気のせいか？

いやまあ、わからなくもないが。

ローラがニアのことを大事に思っているのは常日頃から感じるし、その大事な姫様の嫁ぐ準備が着々と進んでいっているのだ、複雑にもなろうというもの。

まして相手が、俺だしな。

手が血で汚れまくってる上にいつ死ぬかもわからない危険な立場にある人間だ、ローラとしては歓迎出来ないだろう。

まあしかし、こんな世の中なんで、そこは諦めてほしい。

ついでに、お近づきになろうとするのもちょっと許してほしい。

「で、その後なんですが……王都を散策したり、ちょっとした店で食事したりしませんか？」

と、話のついでを装って誘ってみた。よく噛《か》まなかった、俺。

やべ、何気なく言ったつもりだけど、もう顔が赤くなってきてるのが自分でわかるぞおい。

意味も無く視線があちこちうろうろするし……落ち着け、落ち着くんだ俺。

なんて、落ち着かない視界の中で捉えたニアは……呆気《あっけ》に取られた顔をしていた。可愛《かわい》い。

いや違う。違わないけど違う。

流石にいきなり過ぎてびっくりさせてしまったか？

め、迷惑に思われてなきゃいいんだが……。

「あ、あの、アーク様。それって、つまり……」

やっぱり、意味は通じたらしい。

この場合、通じてしまったと言うべきか。

じわじわとニアの頬が赤くなっていくのは、嫌悪からではないと思いたい。多分大丈夫なはずだ。

「ええ、はい。その……デートの、お誘いです」

言った。

言ってやった。

あるいは、言っちまった。

滅茶苦茶照れくさいが、ここで誤魔化すのは違うと思う。

恋愛初心者の俺が言うのもなんだが、ここは誤魔化してはいけないと俺の直感が言っている。

今この時ばかりはまったくあてにならないが、しかしここが一つの勝負どころに思えてならないのだ。

……だからって真《ま》っ直《す》ぐニアの方を見たら睨《にら》むみたいな感じになりそうだから、視線を逃がしてしまうのは勘弁してほしい。

ああもう、いい年こいて何やってんだ俺。

そんな状態でちらちらニアを窺《うかが》えば、彼女は耳まで赤くして顔を俯《うつむ》かせている。

ふ、雰囲気からして、怒ったりはしてない、んじゃないかな……？

照れてるとか恥ずかしがってるとかだと思いたい。そうだといいなぁ……。

なんて、ニアの顔色を窺いながら答えを待つ俺と、顔を俯かせたまま言葉のないニア。

沈黙が降りていたのは、数秒だったようにも数分だったようにも思う。

「ええと……あの、是非、ご一緒させてください……」

答えてくれたニアが真っ赤な顔で俺に向けた微笑み。

はにかむような、幸せそうなそれに俺の胸は撃ち抜かれ、俺は危うくその場で崩れ落ちるところだった。

＊＊＊

ということで、その翌々日。

「お、お待たせいたしました……」

「いや、今来たところですから……」

俺達は互いに照れながら、ニアの家の前でそんなベタなやり取りをしていた。

実はこれ、ニアからのリクエストだったりする。

なんでも彼女が読んだ小説によれば、デートと言えば待ち合わせ、待ち合わせと言えばこのやり取り、と書いてあったんだそうな。

……恋愛経験がほとんどない俺でもわかる。それは、フィクションだ、と。

いやそもそも、彼女の家の前を集合場所にするのが待ち合わせと言っていいのかはわからないが……街中の待ち合わせスポットはローラの許可が下りなかったんだから仕方が無い。

これぱっかりは俺もローラの判断が正しいと思うし。

で、妥協点として示されたのが、家の前での待ち合わせである。

こんなんでもニアは、雰囲気を味わえたからか満足そうなので、まあこれはこれでよし。

そもそも貴族や王族が移動する時は、基本的に家の前まで馬車が迎えに来るもんだから、待ち合わせも何もあったもんじゃないしな。

ということで、おわかりだろうか。

俺は、今日ここまで馬車ではなく徒歩で来ている。

それもこれも、平民っぽいデートをしてみたい、というニアのリクエストに応えるためだ。

元は付くが、王女様が平民に扮《ふん》して街中でデートをするだなんて、ちょっと前に流行《はや》った『王都の休日』っていう恋愛小説みたいだなと思ったもんだが、当然のようにニアも読んだことがあったらしい。

ちなみに俺は読んでなくて、粗筋を知っているだけだ。

だから今日のデートコースは『王都の休日』通りじゃないし、そもそもあれは架空の王都のはずで、存在しないはずの場所も出てくるみたいだから、完全になぞることなんて出来ないんだけどな。

もちろんその辺りは、ニアも理解してくれた。

ということで、後は普通にデートを楽しむだけ、なんだが……。

「ええと、それじゃ……行きましょう、か」

「は、はい、よろしくお願いします」

俺がそう声を掛けて、ニアも頷いてくれたのだが。

ええと。

どうしたもんかな。

お互いに最初の一歩が踏み出せず、俺達は固まってしまっていた。

何しろ騎士はともかく普通の貴族や王族は外出だと馬車に乗って移動するから、二人一緒に歩いて移動する、なんてことはほぼない。

あるとすれば城だとか屋敷だとかで連れ添って歩く時だが、そんな時みたいにエスコートしながら歩くだなんてのは、この街中では浮きまくるのが目に見えている。

となると。

ええと、平民のカップルはどうやって歩いてるっけ。

とそこまで考えて、自分で脳裏に浮かべたカップルという単語によって、俺の内心はパニックに陥りそうになっている。

そうだよな、カップル扱いになるんだよな、これって。

え、どうすりゃいいんだ、ますますわからなくなってきたんだが。

まさか、ニアを置いてそのまま俺一人で歩き出すわけにもいかんし。

ええと、となると、だ。

「あの、ニア。手を、繋《つな》ぎませんか」

「えっ、あ、は、はい……」

俺がつっかえながら手を差し出せば、ニアも握り返してくる。

うわ、柔らかい。なんだこれ、人間の手か⁉

いや間違いなく人間の手なんだが、同じ人間のものとは思えない。

俺の手なんかもっと皮が分厚くてゴッゴツしてるってのに。

あれ、待てよ。

「すみません、俺の手、痛くないですか？」

「え？　い、いえ、大丈夫ですよ？　むしろガッシリしていて頼もしいと言いますか……」

あ、ヤバイ。天に召されそうになった。

俺の唐突な問いかけに、きょとんとした顔のニア。可愛い。

それから、はにかむように笑いながら返してくるニア。可愛い。

可愛いの波状攻撃で心臓がもたない。ヤバイ。

「なんで家の前でいきなりクライマックスな顔してんですか、マクガイン様」

危うく天に召されそうになっていた俺へと、ローラが辛辣《しんらつ》な声を掛けてきた。

その顔は、予想通り砂糖と生姜《しょうが》の塊を纏めて口にぶち込まれたような顔で。

今更ながら、待ち合わせ場所であるニア達の家の玄関先から一歩も動いていないことを思い出す。

「あれですか、まともなデート経験なくて、ろくにデートスポット知らないからってここで時間稼いで、仕立て屋と食事に行く時間しかなくなった～とかするつもりですか」

「なななななないわけないわぁっ！」

呆《あき》れたような、若干挑発するような口調のローラに、俺は条件反射的に答えてしまった。

いや、ここは男の沽券《こけん》に関わるから否定すべきところじゃないか！

とか思ったんだが。

「……あるんですか？」

と、きょとんとした顔のニアに問われて、俺は動きを止めてしまった。

ど、どうする。

正直に言ってしまえば、ない。

だが、ろくにデートしたことがないだなんて、こう、恥ずかしいじゃないか！

いやしかし、ニアからすれば、俺がデート経験豊富だったりしたら複雑かも知れない。

いやいや、嫉妬とかしてもらえるわけないだろ、いい加減にしろ！

いやいやいや、万が一があるかも知れないじゃないか、むしろ最初から悲しい前提で考えるなよ、それこそ悲しい。

いやいやいやいや、現実見ろよ、俺はそんないい男か？

いやそこはいい男のつもりでいろよ、ニアのために。

ここまで〇・五秒。

我ながら必死すぎである。

「……すみません、嘘つきました。ないです」

そう言いながら俺は頭を下げた。

よくよく考えれば、ここで見栄張ったって、どうせデート中に不慣れなとこ見せてバレるに決まってる。

ニアほど聡《さと》い子が気付かないわけがない。

だったら今正直に言っちまう方が傷は浅い、はず。……浅いといいなぁ。

そんな言い訳がましいことを考えていた俺の目の前で。

ニアが、ほっとしたように笑った。

「そうですか。……ふふ、ごめんなさい、ちょっと安心しちゃいました」

照れの混じる声。

はにかむような表情。

少し赤くなっている頬。

強烈な三連撃を食らって、俺は危うく地面に膝を突きそうになった。

これは、どういう意味なんだ？

どう捉えたらいいんだ？

ちょ、調子に乗ってしまってもいいんだろうか？

いや、良くない。

落ち着け俺、冷静に、クールにいくんだ。

「なら、安心してもらったところで、行きましょうか」

と、自分に言い聞かせた俺は紳士的な顔を作ってそう言ったのだが。

大事なことを、忘れていた。

「はい、行きましょう」

そう言ってニアが微笑みながら、きゅ、と俺の手を握ってきた。

そう。

手を繋いだままだったのである。

……まじで心臓が止まるかと思ったのだが、そのまま力尽きそうになった俺は、しかしそれでもなんとか踏みとどまる。

いきなり体力の大半を持って行かれたような気分になりながら、こうして俺とニアのデートは始まった。

……改めてそう思うだけでまた頭に血が上りそうだが、いい加減慣れろ俺。

とはいえ、最初の目的地は決まっているから、多少浮ついていても大丈夫は大丈夫なんだが。

いや、そうもいかんな。

「おっと、大丈夫ですか、ニア」

「あ、はい、大丈夫です、ありがとうございます」

ニアの住んでいる平民地区から大通りに出て、それからドレスを注文する仕立て屋のある貴族街方面へ。

当然王都の大通りとなれば人でごった返して、歩くのもままならない程、までは言わないがスムーズに歩くのは難しい。

で、さっきのはニアと歩く人がぶつかりそうになったから、手を引いて回避させたわけだ。

「今の奴は多分大丈夫でしたけど、中にはスリなんかもいますからね、ぶつからないようにしないと。まあ俺が気をつけてますから、余程の凄腕《すごうで》じゃない限りは大丈夫だと思いますが」

「あ、そうですね、気をつけないと。……というか、捕まえたことあるんですか？」

「ええ、駆け出しの頃は王都の巡邏《じゅんら》をやってたことがありましたからね。結構な検挙数だったんで、王都のスリ連中からはかなり嫌われてるはずですよ」

なんて思わず手柄自慢をしちまったが、ただの事実でもある。

アルフォンス殿下も信頼する俺の直感だが、戦場でなくこんな街中であっても結構な精度で発揮されてきた。

一度、祭りの日に十数人捕まえたこともあったからなぁ。

流石にあの時は、しばらくスリ連中も鳴りを潜めてたもんだ。

「でも、それだけ有名なら、アーク様の近くにスリ達は寄ってこないのでは？」

「そうですね、と言いたいところなんですが、流石に全員が全員俺の顔を知ってるわけでもないですし。逆にね、だからこそ俺に一泡吹かせようって奴もいるんですよ」

そう言いながら俺がちらりと視線を向ければ、三十過ぎくらいの男と目が合った。

途端に男は顔を逸らし、そそくさとどこかへ逃げていったんだが……あれは確か、前に捕まえたスリのはず。

まだ生きてたとは、何とも悪運の強い奴だ。

この国でのスリに対する罰は、手に焼き印を押した後に鞭打《むちう》ちと決まっている。

まずこの鞭打ちがそもそも激痛で、刑罰の途中で痛みのあまりにショック死なんてケースもあった。

ちなみに、俺も対拷問の訓練でどれだけ痛いのかは経験済みである。

で、スリの証《あか》しである焼き印が手の目立つところに押されてるから、解放された後は大体スリに戻らずなんとか別の方法で生き延びようとするもんなんだが……それでも続ける人間がいるんだな、これが。

二度目も同じく焼き印と鞭打ち、三度目はもう更生の余地なしと見なされて死刑となるんだが……あの男はそれを免れているらしい。

あの目つきからしてカタギになってはいないようだし、多分まだ続けているんだろう。

「連中の逆恨みが俺にだけ向けばいいんですが……ニア、念のため外出の時は必ずローラかトムを連れてってくださいね」

「はい、私も前と立場が違いますし、そこは心得ています」

俺が注意すれば、ニアもこくりと頷いて返す。

今の一瞬でニアの顔を覚えたとは思えないが、それでも可能性がある限りは最大限気をつけたい。

ローラもトムも、ニアのためなら喜んでお供するだろうし、あの二人ならスリ連中に後れを取るとは思えんし。

逆恨みから俺に復讐《ふくしゅう》する分には構わんが、周りに手を出すのは許せんからな。

何人か顔を知ってるスリに言い含めておこうかな、今度。

なんてちょっと黒いことを考えながらも歩き続けて、やってきたのは噴水広場。

ここで東西方向と南北方向の大通りが交わっているので、ただでさえ人が多い。

で、それを目当てに大道芸人もあちこちにいるから更に人が多くなっている。

「ニア、はぐれないように」

「……はいっ」

だから俺はニアの手をちょっとだけ強く握ってちょっとだけ俺の方へと引っ張ったんだが、返ってきたのはニアの弾むような声と明るい笑顔。

……うん、ちょっとさっきまでサツバツとしたことを考えてた俺の心には中々くるものがあるな？

いやいや、ここで油断するわけにはいかんのだ。

「ここは人が多い上に人目を引く大道芸人が多いんで、それ狙いのスリも多いんですよ」

「な、なるほど……それで先程からあちこちをちらちらと？」

「ええ、睨みを利かせるだけで連中は動きにくくなりますからね。……言っておきますが、街を歩く女性に目移りしたりなんてことは決してないですからね？」

と、ここまで言ったところで俺は言葉に詰まった。

『王都の休日』に、粗筋しか知らない俺でも知ってる台詞《せりふ》がある。

あれって確か、こういう流れだったような……。

ちらりとニアの方を見れば、何かを待っているような顔をしているし。

多分、やっぱり、そうなんだよな？

……ええい、こうなったら男は度胸！

「もう俺は、あなたしか目に入らないんです」

……うっわ～～!!　なんだこの台詞、こっぱずかしい！

よくこんな台詞口にしたな、『王都の休日』の優男！　いや、俺も言っちゃったけどさ！

むしろ俺なんぞが口にして良かったのかこの台詞、と思わずにはいられなかったんだが。

「なら、ずっと私だけを見て。あなたの瞳を、私に頂戴？」

とか頬を染めながらニアが返してきた。

ってことは、ご満足いただけたんだろう。

なんて冷静に考えていられるのは脳の一％くらいしかなかった。

こんなこっぱずかしいやり取りを、街中で。

顔は真っ赤になるし、だらだらと変な汗が出てくるのが止められない。

なんならこのまま全速力で走って逃げ出したいところだが、まさかニアを置いてそんなことが出来るわけがない。

八方塞がりという奴である。

しかし思考が止まりかけている俺と違ってニアはご機嫌で、これなら、思い切った甲斐《かい》があったと言えなくもない。

と、思えるようになりたい。今は無理。

「あ、アーク様、あれ見てください」

なんて色々と一杯一杯になっている俺の手をくいっとニアが引き、空いた手で屋台のある方を指し示した。

見れば、軽食や飲み物なんかを売ってる店がいくつもあり、大道芸を見ている人達が見物のお供に、あるいは噴水の近くという寛ぎやすい場所だから休憩がてらに、と買って行っているようである。

「……もしかして、屋台で買い食い、なんてシーンも『王都の休日』にはあったんですか？」

「ええ、そうなんですよ。ホットドッグというものに憧れがありまして……」

なんとか頭を動かして聞けば、はにかむようなニアの笑顔が返ってくる。可愛い。

いやそうじゃなくて。いや、いいのか？

ちなみにホットドッグとは細長いパンに細長い豚の腸詰めを挟んだもの。

第一王子殿下を籠絡した例の男爵令嬢が子供の頃に考え出して流行らせたもので、『王都の休日』にも登場している、らしい。

そういや『王都の休日』には男爵令嬢が流行らせたものがちょこちょこ出てきてたから、一時期あの男爵令嬢が書いたんじゃないかって噂《うわさ》もあったな。

流石にそれはないと思うが。

ちなみに、なんでホットドッグというかは不明だ。

なんでも、当の男爵令嬢もわからないとか言ってたらしい。

なんじゃそりゃ、とは思うんだが、まあ今更どうでもいいことか。

で、男爵令嬢が独占してたホットドッグが数年前彼女が辺境送りになったことで販売する権利が一般に解放され、今や街のあちこちで見掛けるようになった、わけだ。

そんな経緯だから、美味《うま》いとは思うが、食べる度に複雑な気持ちになるんだよな……。

まあいくらニアでも多分そこまでは知らないだろうから、言わないでおこう。

「んじゃ、あの屋台にしましょう。俺が知る限り、ここらで一番美味いとこです」

「そうなんですか？　では、そこにしましょう！」

明るく笑うニアに癒やされながら、俺達はその屋台へと向かった。

だが。

俺は、知らなかったんだ。

まさか『王都の休日』で、ヒロインとお相手の優男が、一つのホットドッグをシェアしてただなんて。

だからその後俺は、さっきの台詞と同じかそれ以上に恥ずかしい目にあうことになった。

「へい、おまちどお！」

屋台のおっちゃんが威勢良く言いながら、ホットドッグを差し出してきた。

……長さが俺の知っているものの二倍くらいな奴を。

受け取りながら俺が慌てたのも仕方が無いことだと思う。

「ちょ、ちょっと待ってくれ、なんだこの長いの？」

「ん？　お兄さん知らないのかい？　こいつが『王都の休日』スペシャルホットドッグってやつさ！」

「ス、スペシャル？　この長いのが、か？」

得意げにおっちゃんが言うのを聞きながら、改めてホットドッグへと目をやる。

受け取ったのが俺だからまだいいが、これがニアだったら持て余しそうな長さ。

少なくとも、彼女一人で食べるには色々と不都合があるだろう。

「……『王都の休日』ってのは、どっちかっていうと女性に人気な小説だったよな？　なのにこの長さなのか？」

「は？」

「何言ってんだいお兄さん。だからこそ、じゃないか！」

おっちゃんの言葉に、首を傾《かし》げたのも仕方ないところだろう。

どう考えても理屈が合わない。

ただそれは、俺が色々と経験が足りないせいだった。

「女一人じゃ持てない、だから彼氏さんが持って食べさせてやるってわけだ！」

「なるほど。……はぁ⁉」

反射的に頷いて、それからすぐに俺は声を上げた。

やべ、また顔が赤くなってきそうだぞおい。

「……もしかしてニア、知ってたんですか……？」

そう言いながら振り返れば……ニアは真っ赤な顔でプルプルと首を横に振っていた。

「ヒ、ヒロインがお姫様だと気付いていた相手役の男性が、毒見だと言って一囓《かじ》りしたのを、反対からヒロインが食べるシーンはありましたけど、まさかこんなサービスが流行ってるだなんて」

なるほど？　確かにそれは、食べさせていると言えば食べさせているかも知れない。

しかし今、聞き捨てならないことも言ったぞ？

「は？　流行ってる……？」

思わず周囲を見回せば、カップルらしき男女や仲の良い女友達同士で食べさせあいをしている二人組があちこちに居る。

そりゃ女性ファンの多かった小説なら、真似《まね》しようとするのも女性になるわな。男の方はノリノリだったり照れていたりと様々だが。

しかも、だ。

「ひ、一つのホットドッグを、反対側からも食べてる、だと……？」

いや確かにニアも、『反対側からヒロインが食べる』って言ってたけども！

まさかお互い同時に食べるとは思わんだろ普通！

「……あ！　これがこんなに長いのは、これ一本で二人分だからってことか!?」

「そりゃそうだろ、だからカップル限定って書いてるじゃないか」

「まじだ……まじか!?」

適当に目に付いた屋台で買ったせいで見落としていたが、確かに屋台の看板には「『王都の休日』

スペシャルホットドッグ　※カップル限定」と書いてある。

……女友達同士でもいいみたいだから、二人組であればいいんだろう。

いや本当にカップルなのかも知れんが、詮索するもんでもないし。

今問題なのはそこじゃない。

「つまり、これを二人で食べろと」

「いやまあ、お兄さんだったら一人でも食べられるだろうけども？　それで彼女さんが不満に思わないかは知らないよ？」

「かっ、彼女って……」

ニヤニヤしているおっちゃんに言われ、俺は思わず言葉に詰まる。

彼女どころか婚約者なんだから、確かに彼女扱いしても問題はないはずだ、形式上は。

だが実際の心情面は……。

そう思いながらニアを見る。

真っ赤である。

……こ、これは一体、どういう意味で赤くなってるんだ……？

表情からして多分「絶対にＮＯ！」ってわけじゃないと思うんだが、しかし推測だけで行動するのも……。

妻帯者の先輩が言っていたんだ、「ちゃんと言葉で確認しろ」と。

その人はなんでもかんでも聞きまくった結果、デリカシーがないと奥さんに怒られていたが。

しかし別の先輩は「言わされるのが負担になることもあるんだ、察するのがスマートなやり方だ」と言っていた。

その人は勝手な思い込みが重なって離婚騒動になっていたが。

だめだ、参考にならねぇ！　ってかだめすぎるだろうちの先輩達！

どうしたらいいんだとニアの表情を窺おうとするも、俺と目が合ったら顔を伏せるもんだから、まったくわからん。

と、もだもだしていたら、おっちゃんが豪快に笑い出した。

「お兄さん、見かけによらず初心《うぶ》だねぇ」

うっさいわ、ほっといてくれ。

と口には出さずに目に力を込めておっちゃんに訴える。

「おおこわ。ま、うちはそういう初心なカップルのために、半分にカットするサービスもしてるから、そっちにしときなよ」

「先に言ってくれよ、そういうことは！」

絶対このおっちゃん、俺がこうして慌てふためくのを楽しんでたろ……。

いや、むしろそうやって楽しむためにこのサービスをやってるまであるんじゃないか、これ。

などと内心で思いながらも一旦おっちゃんにホットドッグを返せば、慣れた手付きで半分にカットしてくれた。

といっても、真ん中で真横に、じゃなくて斜めにだったんだが。

「お？　変わった切り方するな？」

「ああ、注文するのは女の子が多いからな、口の小さい子にはこっちの形の方がいいんだよ、ちょっとずつかじれるから」

「あ～……なるほど、最初の一口に苦労するだろうな、確かに」

ホットドッグを真ん中で切ってもらったら、どっちから食べると言えば、切られた方から食べる人が多いんじゃないかと思う。

だが、真ん中ってのは一番厚みがある場所なわけで、俺みたいな口のでかい奴はともかく、女性はかぶりつくのも一苦労じゃなかろうか。

中には、大きく口を開けるのがはしたないって人もいるだろうし。

女性狙い撃ちなサービスやってるだけあって、こういうところの気配りは感心しちまうな。

「で、これなら食べさせあいもしやすいってわけだ」

「おいちょっと待て⁉　これでもやるのかよ⁉」

「むしろこっちならお互いに食べさせやすいだろ？」

「知らねぇよ、やったことねぇから！」

思わず大声で言い返しちまったが、これもしかして、俺の経験の無さを自分で言いふらしてねぇか？

慌てて周囲を見回したら、数人からあからさまに顔を背けられた。

その態度を見れば、お察しである。

ちくしょう、とんだ赤っ恥だ！

「あ、あの、私は気にしませんから、ね？」

と、ニアがフォローを入れてくれるのがありがたくもあり、申し訳なくもあり。

ただ、彼女から経験不足に対して幻滅されなかったことだけは良かった、と言えるかも知れない。

それがせめてもの慰めだった。

散々赤っ恥をかく羽目になりながら買ったホットドッグだったが、結局俺とニアは半分に切り分けられたそれを普通に食べた。

わかってる、俺がヘタレなせいだ、そこは認める。

一応、食べさせあいをしようとはしてみたんだが……そこで気がついた。

これ、最後まで食べさせるのか？　そしたら指とかに口が触るんじゃね？

ってのが一つ。

もし一口二口食べさせてから残りは自分で食べたら、間接キスにならねぇか？

ってのがもう一つ。

できるわけねぇだろ！

と、ここが大勢の人で賑《にぎ》わう大通りじゃなければ叫び出すところだった。

あれだ、やっぱ恋愛小説の真似事ってのは、そういうのにはまってて、かつ色恋で浮かれポンチになってる奴じゃないと出来ないんだ。

いつか俺もそういうのが平気になるんだろうか。……ならない気しかしないが、ニアが望むならば頑張るしかない、のか……？

そうなれたら、それはそれでとも思わなくもないが……自分がそうなるのは怖いというか気味が悪いというか。

俺がそういうのに向いてないのは間違いないんだし、ニアも熱望してるわけじゃないし、今はこんなもんでよしとしておこう。

＊＊＊

そんなこんなで多大な犠牲を払ってホットドッグを食べた俺達は、気を取り直して最初の予定である仕立て屋へと向かった。

場所は噴水広場から更に北、貴族街に入ってすぐの辺り。

大通りから一本入ったところにある仕立て屋はこぢんまりとしており、ドレスを扱っているにしては派手さのない落ち着いた外観をしていた。

悪く言えば地味、とも言える店なのだが、決してそれだけの店ではない、らしい。

「お待ちしておりました、マクガイン子爵様、婚約者様」

俺達が店の前に立ったのとほぼ同時に入り口の扉が開き、一人の老紳士が姿を現した。まるで、文字通りずっと待っていたかのように。

そりゃまあ、予約っていうか訪問の約束を取り付けていたから大体の到着時間はわかっていたんだろうが、それでもタイミングがバッチリすぎる。

ってことは、ずっとドアの前で待機していたか……それとも。

この人が出てきた瞬間から気になってたんだが、立ち姿に隙が無い。

見た感じ物腰の柔らかい仕立て屋の親方なんだが……なんでか元剣士のような雰囲気を感じるんだよな。

そんな人だから、俺達が来た気配を感じ取った可能性がある。

ま、この人と事を構えるつもりはさらさらないんだから、気にしても仕方ないんだが。

「出迎えありがとうございます。こちらは私の婚約者のニアです。今日はよろしくお願いします」

俺がニアを簡単ながら紹介すれば、それに併せてニアが頭を下げる。

なんせこちらの仕立て屋はアルフォンス殿下から紹介してもらった店なんだから、横柄な態度なんて取ろうものなら殿下の顔に泥を塗ることになる。

そうでなくともニアのドレスをお願いしようって相手なんだ、丁寧に接して気持ちよく仕事をしてもらいたいところ。

良い仕事ってのは良い人間関係からってのは、大体の業種業界で言えることだろうしな。

どうやら俺達の態度は悪くはなかったらしく、老紳士はにこやかな笑みのままだ。

多分だが、貼り付けたような笑みではない、はず。

「はい、こちらこそよろしくお願いいたします。立ち話もなんですし、どうぞ中へお入りください」

と店内へ招き入れてくれた。

店内は……何と言うか、仕立て屋と言われて想像していたイメージよりも落ち着いているというか、なんなら厳かと言ってもいいような雰囲気。

婚礼だとか儀礼用の衣服、ドレスをメインに扱っている、というのもあるんだろうが。

抑えめの採光、青を基調とした店内のインテリア、そこかしこに配置された、神殿で良く見る紋様。

全体的に、神殿など宗教施設の雰囲気を漂わせているっていうのが大きいんだろうな。

と、店内をちらちら見ていたニアが俺へと話しかけてきた。

「あの、アーク様。もしかして婚礼を挙げる神殿は、かなり由緒正しい神殿だったりするのでしょうか？」

その問いに、思わず驚いて目を瞠《みは》る俺。何しろ、その通りだったから。

「ええ、その通りですが……どうしてそう思いました？」

「こちらに飾られているドレスの刺繍《ししゅう》が、かなり精緻な紋様を描いていますから、そういう、正式なドレスや衣装に近いものが必要になるような格の神殿なのかな、と」

なるほど、そんなところで気付くのかと感心してしまう。

この辺りの神殿には、ガチの宗教施設から婚礼用に後から建てられたものなど、いくつかの種類がある。

で、数が多い下位貴族や平民の婚礼を捌《さば》くために作られた婚礼用の神殿なんかは、紋様が正確じゃないだとか、宗教的厳密さを欠いた衣装で婚礼を行っても神様はお怒りにならない、らしい。

後発なせいか利用者の信心が薄いからか、神様の意識がそれらの神殿にあまり向いていない説、凝った準備をする余裕のない下々の事情を理解してくださっている説などがあるようだが、神様に聞けるわけもないので事の真偽はわかっていない。

一つ確かなのは、由緒正しい神殿の場合、きちんとした婚礼を行わなかった夫婦は多くの場合不和になる、ということ。

これがまた、離縁どころか酷《ひど》い時には血を見ることになったケースもあったらしい。

ただその分、きっちりこなせば御利益があり、末永く円満に、かつ平穏に過ごせるのだとか。

これが一般の平民や下位貴族ならそこまで気にしないところだが、なんせこれから危険な国境地帯の領地に向かおうっていう俺達だ、御利益があるに越したことはないってことで殿下が手を回してくれたわけだ。

……ほんと、こういうとこでもそつがないから、ついていこうって思っちまうんだよなぁ。

しかも、だ。

「殿下のご厚意により、ニアコーヴ神殿で婚礼を行うことになりまして」

「ニアコーヴ神殿……それって、この辺りの旧第一神殿では⁉︎」

「ええ、その通りです」

珍しくニアが感情露わに驚いたのも無理はない。

旧第一神殿とは、名前の通り以前はこの辺りで一番の神殿だったところ。

数十年前に立てられた王都の中心近くの大神殿が今では第一とされているのだが、由緒正しさという意味では当然ニアコーヴ神殿の方が上になる。

そのため、婚礼を行うのは国王と王太子以外の王族や公爵家の嫡男以外など、由緒は正しいが、しかし大神殿を使って大々的に婚礼を挙げるほどではない立場の方々であることがほとんど。

少なくとも子爵風情が好き好んで厳密かつ厳粛な式を挙げる場所ではないが、王族としての教養を持つニアならばと許されたところもある。

ちなみに俺は、式までの三カ月弱でアルフォンス殿下から色々叩《たた》き込まれる予定である。チクショウ。


しかし、これもまた必要なことではあるのだ。

「なんせお堅い分、口も堅いらしくってですね」

「あ……なるほど、そういう……」

俺の中途半端な言い方でも十分ニアには伝わったらしい。流石、賢い。

言うまでもなく、神様に対して嘘を吐くことは出来ない。

だから今回、本来ならば存在しない人名を使って婚姻するわけにはいかないため、儀式の中に『ソニア・ハルファ・シルヴァリオ』が『ニア・ファルハール』と名を改めた上で『ニア・マクガイン』となる、という内容を盛り込む必要がある。

当然、神殿の人達にはニアの正体がばれてしまうわけだが、そこは王族も使う神殿だ、神に誓って守秘義務を背負っている神官しかいない。

正直なところ、ニアコーヴ神殿を使わせてもらう一番の目的は実は情報漏洩《ろうえい》対策なわけだが、『危険な領地に向かう俺に出来る限りの御利益を』という大義名分でカモフラージュ出来るわけだ。

「ということで、ニアコーヴ神殿で式を挙げるにふさわしいドレスを作れる仕立て屋としてこちらをご紹介いただいたわけです」

「なるほど、そういうことでしたら……心して、検討させていただきます」

きりっとした表情になるニア。

いや、そういう顔もとても素敵ではあるんだが……何か、説明の仕方を間違えたような気がしなくもない。

後悔しても後の祭り、結婚準備の浮かれた空気など欠片《かけら》もない真剣さでニアはドレスを選んでいる。

親方である老紳士と長い時間検討した結果、デザインが大体固まった。

といっても、その大半は紋様についての話だったのだが……。

「それで、ドレスのデザインに組み込むことになった紋様がこれ、と」

センスがない自覚はあるので、俺は後ろで見ていたのだが、ニアの拘《こだわ》りがわかったので有意義な時間だったとも思う。

選ばれた紋様は『誠実』『固い絆《きずな》』『信頼』を意味する三つ。

なんで三つかっていうと、子爵の婚姻であれば紋様は三つまでという決まりがあるのだそうな。

まあ、四つ以上は仕立てる費用が一気にお高くなるため、伯爵家以上じゃないと確かに払えんわなぁ、というものではあったが。

そんな制限がある中でニアが選んだこの三つは、適切と言って良いものだろう。婚姻関係を築く上でこの三つが重要であることは言うまでもなく、選択することは何ら不自然ではない。

その裏で、この婚姻をもってシルヴァリオ王家と決別するニアが、ブリガンディア貴族として裏切ることなく誠実に仕えるということを暗に示しているわけだ。

「流石ニア、いいチョイスです」

「そう言っていただけて何よりです。少し堅すぎるかなとも思ったのですが……」

「この式に関して言えば、堅すぎるくらいで丁度いいんじゃないかと」

若干迷いを残すニアに、俺は小さく首を振って答える。

この儀式は、神様と王家に、ニアという人物を認めてもらう意味合いが大きい、というかそれが大半なのだから、それくらいでいい。

おわかりかも知れないが、ニアが選んだ紋様はそちら方面へ向けたものばかりで、例えば『愛情』だとかは選ばれてないわけだが、俺はそれでもいいと思っている。

「どうせ後日に盛大なのをやるんです、その時に盛るなり衣装替えするなりして弾《はじ》ければいいだけですし」

俺が笑ってみせれば、ニアは一瞬驚いたような顔をして。

「それも、そうですね。そちらは、後で如何様《いかよう》にも出来ますから」

そう言いながら、くすくすと笑った。

……これは、脈ありと見ていいよな？

こう、スイートな空気がまったく無い紋様を選んだことに若干の後悔を残しつつ、後日にはスイートな感じにしてもいいってことだよな？

きっとそうに違いない。いや、思い込みは危険だ、落ち着け俺。

ただ、少なくとも後日に改めて行う披露宴に関して、彼女が消極的でないことは間違いないし、それはありがたい。

それまでに惚《ほ》れてもらえたら、政略だけでない気持ちの籠もった披露宴だって出来る、はず。

どちらにせよ、まずは婚姻の儀式をきちんと行って神様と国に俺達二人を認めてもらわなければ何も始まらないんだから、まずはそっちを優先せねば。

「後は生地やドレスの型……ドレスの型は、ベーシックなものでいいとは思いますが」

あっさりと言うニアに、老紳士はあまり驚いた様子がない。

広げられたデザイン画に描かれているのは、シンプルなAラインのドレス。

パニエだなんだでふくらませたりすることもなく、重力に任せてそのまま降りていく感じのラインで、その上にストールだとかを羽織るのがベーシックなもの。

切り返しを胸の下辺りに持ってくるケースもあるみたいだが、ニアが選んだのはウェストに持ってくるタイプで、シンプルなベルトも巻くようにするようだ。

見た目、女神官が儀式の時に着る祭服に近いものがあるんだが……多分ニアはそうとわかってやっているんだろう。

これが普通の貴族令嬢なら、これもウェディングドレスだからってことでああだこうだ言うかも知れないが……というか、どうも話を聞くにそうらしいのだが。

ニアはこれが儀式的なものであるということを優先して、ここであれこれ注文をつけるつもりはないらしい。

だから親方であり、そういった貴族令嬢に対応してきた老紳士は機嫌がいいのだろう。

ここで彼の印象を良くすることが出来たのなら、披露宴は後日、という形式にしたのはそういう意味でも正解だったのかも知れない。

で、ここまでは問題ないんだが。

「生地の色は、どうしましょう」

そう言いながら、ニアが俺の目を見つめてきた。

思わずドキッとしてしまうが、それからすぐに視線は俺の髪へ。

なるほど、そういうことかと合点がいく。

「俺の髪や目は、どっちも黒ですからねぇ……まさかこのまま使うわけにはいかんでしょうし」

真っ黒な祭服風のドレス。どう考えても喪服である。

この辺りでもドレスにパートナーの色を入れるのは流行っていて、例えば俺はニアの目の色である青をタイなりワンポイントで入れようと思っている。

髪の色だと、元の色を使うわけにはいかんし、染めた後の茶色は嘘を吐くみたいであれだし。

ということで、俺は問題ないわけだが……ニアの方が問題である。

俺の色のドレスにしたら、喪服同然になってしまうわけだ。

「白をベースに黒で紋様を入れるという方法もありますが……」

「それだと、邪教の儀式みたいに見えなくもないですよねぇ」

見ようによっては邪教の女神官である。流石にそれはまずい。

何かこう考えると、黒髪黒目があまりモテないってのもわからんでもないなぁ。

真面目なお付き合いしてたら、こういうとこでデメリットが出てくるとは。

いや考えすぎだ、付き合う段階から結婚やドレスのことを考えたりはしないだろう、とも思うんだがこう考えるのは男ばかり、なんだろうか。

女性は付き合ってたり婚約だとかの段階でも、夜会にドレスを着ていくし……その時の見栄えは気にするだろうし……。

となると、女性の場合はそこまで見越して、付き合うかどうかとかアプローチするかとか考えるものなんだろうか。怖くて誰にも聞けないが。

「こういう時は、濃く深い青を黒の代わりに使うことが多うございますね」

悩んでいた俺達に、さっと救いの手を差し伸べてくれたのは老紳士。この辺りは流石である。

「ああ、そういえば夜空の色は濃い青で表現するっていう画家もいましたね」

言われて思い出したんだが、学園時代に美術教師がそんなことを言ってた記憶がある。

ろくに参加したことのない社交パーティを思い出してみれば、確かに黒髪の男性が連れている女性のドレスは、深い青が多かったような記憶が。

……そうか、俺が思いつかなかったのはともかく、ニアも思いつかなかったのは、社交界に顔を出したことがほとんどないからか。

ここで言及することじゃないから、言わないが。

「しかしそれなら……あ、いや、なんでもないです」

と、思わせぶりなことを言って、引き下がってみる。

もちろんそんなことをすれば、かえってニアの興味を引いてしまうわけだが。

あ、ちょっと親方も聞きたそうにしているな？

「なんでもないって、何か思いついたことを言いかけましたよね？」

「いやぁ、言いかけましたけど、これは口にしない方がいいなって」

「いえいえ、何が参考になるかわかりませんし、是非ともお教えいただければ」

親方である老紳士まで食いついてきた。

う～ん、あんま大きな声で言うもんでもないが……と思いながら俺は店内をキョロキョロと見回す。

予約を入れていたからか、今店内には俺達以外に誰もいないし……まあ、この二人に聞かせるのはいいか、自己責任ってことで。

「いやね、俺の二つ名がなんで『黒狼《こくろう》』になったかを考えたら、暗い赤もありかなって。すぐにそれはないって思ったんですが」

と、フォローを入れたつもりなんだが、二人はやっぱりドン引きな顔になった。

だろうな、そんな血生臭いイメージのドレスを着せるなんてありえないよな！

「だ、だから言わなかったんですよ⁉　二人が聞きたいとか言うから！」

「それは……そう、ですけども」

俺が必死に言い訳すれば、二人とも反論はしないが……明らかに物言いたげな顔。

そりゃそうだろう、言わなかったとはいえ、そんな発想する時点でやばい奴だろうし。

とまあ、俺がドン引きされはしたが……これで、ニアの知識が若干偏ってることは誤魔化せただろうか。

それ以降は俺は大人しくしていて、ドレスの生地の色は濃いめの青ということで、無事に決まったのだった。

＊＊＊

こうして、少しばかりあれこれはありつつも無事ドレスの発注を終えた俺達は、仕立て屋を出た。

「あら……もう、日が落ちてきましたね」

「ですね……今日は色々とありましたし」

むしろありすぎたくらいだが。

噴水広場で昼食がてらホットドッグを食べ、それから仕立て屋でドレスを注文。

やったことと言えばこの二つだけだが、それぞれの中身が濃かったというか、なんやかんやありすぎた。

時間だけでいうならばホットドッグにはそこまで時間をかけてないはずなんだが、精神的疲労で言えばそちらの方が大きいくらいだ。

仕立て屋も仕立て屋で精神的プレッシャーはあったんだが……こう、勝手がわかってる分、まだましだったと思う。

それでも、なぁ。

「なんだか今日は、締まらないとこばっかり見せてしまったような気がしてならないんですがね」

がしがしと頭を掻《か》きながら俺はぼやく。

どうにもこう、かっこ良くエスコート、ってのからほど遠かったような気がしてならんのだが。

いやまあ、苦手というか普段近づかないようなフィールドが多かったんだから、仕方ないっちゃ仕方ないいんだろうが。

それでも初デートなんだから、もうちょいかっこ良くしたかったんだがなぁ。

なんて内心で反省している俺の隣で、くすくすとニアが笑う。

「あら、私は色々なアーク様が見られて、楽しかったですよ？」

天使かこの人は。

確かに振り返ってみれば、俺がかっこ悪いところを見せても笑ってはいたけれども見下してるとかいう感じではなかった。

ドレスの色の時は引かせてしまったが、あれは俺も引くと思うから仕方ない。

だからまあ、ニアが楽しんでくれたのは多分そうなんだろう。

……これで俺の直感でもわからんくらいに感情を隠すことが出来るとかだったら、怖いが。

今まで会ってきた中でそんなことが出来たのはアルフォンス殿下くらいなもんだから、それ以上とかまじ勘弁である。

いやまあ、それで実はニアのいいようにされている、というのはそれはそれで、と思わんでもないが。

「そう言ってもらえたら、ちょっとばかり安心はします。……ああ、ここですね」

俺が足を止めれば、ニアも止まって俺の隣に立つ。

それから、店を見上げて。

「まあ、こちらが」

「ええ、馴染《なじ》みの店なんですが、味は保証します」

目を輝かせるニアに説明しながら、若干複雑な気持ちになる。

連れてきた店は、主な利用者は子爵・男爵といった層だが、一応伯爵を連れてきても文句は言われない程度の格式はある店。

言わば下級貴族御用達な店だから、元々の身分が王族であるニアを連れてくるのは若干気が引ける。

同時に、そういう格式の店に連れてきて目を輝かせるニアを見ると、彼女の今までの境遇も思い返されてしまう。

敢《あ》えて嫌な表現をするが、この程度の店にも連れてきてもらったことがなかったんだろうな、と。

男爵家出身で騎士として自立し、子爵となった俺でも、ちょっと頑張れば何回も通える店。

王族なんぞ連れて来た日には、店も恐縮するし王族はぶち切れかねない。

……アルフォンス殿下は場末の酒場でも楽しそうだったから、あの人は例外だ。

ちなみに、お忍びでも隠しきれないオーラで周囲の客が萎縮したりザワついたりしてたんで、一回しか連れていっていない。

たまに連れて行けと言われるんだが、二度とご免である。

話が逸れた。

とにかく、そういう店にも連れてこられたことがなかったらしいのはわかっちゃいたが、改めて実感させられると、またこみ上げてくるものがある。

偉そうかも知れんが、ニアを幸せにしなければいけない、と。

義務感というよりは俺の願望なわけだが、これくらいは思っても構わないんじゃないだろうか。

俺に出来ることがどんだけあるかはわからんが、出来る限りのことはしたいと思う。

「では、行きましょうか」

「はい、よろしくお願いします」

そう言いながらエスコートのために肘を曲げて腕を差し出せば、ニアがそっと手を添えてくる。

……俺が幸せを感じてどうする。

いや、ニアもわくわくというか楽しみにしている顔をしてくれてるから、きっとこれはこれでいいのだろう。

勝手に自分で納得しながら入り口へと向かえば、ドアマンが会釈しながらドアを開けてくれた。

すると、開いたドアの向こうで待ち受けていたイケオジの給仕係が恭しく頭を下げてくる。

「ようこそいらっしゃいました、マクガイン様」

「ああ、今日はよろしく頼むよ。特に今日は、婚約者が一緒だからね」

「はい、伺っております。とてもお美しい方でいらっしゃいますね、こちらとしても身が引き締まる思いがいたします」

予約した際に婚約者連れであることは伝えていたんだが、当然情報共有はされており、お世辞まで言ってくる辺りそつが無い。

いや、ニアが美人なのはその通りだから、ただ事実を述べただけの可能性もあるが。

ともあれ社交辞令的なものではあるのも間違いないんだが、慣れてないニアははにかんでいる。可愛い。

「そんな、美しいだなんて……今日はどうかよろしくお願いいたします」

照れ笑いを見せながら頭を下げるその仕草、プライスレス。

給仕係も普段の愛想笑いとはまた違う雰囲気になっている辺り、彼のようなベテランでも嬉しくなってしまったらしい。流石ニアである。

すまん、贔屓目《ひいきめ》が過ぎている自覚はある。

「はい、誠心誠意おもてなしさせていただきます。……マクガイン様は素晴らしい婚約者様を迎えられたようで」

「だろう？　だから今日はいいところを見せたいんだ」

「え、ちょっと、アーク様？」

給仕係の世辞に俺が真顔で頷けば、動揺したニアが軽く俺の腕を引く。

そんな可愛い反応をされるとますます褒め称《たた》えたくなるんだが、あまり入り口付近でやるもんでもないか。

そこは給仕係の彼も読んでくれたのか、にこりと笑って。

「かしこまりました。ご満足いただけますよう、精一杯務めさせていただきます。さあ、どうぞ中へ」

そう言いながら、中へと案内してくれた。

案内された店内の内装は、どちらかと言えば落ち着いた内装。

置かれてる調度品も自己主張控えめな、いわゆる品が良いと言われるタイプのものばかり。

「あら、これは……かの巨匠の、若い頃の作品では？」

「流石、お目が高い。左様でございます、こちらは……」

と、気付いたニアと給仕係が会話をしている内容からわかるように、物も確か。

今や有名となった芸術家達が駆け出しの頃にオーナーが見定めて買い集めた品々らしく、当時はあまりお高くなかったのだそうな。

売りに出したら多分えらい値段になるはずなんだが、それを一切しようとしないのも好感が持てるところ。

そういう美意識のオーナーだから、この店は居心地のいい空間になっているんだろうな。

こういう経緯を聞いたので、俺もここの調度品については一通り調べて、作者だとかについての知識はある。

殿下からも、「聞かれた時に困らないよう、事前に覚えておけ」と言われたしな。

中には、ここのオーナーが買ってくれたことがきっかけで有名になった陶芸家なんかもいたりして、驚いたもんだ。

だから俺は、ニアと給仕係の会話に口を挟まない。

自分の審美眼をひけらかさないオーナーが調度品を揃えた店で、自分の浅い知識をひけらかすのは、きっと滑稽なことだろうから。

それに、巨匠の若い頃の作品なんてものに出会えて目を輝かせているニアと、わかってくれる客相手に誇りを持って解説している給仕係の楽しげな空気は、見ているだけでも楽しいもんだからな。

これは良い時間が過ごせそうだ、と確信しながら、俺はニアと共にテーブルへと案内されていった。

＊＊＊

その後、出された料理は前菜から主菜、デザートに至るまで素晴らしいものだったのは言うまでもない。

また、向かい合って食事してる時のニアの所作は流麗で、うっかりすれば見蕩《みと》れてこっちの手が止まってしまう程。

おかげでより一層食事が美味く感じた気さえするんだから、不思議なものである。

テーブルマナーってのは大事なんだなぁ、と改めて思う。

いや、理屈ではわかっていたんだが、実感したのは初めてかも知れない。

ああいう店で、きちんとした相手との食事ってのは、やはり一味違う。

それも、これ見よがしとかじゃなく自然に出来るような相手だと。

もちろん場末の店で気楽に飲み食いするのも好きだし、基本的にそっちの方が性に合っているとも思うんだが、もう立場的にそればっかりとはいかんわけだしな。

領主ともなれば、客を迎える立場になることもあるわけだし……。

ニアが夫人としていてくれたら、そういう時に失礼のないよう相手をもてなしたりなんかもしやすいんだろうな。

「アーク様、どうかなさいました?」

「え?　あ、いや、ちょっと考え事を」

夜道を歩きながらそんなことを考えていたら、不意にニアから声を掛けられた。

いかんいかん、今はニアを送っていく最中なんだ、あまり考え込んでるのもよくないだろ。

なんでもないと首を横に振ってみせ、それから笑ってみせる。

「今日一日のことを振り返っていたら、ニアが婚姻相手になってくれるのは本当に幸運なことだと改めて思ってしまいまして」

「あら、いきなりどうしたんですか、そんな持ち上げるようなことを」

正直に考えていたことを言ってみれば、ニアも笑って返してくる。

ワインを少々飲んだせいか、ちょっと普段よりも柔らかい感じの笑みと声。

ちょっとふわふわしているというか、ほわほわしているというか。

こんな感じになるのは珍しい、というか初めてかも知れない。

「持ち上げてるんじゃなくて、思ったことを正直に言ってるだけですよ」

どっかの腹黒王子とは違うので、とか思ったりもしたが、口には出さない。それくらいの理性は十分残っている。

「ふふ、正直に、ですか。なんだか照れてしまいますね」

コロコロと鈴が鳴るような声で笑うニア。

繋いだ手をちょっと引っ張ってきたのは、照れ隠しかなんかだろうか。

こういう、ちょっと今まで見たことのない顔を見られただけでも、デートに誘った甲斐があるってもんだ。

「でも……私も、アーク様が婚姻相手で良かったと、心から思いましたよ？」

「ごふっ⁉」

感慨に耽《ふけ》っていた俺に予想外の一撃が襲ってきて、俺は思わず咽《む》せて咳《せ》き込んでしまった。

そんな俺を見て、ニアがまた笑う。ええい、これはどういう意味で笑ってるんだ⁉

いや、どっちでもいいか。ニアが笑ってるなら。

「なんだか、おかしい、ですね。あの強面《こわもて》なバラクーダ伯爵様相手にまったく動じなかったアーク様が、これだけで狼狽《ろうばい》するなんて」

「そりゃぁ、バラクーダ閣下みたいなタイプはいくらでも相手してきましたからね、平気ですよ」

正確に言えば、あのレベルの圧のある人は滅多《めった》にお目にかかれないけども。

それでもゼロじゃないってのは大きいもんだ。

俺としては当たり前なことを返したつもりなんだが、ニアは一層楽しげに笑っている。

「ふふ、ふふふ……嬉しい」

「う、嬉しいって、何が、ですか？」

問いかければ、ニアがくすりと笑う。……なんだか流し目風に向けてくる視線が、ちょっと艶っぽい気がするのは気のせいだろうか。

何か心臓が落ち着かないんだが、大丈夫か俺。

「そうですねぇ……アーク様が、お付き合いだとかをした経験が少なそうなことですとか」

「そこを喜ばれるのはかなり複雑なんですがね⁉」

男としては複雑なことを言われて、俺は思わず声を上げてしまった。

って、いかんいかん。俺が本気で激高したりしてるわけじゃないのがわかってるのか、ニアは相変わらずニコニコしてるが……万が一誤解されて怖がらせるのは本意じゃない。……いや、ニアならそんな誤解はしないか？

そもそも、女性は経験豊富な男にリードされたいと思っている、なんて先輩達が言ってたが……

あの先輩達だぞ、よくよく考えたら正しいかどうか、かなり怪しいじゃないか。

大体、大事なのは一般論じゃなくて、ニアがどう思うかなんだし。

なんて考えていた俺へと、ニアが彼女の考えを示してくれた。幸運なことに。

「私にとっては、喜ばしいことなんですよ？　だって、アーク様の今までとこれからを、私が独り占め出来るじゃないですか」

……やられた。

もうね、何も言うことが出来なくなるくらいに、撃ち抜かれた。

なんて可愛いことを言ってくれるのかと。そんな独占欲を見せてくれるのかと。

ちょっと正直、意識が飛びかけた。理性は飛ばさない。絶対にだ。

「……俺を独り占め出来るって、そんなに喜ばしいですか？」

「ええ、とっても」

やばいな。これが幸せってやつなのか？

何か心臓が聞いたことのない音を立ててる気がするんだが。

「わかりました、ならニアが俺を独り占めしちゃってください。その代わり……ニアのことも、俺が独占していいですか？」

「ふふ、もちろんです。だめだったら、婚姻を結んだりなんかしませんよ」

死ぬ。

楽しげなニアの笑顔にやられて死ぬ。

今ここで死んでも悔いは無い。いや、ある。だめだ、まだ死んだらだめだっての。

「なら……ニアには幸せになってもらわないと。折角《せっかく》独占出来るんです、どうせなら幸せなニアを独り占めしたい」

そうだよ、お互い独り占めしておしまい、なんてわけにはいかない。

御伽話《おとぎばなし》じゃないんだ、めでたしめでたしの後にも人生は続く。

そこでニアが幸せになってないと意味が無いし……自惚《うぬぼ》れていいなら、そこに俺がいないとだめだろ。

つか、俺が嫌だ。幸せなニアの隣にいるのは、俺じゃないと。

そんな俺の独占欲だとかどう表現したらいいかわからない欲の籠もった言葉に、しかしニアは小首を傾げた。

「ん～……幸せ、ですか……どういう状態なら、幸せなんでしょうね……？」

俺は、いつかのように涙を溢《あふ》れさせそうになった。

今まで幸薄い人生だったんだと、改めて突きつけられた気がしたからだ。

だから、幸せの形がわからない。

ようやっと手に入れた今の生活は、決して悪いものじゃないはず。

だが、穏やかな日々ではあれど、幸せを実感するものではないのだろう。

……そりゃま、虐げてきた祖国にやり返すために充実している日々を、幸せと表現するかは怪しいところだしな……。

いかんな、やっぱ俺はまだまだだ。

しかし、だったらこれからなんとかすりゃいいだけの話とも言える。そう思おう。

「なら、一緒に探しましょう。幸せってどんなものか。そして、一緒に幸せになりましょう」

自然と、俺の口から言葉が出てきた。

俺は、ニアに幸せになってほしい。幸せにしたい。

だけど、それが独りよがりなものになるのは嫌だ。

だったら、幸せがなんなのか一緒に探さないといけないって状況は、いっそ好都合。いくらでもどんとこいってもんだ。

そんな俺の返答は、ニアにとっては予想外だったらしい。

二度三度、目をぱちくりと瞬かせて。

「……いいんですか？　私、アーク様となら、一緒に探したいです、幸せを」

ぽつり、ぽつりとそんなことを言われて。

俺は、ニアを抱きしめた。

「いいに決まってます。ニアが幸せを探す横にいるのは、俺じゃないと嫌です」

むしろ、邪魔する奴や横から入ってこようとする奴がいたらぶっ飛ばす。

我ながら大分乱暴なことも考えてるが、きっと許されるはずだ。

なぜならば。

「ふふ……嬉《うれ》しい」

俺の腕の中でニアが笑ったから。

それはつまり、承諾ということで。

俺達は、身を寄せ合う距離で見つめ合い、そして……。


「ニア様、お帰りなさいませ。予定通りでございますね」

ローラの声が、割って入ってきた。

はっと我に返った俺達はぱっと離れ、互いに明後日の方を見る。

……くっそう、なんてタイミングだ……いや、むしろ途中から監視してたんじゃないか、ローラめ……。


この俺が気付かないとは、不覚……。

「マクガイン様も、お送りいただきありがとうございます」

「ああいや、これくらいは当然だし、な」

極めて普通の会話なのに感じる『さっさと帰れ』という空気。

ニアの保護者として今まで守ってきたローラとしては、きちんと婚姻が結ばれるまでは節度を持った付き合いを、と思うのは当然のことだろう。

……とは思うが、あれくらいは許してくれてもいいんじゃないか。

だめか、だめだよな、お前はそういう奴だよ……。

「それじゃ、ニア。今日はありがとう、とても楽しい一日でした」

「そんな、私こそとても……とても、楽しかったです、アーク様。きっと私、今日のことをずっと忘れません」

別れの挨拶にと礼を言えば、ニアからも礼の言葉が返ってくる。

それを口にするニアは、本当に嬉しそうで。

だから。

「そう言ってもらえたのは嬉しいですけどね、これから何回だって、これくらい楽しいことがありますよ。……俺が、そうします。あなたが望めば、望むだけ」

これくらいは言うのが、男の甲斐性《かいしょう》ってもんだろう。

予想もしていなかったのか、ニアはびっくりしたような顔になって。

すぐに、さっきよりももっと嬉しそうな笑顔を見せてくれた。

「はい！　……楽しみにしても、いいですか……？」

それでもまだ遠慮がちなのは、今までのことを考えれば仕方ないんじゃないかな。

だから俺は、即答した。

「もちろん！」

と。

◆第六章◆……『黒狼』、牙を剥く

そんなこんなで、色々あれども最後は上手《うま》いこと締められたんじゃないかと思えたデートの翌日。

「幸せ過ぎて怖いんですが、どうしましょう」

「ほんとに喧嘩《けんか》売ってるのかお前は」

アルフォンス殿下の執務室で悩みを相談した俺は、ジト目の殿下に罵倒されていた。

当然、人払いはしてもらっている。

「何が相談があるだ、ただの惚気《のろけ》じゃないか」

「惚気じゃないんです、ほんとにどうしたらいいのかわからないんです！」

「いくらお前にそっち方面の経験が少ないからって、狼狽《うろた》えすぎじゃないかね、流石《さすが》に」

呆《あき》れたように言う殿下へと、婚約者のいない人に言われても、と言いかけて俺は言葉を飲み込む。

殿下の女性遍歴に関して、俺はほとんど何も知らないんだが……それは、殿下に経験がないことを意味しない。

男爵家の三男で自立するしかなかった俺と違って、ただでさえ王族の殿下は色恋だって国家の政略が絡んでくる。

おまけに第一王子がやらかしたせいで周囲はかなり色恋沙汰に対して過敏になっていたはず。

だから学園や社交界でも女性とは一定の距離を保ち続けていたわけだ。

であれば裏ではどうなっていたか、俺が知らないこともあるだろうし、俺に言えないこともあるだろう。

いくら気安い関係だからって、ここは踏み込んだらいけないラインのはずだ、きっと。

となると、俺が道化になって話を流した方がいいな、ここは。

「仕方ないじゃないですか、ニアが可愛《かわい》すぎるんですから！」

「はいはい、冷めた関係じゃないみたいで安心したよ。その調子でこれも片付けてくれると嬉しいな」

そう言いながら、いきなり殿下はどさりと大量の封筒を机の上に置いた。

「……なんですか、これ」

一見普通の封筒に入った手紙なのだが、なんだか剣呑《けんのん》なオーラを感じる。

いや、生物じゃない物体からオーラを感じるってのもおかしな話なんだが……。

困ったことに、俺の感覚は外れじゃなかったらしい。

「お前に対する挑戦状」

「なんでいきなりそんなもんが送りつけられてきてんですか⁉」

面白がってるふうのアルフォンス殿下へと、思わず食って掛かる。

いや、殿下が悪いわけじゃないんだから、食って掛かるのもおかしな話ではあるんだが。

そんな俺の八つ当たりとも言える行動に、しかし殿下は気を悪くした様子はない。こういうところは流石である。

「それがねぇ、どうもバラクーダ伯爵がお前に挑んで負けたって形で話が広まったみたいなんだ。どこでどう捻《ね》じ曲がったのか、お前を倒せばお前に与えられるはずの領地を代わりにもらえると言う話になってるみたいでねぇ」

「ほんとにどこでどう捻じ曲がったらそうなるんですか⁉　領地の差配はそんなことで変更されるわけないじゃないですか！」

言うまでもないが、戦争で獲得した新しい領地に誰を配置するかなんて国家戦略上の重要事項。そんな重要なもんを、個人の決闘ごときで決めていいわけもないし、お上の決定に異を唱えるのも許されない。

ちょっと考えればわかるだろうに、なんでこんなことになっているのか。

「……高位貴族の誰かが噛《か》んでますか、もしかして」

「表立っては侯爵が二人ばかり、お前の領地の件で文句を付けてきた。お前じゃなくて、年上の別の子爵を行かせろと」

「ありゃま、今更ですか？　しかし、あんな危険な領地に、なんでまた好き好んで」

何しろ俺が与えられる予定の領地は、戦争の結果割譲されることになった元隣国。

当然今後も紛争の種になる可能性は高いし、治安だってよろしくないだろう。

鉱山があるかもって話も秘密にしてるわけだから……それとも、嗅ぎつけるくらい諜報《ちょうほう》に長《た》けてるとか？

といった俺の疑問は、もちろん殿下も織り込み済みだった。

「正確には、領地ではなく旅団を指揮する権限をお前にやるのに疑問を呈してるってところだね」

「あ～……なるほど。……それ、どっちの意味で言ってきてんですかね」

それはそれで面倒くさいことになりそうだと、思わず溜《た》め息《いき》を吐いてしまう。

以前に殿下との話で出たが、子爵領には数千人規模の旅団が配置されることになっている。

子爵領に配置されるが王国軍ではある、という若干複雑な状況なため、指揮権は領主である子爵にありつつも旅団長に委託するという形式になるそうだ。

だから、指揮権を持とうと思えば持てなくもない。兵が動いてくれるかはともかく。

で、この場合その侯爵二人が、俺に指揮権を与えたくないのか、子飼いの子爵に指揮権を持たせたいのかで話が変わってくるわけだ。

俺に指揮権を与えたくないだけなら正直あまり問題でもないいし、俺みたいな若造にやりたくない気持ちもわからんではない。

だが、子飼いに指揮権を持たせようとしているのなら、何を狙ってなのかという新たな疑問が出てくる。

しかも、話はそれだけで終わらない。

「侯爵達《たち》が動かなくても、お前に突っかかってくる連中は出たんじゃないかな。あんな若造に負けるとはバラクーダ伯爵も老いたな、なんて阿呆《あほう》なこと言ってるのもいるみたいだし」

「いや、ほんとになんですかそれは」

思わず真顔になりながら殿下に強めの口調で言ってしまうが、筋が違うこともわかっている。

わかっているが、つい頭にきてしまった。とてもよろしくないことだが。

肉体言語でのお話し合いを経て、俺と伯爵はかなりわかり合えたと思っている。

また、勇み足はあったものの、バラクーダ伯爵が尊敬に値する武人であることに変わりはない。

その伯爵を軽んじるような言い様に、俺は怒りを覚えた。

だからって、怒り心頭になって判断を誤るのは間違いだ。頭ではそうだとわかっているんだが……

ああくっそ、ちょっと冷静じゃないぞ、落ち着け俺。

「頭にくるのもわかるけど、まずは落ち着きなって。そんな良い加減なことを言う連中が、バラクーダ伯爵の実際を知ってるわけがないだろ？」

「……それもそう、ですね……。あるいは見る目がないか、目を逸《そ》らしているか、ですか」

アルフォンス殿下に諭されて、俺は少しばかり冷静さを取り戻した。

なるほど、言われてみればそうだ。バラクーダ伯爵の圧力と強さは、誰よりも俺がよく知っている。

つまりこんなことを言っている連中は、バラクーダ伯爵の現在を知らないか目を逸らしている連中ということ。であれば、大した脅威であろうはずもない。

目に物見せてやろうかとは思うが。

「実際のとこ、王国一の武闘派と目されていたバラクーダ伯爵のことを疎ましく思ってた連中は少なくないからね。お前を倒せば、伯爵と戦うことなく王国一を名乗れると考えて噴き上がりそうになってるわけだ」

随分と浅はかなことだけど、と殿下はとても良い笑顔で言い捨てた。

あ〜、こりゃ殿下も腹に据えかねてるな、と思えば、逆に俺の頭に冷静さが戻ってくる。

……どこまで殿下の計算の内なんだろうな、ほんと。

「なるほど？　バラクーダ伯爵のことすら軽んじるような連中が、俺のことなんて詳しく知るわけもない。たまたま勝ちを拾っただけの俺相手ならば勝てるだろうと思ってる可能性が高い、と」

「断言は出来ないけれど、その可能性は低くないだろうね。逆にわかってると思《おぼ》しき連中は、とても敵わないと手を引いてるし」

色々飲み込みながら俺が言えば、氷の微笑を浮かべたアルフォンス殿下が応じてくる。

なるほど、殿下としてもこの事態は業腹《ごうはら》ものらしい。

そりゃまあ、折角《せっかく》色々上手く収まりそうだったところへの横槍《やり》なんだ、苛《いら》つくのも当然だろう。

しかし、となると。

「つまり、わかってない連中にわからせるのが俺の仕事、ということですか」

「そうだね、結局お前が全員薙《な》ぎ払えば問題はなくなるわけだから」

「それはそうなんでしょうが、もうちょっと表現に気をつけていただけませんかねぇ⁉」

なんて大げさに言い返してはみたものの、正直なところ安心してはいた。

俺が暴れて解決するならば、こんなに簡単なことはない。

もちろん油断する気は毛頭ないが、バラクーダ伯爵以上の武人なんてそうそういるものでもない。

いや、無私無欲に己の武を極めようとしている人でも居れば話は別だが、そんな人間がこんな政略絡みの案件に首を突っ込むことなんてないだろうし。

となれば、後は物理的な証明をすればいいだけ、なわけだ。

「でもさ、出来るだろ？」

まして、アルフォンス殿下から当たり前のように問われれば、返す言葉なんて一つしかない。

「勿論《もちろん》です」

こうして俺は、色々複雑な事情が絡み合った結果、挑んでくる全員を殴り飛ばすという単純かつ困難な課題をこなすことになった。

あの、バラクーダ伯爵との一件が広まったという、その影響の意味を把握しきれなかったという不覚を背負いながら。

◆◆◆◆

丁度その頃、別の場所では。

「ほう……あのエミリア嬢が負けを認め、強敵と書いて『とも』と呼ぶ関係になるお嬢さんがおられるとは……」

自室にて、そんな呟《つぶや》きを零《こぼ》す男が一人。

年の頃は二十代半ば、金髪に近い明るい茶色の髪、青色の瞳。

顔だけ見れば貴公子と言って良い顔立ちなのだが、首から下に続くのはよく鍛えられた身体。

彼は、ガンドリル伯爵家の嫡男、フィリップ。

バラクーダ家と並ぶ武闘派伯爵家を自称する伯爵家の人間であり、彼自身騎士として王国軍に所属している。

そんな彼が、随分と熱心に書類へと目を落としていた。

「ニア・ファルハール嬢……いや、準男爵家出身であれば令嬢とは言い難いか。そんな身分でありながら、あのエミリア嬢を負かすとは素晴らしい逸材……」

彼がどんな意識を持つ人間かは、思わず零れたこの呟きからある程度は伺えるだろうか。

だが、そんな彼の言動を咎《とが》める者は、この場にはいない。何しろ自室なのだから。

だから。止める人間がいないから。彼の妄想はとめどなく溢《あふ》れ出していく。

「あんな、成り上がり子爵には勿体《もったい》ない」

関係者が聞いていれば、様々な反応を示すであろう一言。

アークという人間を、その本質まで知っている人間が聞いていれば間違いなく訂正を必死な顔で諭すであろう言葉。

けれど、誰もいなかった。誰もいなかったのだ。

だから彼は、破滅へと向かっていく羽目になる。

「ニア・ファルハール嬢、我が妻としてみせようではないか！　そして、共に手を携え、シルヴァリオ王国攻略の先鞭《せんべん》とならん！」

高らかに、歌い上げるように宣言する。その宣言を聞いている者は誰もいないが。

誰もいなかったから彼を止められず、だからこそ即座の問題にもならず。

文字通り幸か不幸か、誰にもわからないところで話は進んでいく。彼の中だけで。

「あのエミリア嬢が負けを認めるのだ、さぞかし麗しい姿に違いない！」

下心満載の叫びも、やはり咎める者はいない。

この時点で彼の命運は決したのだが……当の本人が知ることはなかった。

◆◆◆◆

「ねえ、ローラ。最近なんだか、妙に視線を感じるのだけれど？」

「そうですね、姫様。なにやら不埒《ふらち》な連中が、こちらのことを嗅ぎ回っているようでして」

引っ越し準備が進む中、不意にニアが問いかければ、ローラはこくりと頷《うなず》いて返す。

その様子、表情を見たニアは、ふむ、と小さく頷いてみせた。

諜報関係に長けているローラが、把握しているのに対処していない、ということは。

「なるほど、放置していても問題ない連中だ、と？」

「はい、その通りでございます。見たところ、シルヴァリオからの刺客や密偵の類いではないので、即時対応は必要ないと判断しております」

「となると、ブリガンディア王国内の誰か。王家はないとして……いえ、そもそも目的は何かしら」

シルヴァリオ王国からの密偵でなければ、ここブリガンディア王国の手の者、あるいは王国に属する貴族連中の手先である可能性が高い。

そして、ブリガンディア王家は第三王子アルフォンスを通じてニアのことは把握している。

となれば、ブリガンディア王国貴族の密偵だなんだなのだろう。

「仕掛けてくる気配がない、ということは、私の身辺調査？　アーク様の……っ、妻になる人間がどんなものか把握したい、か……後は、エミリア様絡みくらいしか思いつかないわね」

まだまだアークの婚約者だとか妻になるだとかの言葉を口にするのは照れくさいニアが珍しくつっかえれば、ローラなどは砂糖と生姜《しょうが》を同時に口へと突っ込まれた顔になってしまう。いつものことだが。

それから、こほんと小さく咳《せき》払いをして、主の問いかけに答える。

「恐らく、エミリア様絡みではないかと。『あのエミリア様が負けを認めた』という噂が流れているようでして」

「あの、という表現はどうかと思うけれど……そうね、確かにエミリア様が、というのには納得するわね」

ローラの答えに、ニアはこくりと頷いて返す。

エミリア・フォン・バラクーダがどれ程の人物か、直接対峙《たいじ》したニアはよくわかっていた。

そう考えれば、彼女を負かしたのはどんな令嬢だ、と興味を引かれる人間が出てくるのも仕方のないところか。

もっともそれは、エミリアを負かした後に思い至ったこと。

出会う前までは、まさかあれほどの人物だとは思いもしなかった。

「とはいえ、エミリア様が仮に大したことがない人物だったとしてもそれはそれで、勝った私も大した相手ではないと侮られて、面倒なことになった可能性はあるけれど」

「結果としてそれは回避されたのですから、置いておきましょう。問題は、現時点での状況をどうするべきか、かと」

「それは、本当にそうなのよね……」

ローラに話を整理されて、ニアは小さく溜め息を吐く。

現在ニアが置かれている状況を考えれば、あまり身辺を嗅ぎ回られるのは望ましくない。

そんなつもりはないだろうが、万が一シルヴァリオ王国の第四王女、消息不明となったソニア王女であることがバレればかなり面倒なことになる。

個人的な意味でも、戦略的な意味でも。

そして、解決手段を探すとすれば。

「……ねえローラ。アーク様は、こういう相談を面倒だと思われるかしら？」

「むしろ相談しないと『なんで知らせてくれなかったんですか！』と大騒ぎして、かえって面倒な事態になると思います」

無駄に似ているアークの声真似《まね》をしながらローラが言えば、ニアも思わず噴き出してしまう。

そう、何を抱え込むことがあるのか。

ニアの婚約者となった彼は、そんなことを面倒がるような人物ではないし、だからこそこんなに

「ローラ、アーク様へ手紙を届けてほしいのだけれど」

「わかりました、すぐに準備いたします。トムが」

『なんで俺が⁉』だとかは言わせない。文字通り有無を言わせぬ迫力でローラが言えば、ニアもまた、

頼もしいと言わんばかりに小さく拍手をしていたり。

もちろん言うまでもないが、トムとの信頼関係があるからこそ出来ること。

彼ならば、文句を言いつつも確実に手紙を届けてくれることだろう。

「ではローラ、便せんと封筒を持ってきてくれるかしら」

「はい、姫様」

ニアが頼めば、ローラは即座に身を翻す。

これは、ニアの安全を確保するために必要な業務。

ムカつくが、現時点においては個人戦闘力の面でも権力とのコネクションという意味でも、アー

クを頼るのが一番確実であることは間違いない。

そして、あの男が喜び勇んでニアのために奔走することも間違いない。

重ねてムカつくが、ローラですら今ではもう、アークのことをそこまで信頼してしまっている。

本人に教えるつもりは毛頭ないが。

「これで裏切りでもしたら、その夜のうちに寝首を掻いてやるんだから」

きっと、そんな日は来ない。

だからローラは、安心して八つ当たり気味にそんなことを零せるのだった。

◆◆◆◆

ニアから手紙が来た。

それを読んだ俺は、全速力で駆け出した。業務時間外だったのが幸いだ、ほんと。

いや、ニアのことだからそこまで考えたに違いない、きっとそうだ、流石ニア。

なんてことを考えながらも身体は俺の意思に従って全力を出しているのだから、我ながらよく鍛えられている。

程なくしてニア達が住む家へと辿《たど》り着いた俺は、玄関前で一度二度、大きく深呼吸。

急いで呼吸を整えつつ周囲の気配を探れば、俺に気付いたのか距離を取る奴がいた。

……殺気だとか害意は感じないから、一先《ひとま》ずこいつは放置していてもいいだろう。

そう結論づけた俺は、こほんと小さく咳払いをしてからドアをノック。

程なくして執事的働きをしているトムがドアを開いた。

それから挨拶もそこそこにニアの元へと案内してもらい、手紙の内容を確認する。

「確かに、俺が着いた時にもこの家を観察しているような人間の気配がありました。ニアの懸念は外れていないようです、残念ながら」

「やはり、そうですか……そうなると、どう対処すべきか、なのですが……どういたしましょう」

そう言いながら、ニアがちらりとローラの方を見れば、彼女も小さく頷いて返し。

「姫様がお命じくだされば、地の果てまで追いかけて引っ捕らえることも、生まれてきたことを後悔するような目に遭わせることも辞しません」

「まってローラ、流石にそこまでは求めてないのよ？」

さらっと何当たり前のように物騒なこと言ってんだこいつは。ニアも若干引いてるじゃないか。

とはいえ、やっぱ前々から思ってた通り、ローラはそっち系の技能を嗜《たしな》んでいる存在なわけだ。

ま、あまりほじくり返すものでなし……それに、何より。

「そもそも、ローラやトムは言わば切り札ですからね、まだここで切るのは勿体ないです」

これが大きい。多分密偵だとか裏仕事の人間としてこの二人はかなりの腕前だ、多用して存在を勘付かれるは避けたいところである。

俺がそう言えばニアはうんうんと頷き、トムはちょぃと得意げな顔になり、ローラはなんだか微妙そうな表情を見せた。

なんだよ、俺が評価したらおかしいってのか？　まあローラからすれば色々複雑なのかもしれんが。

「ともあれ、あちらに害意がない以上、放置という手もなきにしもあらずですが……あまりいい気はしませんよね」

ついでに言えば、俺も落ち着かない。

問いかけというよりも確認として俺が言葉を向ければ、ニアはやはりコクリと頷いて返してくる。

気分的にもそうだし、ないとは思うが、ニアの正体に辿り着かれる可能性も一応ゼロではない。

また、別方向から面倒事に繋《つな》がるかも知れんのだよなぁ。

「実は俺の方でも面倒事が持ち上がってましてね……」

と、挑戦状絡みの話をすれば、ニアは驚くどころか納得顔だった。

なんでも、恐らくエミリア嬢絡みのことではないかと推察してたのだというのだから流石の一言。

我ながら迂闊《うかつ》だと思うが、バラクーダ伯爵の話が広まっているなら、エミリア嬢の話だって広まっててもおかしくないわけで。

ニア達が鋭いから早めに気付いてくれたわけだが、もっと俺の方でも気をつけるべきだったと反省するしかない。

「……こうなると、俺に挑戦状を突きつけてる連中でニアを人質に、だとか考える奴も出てきかねないですか」

「それでアーク様に勝ったところで、アルフォンス殿下が何も察しないとも手を打たないとも思えませんけれど……そこまで考えが及ばない方もいらっしゃるかも知れませんね」

「ですよねぇ……」

バラクーダ伯爵は脳筋だが、頭の使える脳筋だ。政治的なあれこれもわかった上で最後は筋肉で解決する方向に纏《まと》めるのが多分上手い。

だが、そんな立ち回りの出来る連中ばかりでもないだろうし、そういう連中は往々にして短絡的な手段をナイスアイディアと思いがちだ。

そして、そういう連中に限って変な方向に思い切りが良かったりするから始末に困る。

「となると……申し訳ないですが、ニアの引っ越しを前倒しにしませんか？　そうしたら、連中も迂闊に手を出せないと思うのですが」

今現在ニア達が住んでいるのは、あくまでも平民が住むための家。

いかに子爵である俺の婚約者とはいえ、そのことを知らない奴が強盗に入った結果誘拐された、だとかに偽装してニアを人質に取ることも出来なくはない。実際はローラとトムがいるから、そうそう成功はしないだろうが。

しかしこれが子爵邸として購入された家に押し込んだら話が変わってくるわけだから、連中も軽々しく動けなくなるはず。後、単純に警備の人間も雇ってるというのもあるし。

……いや、ニアと同居する日が早まるだとかそんな不埒なことは考えて……ない、ぞ？　いやちょっとは考えなくもないが。

そんなちょっぴり打算を忍ばせた俺の提案に……ニアは、小さく頷いてみせた。少しばかり頬を染めながら。

「じ、実は私もそのことを考えなくもありませんでした。ただ、こちらから申し出るのもどうかなと思いまして……」

なんて奥ゆかしいんだ……。って、感心して呆《ほう》けてる場合じゃない。

ちょっと考えればそりゃそうだ、今ニアが身を寄せられる貴族家なんて一つしかない。……いや、エミリア嬢に相談したらバラクーダ伯爵家の客間を借りたり出来なくもないかも知れんが。

流石にそんな迷惑を掛けるわけにもいかんし、子爵邸への引っ越しを前倒しにするのが一番確実だと言える。

「とんでもない、この状況でしたら、むしろ言われない方が悲しいですよ」

……なんで呆れた顔してんだローラ。ニアも何故《なぜ》かくすくす笑ってるし。いや、笑ってくれてるなら大体それでオッケーだから、まあいいか。

「アーク様。……その……頼っても、いいですか?」

はにかみながら、ニアがこんなことを言ってくれたんだから。

そりゃもう、そんなことを言われた男に頷く以外の選択肢なんてあるわきゃない。

「もちろんですとも。ニアは、俺が守ります」

「アーク様……」

ちょっと格好つけすぎたかと思ったが、ニアの反応を見るに悪くなかったらしい。

……ローラが砂糖と生姜を同時に口の中に突っ込まれたような顔をしているが、ここはスルーである。なんせ、まだ話は終わってないのだから。

「それに、ですね。もう一つ狙いがありまして……」

そう前置きして、何を狙っているのかを説明し、この後の段取りについて提案した。

◆◆◆◆

「……密偵達が、帰ってこない？」

報告を待っていたガンドリル伯爵家のフィリップが、焦りを滲《にじ》ませた声で部下へと問い返す。

ニア達が気にしていた視線は彼が派遣した密偵達だったのだが……その密偵達からの定時報告が途絶えたのだという。

武闘派伯爵家子飼いの密偵達だ、当然腕は確か。その密偵達が帰ってこない、ということはどういうことか。

正確にはわからないが、何かまずい事態に陥ったらしいことをフィリップは察した。

「はい、ターゲットであるニア・ファルハール様がマクガイン子爵邸となった屋敷へと荷馬車を伴って移動を開始したことはお伝えしたかと思いますが……」

「ああ、追跡するとの報告に、事後承諾を与えたな」

「その直後に連絡が途絶えました」

「なん、だと……」

思わず愕然《がくぜん》とした声を出してしまうフィリップ。

引っ越しのため移動を始めたニア達を追いかけた途端に密偵達が消息を絶った。

これが意味するところは。

「……誘い出された、か？」

「恐らくは。アーク・マクガイン子爵は索敵能力にも優れているると聞いておりますゆえ、密偵達をおびき出したのではと」

「そうとしか考えられんな……まさか成り上がり子爵ごときの手の内に、腕利きの密偵などおらんだろうし」

当たり前だが、表立って持つことの出来ない密偵、それも信頼出来る腕利きの密偵を使用するとなると多大なコストが必要になってくる。

代々仕える一族の元で教育しているだとか、十分な報酬を出して雇用するだとか。

歴史か財力のいずれか、あるいは両方が必要となってくるわけだが、当然男爵家出身で子爵になったばかりのアークにそんな歴史も財力もあるわけがない。

こんなわけで、アーク自身が出張って捕縛したと考えてしまうのは、歴史ある伯爵家の人間であるフィリップにとっては自然なことだった。

「密偵達はいかが致しましょう」

「どうなったかだけは調べておけ。元々遠くから見ているだけ、犯罪行為に当たるような調べ方はさせていないからな。捕縛される程度は仕方ないが、斬られでもしていれば逆にこちらから抗議も出来よう」

「は、かしこまりました」

おかしな話ではあるが、ストーカーという概念もなくそれを裁く法律もないこの国において、法的に言えばフィリップの言い分は正しい。

敵国の間諜《かんちょう》を取り締まる法律はもちろんあるが、ガンドリル家の密偵が取った今回の行動を裁けるものでもない。

紛らわしく不快な行動をしていたから捕縛されるのは仕方ないが、今回のケースで子爵家の当主が伯爵家の手の者を処断することは出来ないどころか、そうなれば伯爵家から抗議することすら可能だ。

理不尽にも思えるが、階級社会とはそんなものである。密偵達の命が駆け引きの材料でしかないことも含めて。

だから、部下も動じた様子がない。

「しかし、本当に捕縛したのであれば、マクガイン子爵の腕は中々のものがありますな」

感心したように、部下の男が言う。

当主でなく嫡男でしかないフィリップが自由に使える密偵は、どちらかと言えば下っ端の部類。それでも伯爵家に仕える密偵なのだ、腕は確かなのだが……その彼らを生け捕りに出来たとなれば大したものと言えよう。

「流石は特務大隊のなんでも屋、泥にまみれて這《は》い上がってきただけのことはある。だが、そんな人間に麗しのニア・ファルハール嬢は似合わんだろう、なあ？」

「はい、仰《おっしゃ》る通りでございます」

侮蔑の色を隠さないフィリップへと、部下の男性は肯定の言葉を返しながら頭を下げる。

男爵家の三男で血と泥に塗れて成り上がってきた卑しい人間。

伝統ある伯爵家の嫡男であるフィリップから見たアークは、その程度の存在でしかない。

そんな男が、彼が心惹かれた女性を婚約者とし、更には自宅へと囲い込んでいる現状は何とも許しがたいものであった。

それが随分と身勝手な思い込みであることを指摘する者は、この場にはいない。

「ならば堂々と決闘にて打ちのめし、ニア嬢を救い出してやろうではないか！」

ニア本人が全力で首を振ってお断りするであろう妄言を、フィリップは高らかに宣言した。

◆◆◆◆

「つくづく伯爵家と縁があるね、お前は」

「そんな縁は心の底から要らないんですがね⁉」

アルフォンス殿下の執務室で、相変わらず不敬な声量で俺は声を上げていた。

例の山と積まれた挑戦状の上に新たに載せられた一通の手紙。

やたらと豪華なそれは、良く見れば武闘派として有名なガンドリル伯爵家の家紋が入っている。

「どういう神経してんですかね、あんなことしでかしといて」

「謝罪したからもう終わったこと、なんじゃないかね、向こうとしては」

俺が愚痴れば、どこか楽しげな様子で殿下が言う。

先日の引っ越しの際にとっ捕まえた、ニアの家を監視していた連中はそのガンドリル伯爵家に仕える連中だった。

多分密偵の類いなんだが、街中で流石にそうとわかる物なんて持ってやしなかったから追及仕切れてないのが残念なところ。

反対に、先頭に立って連中を捕まえたのは俺でトムはその補助、ローラは隠れて逃げ出す奴がいないかの見張りという配置だったから、トムとローラのことはバレてないはずだ。

ともあれ婚約者の家を見張られるなんて気分の良くないことをされたんだ、子爵家当主として俺は正式に抗議し、ガンドリル伯爵から謝罪を受けている。

どうも嫡男であるフィリップとやらが独断でやったことらしいんだが……そのフィリップから挑戦状が来ているのだから、どんな面の皮してんだって聞きたくもなろうというもんだ。

「いくら格下の子爵家相手だからって、ちっとは恥じ入るとかしてもらえないもんですかね」

「あそこはどっちかっていうと権威主義的だからねぇ、『謝罪してやったんだからありがたく思え』とか考えててもおかしくないかな」

「うっわ、絶対友達だとかになれなさそうな考え方ですね、それは」

「こう言っちゃなんだけど、向こうからもお断り、というか相手にされなさそうだね。嫡男のフィリップ殿は一度会ったことはあるけど、上と下で態度が大分変わる人間に見えたよ」

思わず『うげぇ』とでも言いそうな顔になっちまったが、殿下相手だからまあいいだろう。

その殿下からのこの評価からしても、間違いなく俺とは合わないタイプだな、こりゃ。

だがまあ、この挑戦状はある意味好都合とも言えるか。

「そんな人間が、わざわざ挑戦状を叩《たた》きつけてくれてきたわけですか。……当然、思い切りやってもいいんですよね？」

「向こうからの挑戦なんだ、武家の人間が負けて見苦しい真似はしないいんじゃないかな」

あ、やっぱ殿下もムカついてるな、こりゃ。思い切りやってよし、って言ってるようなもんだし。

んじゃ、お言葉に甘えて思い切りやらせていただきますか。

「では殿下、挑戦を受けるにあたって条件を出したいんですが、ご協力いただけませんかね？」

そう前置きして出した俺の条件に、殿下は一瞬だけ驚き。

「お前も面白いこと考えるね。いいんじゃないかな」

これまた良い笑顔で応じてくださったのだった。

＊＊＊

そして数日後。

一度俺が承諾してしまえばトントン拍子、あれよあれよと決闘、というか試合の段取りは決まって、騎士達の試合などにも使われる闘技場に、俺の姿があった。

そして、観覧席にはアルフォンス殿下や例の横槍を入れてきた侯爵閣下二人や、話を聞きつけて見に来た物見遊山な観客達に、俺に挑戦状を叩きつけてきた挑戦者達。

ちなみにニアは、人目に触れないよう隠されている席から見守ってくれている。

ほんとは見に来ないでほしかったんだが……多分今日の俺はヤバイし。

まず見た目からしてヤバイ人だからな。

俺が姿を現した瞬間、ちょっと観客席がざわめいたくらいだし。

戦功の褒美としてもらった黒一色の金属鎧《よろい》ってのがまず威圧感たっぷりなんだろうが、それだけじゃない。

盾を持たずに長柄の武器一本だけ持って入場したわけだが、その武器に視線が集まっていた。

「お、おい、あれが『黒狼《こくろう》の牙』か……？」

「噂には聞いていたが、何とも剣呑な……」

なんて伯爵くらいに見える貴族二人が声を抑えながら言い合っているのが聞こえる。

抑えてるつもりみたいだが、聞こえちまうんだよな、俺の耳は。

彼らが噂している『黒狼の牙』ってのが今手にしている俺の得物。戦場で振るったメインウェポン。

『狼牙棒《ろうげぼう》』と呼ばれる武器がある。

この国から遙《はる》か東方で生み出された、柄があり鋭いトゲがいくつも生えている棍棒《こんぼう》のことだ。

形状は様々で、柄の長さが短い物もあれば長い物もあり、棍棒部分も膨らんだ形のものや細長いものなんてのもある。

こっちの武器だと鎖で繋がれてない方のモーニングスターが近いが、それのトゲの付いてる部分が長くなっていると思ってくれればいいんじゃないかな。

頂点部分にもトゲが付いているから、槍のように突くことも一応可能だ。

俺が使っているのは柄の長さが二mを超える、長槍並みに長い柄の先端に細長めのトゲ付き棍棒が付いてるもの。

そんな物騒なもん持って黒い鎧に身を包んでいれば、そりゃぁ不気味な格好に見えるだろう。

「マ、マクガイン卿《きょう》……それが武器で、よろしいのですか？」

「ええ、もちろん。伊達《だて》や酔狂で持ち込んではいませんよ」

立会人である俺より年上の騎士が恐る恐る聞いてくるが、俺はあっさりきっぱりと答える。

そのやり取りが終わった後に、最初の挑戦者として一人の子爵殿が入ってきた。

そう、最初の挑戦者。

俺が提示した条件とは、殺さない限りなんでもあり、武器も個人が携行し運用出来るものであればなんでもよし。

その上で、一対一の試合を連続で行うことにしたのだ。

なので、もしも俺が最初の挑戦者で負ければそれまで。しかし勝ち抜いた場合、後になればなるほど俺の体力は消耗していくので有利に戦うことが出来る。

俺に勝てる自信がある奴は前の方の順番を、そうでない人間は後ろの方にして少しでも勝つ確率を上げることが出来る仕組み、というわけだ。

……なんて建前は、多分機能しないが。

ともあれ、最初の相手である子爵殿を見れば、全身を金属鎧で覆い、左手には金属製の盾、右手には長槍という割とオーソドックスな格好。

……見た感じ、鎧は完全オーダーメイドで身体に合わせて作ってあり、手入れも良くされているし動作も滑らか。

槍も使い込んでいる風合いがあるし、どうやら実戦経験はしっかりある様子。

彼が持つ長槍に比べれば、俺の狼牙棒は長さこそ対等だが明らかに先端部の重量が違う。

当然動きも鈍重になり、腕自慢が操る長槍を捌《さば》くことは難しく、勝負にならないと思われても仕方がないし、だから立会人の騎士も心配したのだろう。

まあ、もちろんそれでも勝算はあるわけだが。

で、迎えた相手の子爵殿は……何かこう、滅茶苦茶やる気満々って感じが全然しない。

そういやこの人が一番手なの、あの侯爵二人の推薦があったから、だったっけ。

「マクガイン卿、本日は、その……お手柔らかにお願いいたします」

「ええ、こちらこそよろしくお願いします。……お互い上の無茶振りに振り回されているようで」

彼にしか聞こえないよう声を抑えて言えば、苦笑が返ってくる。これでほぼ確定、彼もまた上にこき使われる、言わば同類だ。

だったら、あんま手酷《てひど》くってのも気が引けるなぁ。とはいえ、こんなことに引っ張り出されるだけあって彼もまた中々の使い手に見えるから、油断も手抜きも禁物ではあるし。

さて、どうしたもんか。

なんてことを考えている間に、時間が来てしまったようだ。

「それでは、両者分かれて」

立会人の声に、俺達は闘技場の真ん中で向き合い、大きく離れる。

なんせお互いに長柄の武器を使うんだ、間合いは剣のそれよりも格段に広く取らないとまともに打ち合えない。

いや、俺は近接距離でもなんとか使える自信はあるが。

お互い十全に戦えない決闘、もとい試合にしてどうするんだって話になるし、ここは大人しく互いに槍を振るえる距離を取って。

向こうは左手に持つ盾を前に出して身体を隠しつつ、右手の槍は取り回しの良い中程を持って隙を探しているオーソドックスな構え。

こちらは両手で狼牙棒の片端近くを持ち、槍のように相手に向かって突き出して構える形だ。

「……始め！」

立会人の合図と共に、俺達は前に進み出て間合いを詰める。

武器の長さはほぼ互角だが、向こうは片手なせいで中程を持たざるをえないもんだから、間合いはこっちが有利。

とはいえ、彼の足運びを見るに、油断でもすれば一気に踏み込まれて今度はこっちが慌てることになるだろう。

てことで、こっちが有利なうちに仕掛けんと。

「ふっ！」

彼の持つ槍の穂先と俺の狼牙棒の先が交差した瞬間、俺は息を鋭く吐きながら力を込める。

実はこの狼牙棒、俺がもっと若い頃に出会った老人が教えてくれたものだ。

東方からやってきたっていうこの老人がまた恐ろしく強い人で、小柄な身体なのに、パンチ一発で俺を飛ばしたりなんて離れ業が出来る人だった。

だから俺はこの老人に頼み込んで教えてもらったんだ……身体の使い方と基本的なトレーニング方法を。

また気が向いたら旅に出るつもりだと言っていた老人から色んな技を教わる時間はないと踏んで、地味で延々繰り返さないといけない基礎練ばっかりを習ったんだが、これが正解だった。多分。

なんせ小柄であまり筋肉が付いてない老人でさえそんなパワーを発揮する身体を作るんだ、俺みたいなガタイもよくて筋力に恵まれてる人間が身に付けたらどうなるか。

「なんと⁉」

予想以上の速さと重さに、子爵殿が驚いた声を上げた。

例えば。

普通の槍よりも遙かに重い棍棒を鋭く動かし、相手の穂先を弾《はじ》く、なんてことも出来るようになる。

修練不足でまだ素手での殴り合いには上手いこと使えないんだが、武器を操る分にはこれでも十分。

おまけにトゲ付きの棍棒なんだ、引っかけられて取り落としそうになり、子爵殿は慌てて槍を持ち直した。

そんな隙を、当然見逃すわけにはいかない。

俺は弾いた勢いで狼牙棒の先端で弧を描きながら、子爵殿の盾へと狙いを定め。

「よいっしょぉ‼」

思いっきり、横殴りに振り抜いた。

俺が狼牙棒を好んで使うのには理由があって、一番大きいのが、刺さるのに刺さりすぎないってところ。

金属鎧を貫くのはかなり大変で、かといって貫く時に勢いが良すぎると今度は刺さり方が深すぎて抜けなくなる。

ところが狼牙棒は、トゲが程よく刺さったところを棍棒で殴るから、刺さりすぎる前にトゲが抜けるわけだ。

おかげで、加減だなんだ気にせずぶん回せば良かったから、戦場では楽だった。

もちろん普通はそんなに軽々とぶん回せるもんじゃないから、地道な基礎練の賜物《たまもの》だとも思う。

余談だが、そうやって狼の牙でも打ち込まれたような穴を付けられてる敵兵を量産したもんだから、ついたあだ名が『黒狼』というわけだ。

相手の子爵殿も即反応して、盾を身体に寄せながら少しばかり傾斜を付けて、横殴りの勢いを上に逸らそうとしているのは流石。

むしろ、そうしてくれるだろうと期待して横殴りを選択したんだが。

ゴギュア！　と奇妙な音が響いた。

俺が振るった狼牙棒の牙が子爵殿の盾に打ち込まれ、鉄板だというのにいくつもの穴を穿《うが》つ。

ついで棍棒が直撃し、金属製の盾がひしゃげる。

これで普通ならば衝撃で相手が吹き飛び、トゲが抜けるところなんだが……子爵殿が盾を斜めにして衝撃を上に逃がしているせいでかえってトゲが抜けず、棍棒は斜め上へと走り……こそげ落とすように盾を変形させていき。

ついに歪《ゆが》みが限界を迎えたところで盾を腕に固定していた革ベルトの金具が壊れ、盾が吹き飛んだ。

……それに合わせて子爵殿の腕も持ってかれそうになったんだが、鎧の肩関節部分が腕の可動域以上に引っ張られるのは防いでくれたらしく、脱臼とかの心配はなさそうである。

きちんと作られた鎧じゃなかったらこうはいかないところだが、流石だ。

ガラン、とついさっきまで盾だった、ぐしゃぐしゃにひしゃげた何かが地面に落ちる音。

しんと静まり返った中、俺は狼牙棒を斜め上に振り抜いた勢いで先端を回して大上段に振りかぶり。

「……続けますか？」

と、動くに動けないまま俺を見ている子爵殿へと声を掛ける。

この人もこの人で、盾を殴った瞬間にも目を閉じてなかったし、その後もあの一瞬で必死に盾操作しようとしてたし、今もあんなもん見せられて呆然《ぼうぜん》としてないしで、大した人なんだよ。

下手な奴だったら、衝撃を流せずにそのまま腕に食らって骨折、下手したらあばらまでやっちまうところ。

それをこの人、受け流して頭にも当たらないようコントロールしてたからなぁ。

……多分そこまで出来るだろうと踏んでのあの攻撃だったわけだが。

おかげで、下手に殴り飛ばすよりも衝撃的な場面が演出出来たんじゃないかと思う。

ニコニコしているアルフォンス殿下以外、観覧席の皆さん一様に呆気《あっけ》に取られた顔で一言も発せずにいるわけだし。

「……いや、これ以上は無意味でしょう。参りました」

そう言いながら子爵殿が槍を置き、両手を挙げる。

……盾を持ってた左手は、若干痺《しび》れてるようだが、それでもちゃんと動いてる。やっぱ大したもんだ。

俺のあの一撃を受けてすぐに左手を動かせる奴なんて、うちの面々でもそんなにいやしない。

だから子爵殿の腕は確かだし、おかげでこの衝撃の場面が演出出来たんだから、これは相手が悪かったと周囲にも思ってもらえて、彼の名誉も守られるんじゃないかな。

「しょ、勝者、アーク・マクガイン子爵！」

我に返った立ち会いの人が宣言してくれるも、すぐには誰も反応しない。

仕方なしにアルフォンス殿下が拍手をすれば、やっと釣られるように他の人達も拍手を始めた。

うんうん、かなりインパクトを与えることが出来たみたいだな。

「さて、次はどなたでしたか」

そう言いながら俺は観客席を見上げる。

目に入ってくるのは、顔を青くして目を逸らす挑戦者達。

どうやら今の一撃で、喧嘩を売った相手がどんなもんか今更ながらに理解していただけたらしい。

こっちに殺すつもりがないとはいえ、あんなもん食らったら普通は腕の一本にあばらの数本は持って行かれるくらいのことはわかる方々ばかりのようだ。

ま、その程度の見立てが出来る程度の腕自慢じゃないと俺に挑んだりはしないだろうが。

今回俺が一日で纏めて挑戦を受けようとした狙いが、これ。目の前で俺がどんなもんか見たら、棄権する人間がそれなりの数出るだろうと踏んでのことだったんだ。

どうやら狙いは的中、ほぼ全員が戦意を喪失したようなんだが……。

「誰もいかないのであれば、私が行かせてもらおうか！」

一人だけ、まだやる気十分な人間がいた。衣服に縫い付けられている家紋を見るに、あれがフィリップ・フォン・ガンドリルなんだろう。

……なるほど、鍛練自体はちゃんとやってる人間の体つきだな、ありゃ。

「他の方は棄権されるようですし、俺は構いませんが」

「そのようだな。あの程度の蛮勇に気圧《けお》されるとは嘆かわしい！」

何かキザなポーズを取りながら言うフィリップ。……間違いない、こいつとは絶対友達になれない。なれるわけがない。

俺達の決裂は、こいつの次の台詞《せりふ》で決定的になった。

「我が名はフィリップ・フォン・ガンドリル！　貴様に勝った暁には、ニア・ファルハール嬢の婚約者となってやろうではないか！」

「は？」

自分でも記憶にないほど低い声が出たことがわかる。

こいつ、今何世迷《よま》い言を言いやがった？

カッと頭に血が上りそうになったのを、なんとか宥《なだ》める。

挑発的な顔と声、それに紛れさせようとしている何かを探るような目つき。

……こいつ、俺を挑発して冷静さを失わせようって腹か。

「何を馬鹿なことを!!」

と、怒りに任せたような大声を張り上げて俺が応じれば、奴の唇の端がニヤリと歪んだ。

やっぱりか。

怒りで呼吸が荒くなったように見せかけながら、俺は息を吸い、吐き、を意識的に繰り返して怒りを腹に落とし込んでいく。

もちろんこれは感覚的な話で、本当に怒りが腹に落ちていくわけじゃないんだが……頭に行きそうだった熱が、徐々に腹へと溜《た》まっていく感覚はあったりする。

感情ってものは厄介なもんで、振り回されるとろくな事にはならない。

だが、怒りだとかの感情が身体を突き動かすことで信じられない力を発揮することもあるのはあり、それを完全になくしてしまうのも勿体ない。

だから俺は、怒りだとか攻撃的な感情を飼い慣らせるよう訓練し、ある程度身に付けているんだが、その一つがこれ。

頭にきたら判断力が鈍るが、腹を立てる分には問題ない、と例の老人に教えてもらったことがきっかけで身に付けたものだ。

そして今の俺は、滅茶苦茶に腹を立てている。頭にきている演技が自然と出来るくらいに。

「そこまで言うのならば、さっさと下りてきてもらいましょうか！　その妄言、後悔させて差し上げる!!」

「はっ、吠《ほ》えたな犬ころが！　我が剣の味、とくとその身に味わわせてやろう！」

俺が吠えれば、奴はもったいぶったような気取った足取りで観客席から下りてきた。

どうやら、俺が本気でキレたと思い込んでくれたらしい。

ならば、後はそこに付け入るだけの話だ。

「りょ、両者構えて！」

立会人の騎士が、さっきとはまた違った震える声で試合を仕切る。

……どうやら彼は、俺の雰囲気が変わったことを察したらしい。流石、こんな立ち会いを任されるだけのことはあるな。

対峙したフィリップはもちろん手入れの良い金属鎧を身に纏い、手にするのは長大な刀身を持つ両手剣。……舐《な》めてんのかな？

「ガンドリル卿、その武器でよろしいのですか？」

「もちろんだとも！　名誉ある決闘には、この代々伝わる剣こそがふさわしい！　あんな野蛮な武器を振り回す人間と同じにしないでほしいものだな！」

「……左様ですか……」

小さく首を振りながら、立会人の騎士が距離を置いた。……若干呆れ気味な気がするのは、きっと気のせいじゃない。

ここまでくるとこの振る舞いも作戦なのかと思わなくもないが……デメリットが大きすぎるだろ、いくらなんでも。

まあいいや、俺は勝つことが大事なんだ、あちらの様式美に付き合ってやる必要もない、と『狼牙棒』をさっきと同じように構えて。

「始め！」

開始の合図と共に、突進。

向こうはこちらに切っ先を突きつけてくる、正統派剣術の構え。

闇雲に突進してくる俺を見て、余裕綽々《よゆうしゃくしゃく》の表情をしていたのだが。

ガァン！　と乾いた炸裂《さくれつ》音が響く。

は？　と言いたげな顔で奴は固まり、数秒後、ガランガランと大きな金属音を響かせながら奴の両手剣が地面に落ちた。

こちらへと突きつけられていた両手剣を俺の『狼牙棒』が下からすくい上げるように痛打、衝撃は奴の握力を軽く上回り、結果、両手剣は弾き飛ばされたわけだ。

「どうぞ、お拾いください」

何が起こったか理解出来てないらしい様子で固まるフィリップへと、俺は低い声で告げながら少しばかり後退し間合いを取る。

やっと状況がわかったのか、二度三度手をわきわきとさせた後、奴は慌てて剣を拾い、構え直した。

「では再開といきましょうか」

そう告げるとまた突進、さっきと同じように奴の剣を弾き飛ばして。

「どうぞ、お拾いください」

と促しながらまた距離を取る。

奴は再度慌てて剣を拾い、流石に学習したか、今度は振りかぶるようにして構えて。

そこに俺が無防備に突進すれば俺の頭へと正確に剣を振り下ろしてきた。……鍛練自体はしてるんだろう、鍛練自体は。だが、そんなもんじゃ俺は止められない。

「う、うわあああああ⁉」

気合いの声とも悲鳴とも判別のつかなかった声が、明確な悲鳴へと変わる。

俺の頭を狙ってきたところに『狼牙棒』の打撃を合わせ、また剣を弾き飛ばしたためだ。

「どうぞ、お拾いください」

そしてまた、促して。奴が構えれば突進して、剣を弾き飛ばして。

幾度か繰り返せば、流石に奴も現実を理解したらしい。

「ま、まて、降参だ、私の負けだ！」

幾度も弾かれたせいであちこちに歪みが生じてしまっている剣を捨て、両手を挙げながら奴が言う。

あ〜あ、あの剣も可哀想《かわいそう》に、こんな主に使われて。と思わなくもないのだが。

「どうぞ、お拾いください」

「こ、降参すると言ったじゃないか⁉」

そう簡単に降参など認めてやるものかと、俺が剣を拾うよう促せば、泣きの入った声で奴が喚く。

だが俺は、首を横に振ってみせた。

「降参などと、お戯れを。まだしっかりと両の足で立ってらっしゃるではないですか」

抑えた声で俺が言えば、今更気付いたかのような仕草で奴は自分の両足を見下ろす。

しばし沈黙した後に、俺が言わんとしていることを理解した奴は、ブルブルと身を震わせて。

「ま、参りましたっ！　こ、これ以上は勘弁してくれ！」

泣きそうな声で言いながら両膝を地面に突き、俺に許しを請うたのだった。

流石にこれ以上は本気で伯爵家の面子《めんつ》を潰すことになるだろうし、ここらが落としどころか。

「わかりました、降参を受け入れます。お聞きになりましたね？」

奴の降参を受け入れてから立会人に確認を取れば、彼も頷いて返してくれる。……表情に若干だけど怖い物でも見たような怯《おび》えが感じられるのは気のせいだろうか。

まあ、怖いと思ってくれる分には一向に構わないんだが。

「さて、次の挑戦者は、いますか？」

ゆっくりと言葉を切りながら見回せば、反応がない。

どうやら、全員完全に戦意を喪失してしまったようだ。そういう意味ではガンドリル伯爵令息のあの茶番はありがたかったかもな。

「では、これで終了ということで。……ああ、それから、もう一つ」

まだ何かあるのか、とギョッとした顔を何人かが向けてくるが、そんな怖いことじゃないから心配しないでほしいな。

なんてことを思いながら俺は観客席へと向かい、階段を上って……ニアの居る席へと近づく。

すると、心得たものでニアも優雅な足取りで姿を現した。……こうした仕草を見ると、やっぱり本物のお姫様なんだなって思ってしまうな、うん。

そして……これからは、俺だけのお姫様だ。

「私、アーク・マクガインの心はこのニア・ファルハール嬢だけのものです。よって要らぬ縁談などを持ち込むことは、今後一切ご遠慮願いたく」

そう告げると、俺はニアの前で膝を折り、彼女の手を取ってその甲に唇を落とした。

それから立ち上がれば、緊張か恥ずかしさか、潤んだ瞳のニアと視線が交わる。

一つ頷いてみせれば、ニアも頷き返し。

「わたくし、ニア・ファルハールの心もまた、アーク・マクガイン様のものでございます。……ガンドリル様、あるいは私にご興味をお持ちになられた方々、どうぞご理解くださいませ」

『ガンドリル様』と名指しにしたのは、さっきの騒動を受けてのアドリブだな、多分。

そう宣言してニアが礼の姿勢を取れば、どこからか感心したような声が聞こえる。

表の身分は準男爵家の令嬢だが中身は本物のお姫様だ、やはり違いは伝わるのだろう。

……しかし、わかっちゃいたが、めっちゃ恥ずかしいなこれ。

だが、ここはきっちりやりきらないと、余計な茶々入れを完全に断ち切ることは出来ないだろうから、と俺はなんとか表情を作る。

しばしそのまま見つめ合ってから観客席を見渡せば……爆笑を堪えてるアルフォンス殿下と、後は軒並み呆気に取られた顔。

あれだけの武威を見せつけた後にこの宣言だ、権謀術数入り乱れる社交界の住人達も上手いこと言葉が出ないらしい。

「では、特に異論はないようですから、この話はここまでということで！」

俺がそう宣言すれば、どこかで誰かが零した諦め混じりの溜め息が聞こえた。

＊＊＊

こうして、俺とニアの婚約にまつわるゴタゴタは、一応の決着を見た。

そもそもの発端である二人の侯爵は、実際のところ、本当にあの子爵殿と俺を入れ替える気はなく、俺の本気を見たくてあんな状況を作ったらしい。

と言うのも、あの戦争で新しく領地を獲得したのを足がかりにして更にシルヴァリオ王国攻略を進めようとしているのを見て、攻略を支援するか静観するのかを考えていたのだとか。

大きな港を抱えて交易で栄えているシルヴァリオ王国攻略に一枚嚙み、後々の利権を獲得出来れば生まれる利益は大きい。

しかし戦争は水物、支援という名の投資をするにはハイリスクなのも事実である。で、派遣されるであろう俺を見定めて、どうするかを決めようとしていたわけだが……予想以上な俺の暴れっぷりに、アルフォンス殿下の言うまま投資を決めてしまったらしい。

「お前があんな物騒な武器を振り回してたのを見たら、流石の侯爵達も肝を冷やしたらしいよ」

とはアルフォンス殿下の談。実際、この前の戦争でも敵兵士の心を折って潰走させたことがあったりするのだから、笑っていいんだかどうなんだか。

結果として、二人の侯爵から人・金・物の支援を受けられそうなのだから、現地に向かう俺としてはありがたくもある。

心が折れると言えば、伯爵令息フィリップ・フォン・ガンドリルはあの負け方がショックで完全に心が折れたらしく、自室に籠もりきりになってしまったそうな。あの程度でとは、嘆かわしい。

「いやぁ、あれは結構怖かったと思うよ？」

「そうですかね？　でもまあ、どの道彼は領主として国境付近になんて行かない方が良かったでしょうし」

フィリップ・フォン・ガンドリルは、確かに鍛え方は中々だった。

だが奴は、戦場を知らない。実戦の場にも出たことはないはずである。

そんな人間が領主でございと国境地帯にやってくれば、折角獲得した領地をまた失うことになるかも知れない。

その時に払う対価は土地だけではないのだ、そんな事態は避けられるに越したことはないだろう。

「実際、彼にとっても国にとっても、その方が良かったはずだよ。なんせあちらさん、まだ懲りてないみたいだし」

「え、まじですか？　停戦間際はあれだけボロボロだったのに？」

殿下の言葉に、俺は驚きを隠せない。

確かに、戦争が終わった後に結ばれたのは停戦の合意であって、不戦条約は結んでいない。

だから再度こっちにちょっかいをかけてくるのも、条約違反とはならないのだろうが……勝ち目があると思ってるんだろうか。

という俺の疑問に返ってきたのは、アルフォンス殿下の呆れたような笑顔だった。

「どうも、補給が続かなかったから負けただけ、と考えてるみたいなんだよね」

「いや、まず補給が続けられなかったのは戦略的敗北でしょうに……。そんな勘違いをしているのが一部だけだから、まだ大人しくしている、と」

「そうみたいだねぇ。ってことで、一個旅団を国境付近に配置したのは、色んな意味で正解だったみたいだ」

「流石に、そんなお花畑思考は予想出来ませんでしたが……」

呆れたように俺が言えば、しかし殿下は首を横に振ってみせた。

「そう勘違いするのも仕方ないところもあるんだよ。兵の数だけなら確保しているみたいだから」

「数だけなら……え、まさか傭兵《ようへい》かき集めてんですか？」

「金だけはあるからねぇ、向こうは。後、国外から船を使ってでも集めてるみたいだから、お前の噂を知らないような奴をってのもあるかもね」

「ちゅ、中途半端に知恵が回る……根本的な部分で勘違いしてるみたいですが」

傭兵なんて連中は、金の分はきっちり仕事をするが、その分金に見合わない仕事は受けたがらない。

そのため、実は情報収集に長けた連中が多い。というか、そういう連中が生き残っているとも言える。

そんな連中を、十分な事前情報をわざと与えずに雇ったりしたら……下手したら騙《だま》されたって騒ぎ出しかねないんだが。

「ま、そんな奴が上にいて仕掛けてきそうな情勢なんでね、投資しておいたら十分な見返りはあると侯爵達にも理解してもらえたわけだ」

「なるほど。金に人材、物資を注ぎ込んでおけば、一番貴重な時間が買える、と」

「よくわかってるね。あそこの港がもたらす利益は一カ月だけでもかなりのもの、年単位で違えば、どれだけ儲《もう》けが変わるやら」

「そういうことがわかりそうな侯爵達だから抱き込んだわけですね」

俺が言えば、アルフォンス殿下は我が意を得たりとばかりに楽しげな笑みを見せた。

おお怖い。これはもう、下手したら一年以内に終わるな、攻略……それくらいの算段してるわ、これ。

「で、後ろの準備は十二分に出来そうだからね、後はお前の婚姻儀式が万事上手くいって、神からの覚えもめでたい状態になってもらわないといけないわけだ。ってことで、本格的に特訓するからね」

「あ、あはは……わ、わかりました……」

にっこり笑う殿下に、俺は乾いた笑いを返すしか出来ない。

元々、儀式の手順やら作法やらを叩き込まれることにはなっていた。

だがこうなると、万が一にもミスがあって神にそっぽを向かれてはならないと、殿下が思う完璧な状態まで仕上げてくるに違いない。

それはつまり、高位貴族の方々が数年かけて身に付けるようなものを、この二カ月余りで、下位貴族出身の俺に、ということで。

俺は、これからの日々を思ってそっと胃の辺りを手で撫《な》でたのだった……。

＊＊＊

そして、その憂慮は残念ながら当たってしまっていて。

「あ～しんっど……」

ぼやきながら俺は、邸宅へと向けてゆっくりめに歩く馬の背に揺られていた。

王城でアルフォンス殿下に扱《しご》かれ、普段よりもずっと遅い帰宅時間でとっぷりと日も暮れている。

いや、ここのところは大体こんな時間にしか帰れてないから、最早この帰宅時間が日常になりかけてるような気がしないでもない。

こんな日常、まっぴらごめんなんだが。

まあそれも結婚の儀式が終わるまでの話、と俺は自分に言い聞かせながら手綱を握り直す。

それに、ニア達が引っ越してきたから、帰るのが楽しみになったという良い面もあるわけだし。

御者のトムも来たわけだから、普通の子爵らしく馬車で行き来するのが本来なんだろうが、あいにくと我が家に馬車は一台しかないし、御者も彼一人だけ。

更にそのトムは、子爵邸に引っ越してきた後は執事の仕事もある程度代わりにやってくれているので、俺の行き帰りなんぞに来てもらうわけにもいかない。

……ローラの影に隠れがちだが、トムもかなり有能なんだよな……能力、言動を見るに、一定レベル以上の教育を受けた人間なんだろうとは思う。

どんな育ちをしてきたのか気にはなるが、ニアへの忠誠心に疑いはないし能力も間違いないから、過去を詮索するつもりはない。

いつか話してくれたら嬉しいとは思うんだが。

「ゆっくり話す時間があるかもわからんけどな~……」

はぁ、と大きく息を吐き出す。

子爵としての勉強、儀式の勉強、家に帰ればその復習。

恐らく結婚の儀式が終わるまで、自宅でのんびり寛《くつろ》ぐ暇はない。

そして、終わったら終わったで、領地となるストンゲイズ地方へと急ぎ向かわなければならない。

向こうに着いたらまた忙しい日々。緊張感もマシマシで、ピリピリした日常が待ってるんだろう。

……むしろそんな日常だったら戦友みたいな連帯感が生まれて、色々話してくれるかも知れんな？

我ながら脳筋思考だとは思うが、そこまで望み薄ってわけでもないだろう。

「あ、旦那様、お帰りなさいませ」

「うん、ただいま」

屋敷に戻って馬を馬屋に入れ、裏口から中へと入ったところで声を掛けてきたのは、一人の女性。

彼女は、以前ニア……ソニア王女に好意的だった王宮内メイド。

アルフォンス殿下にも手伝ってもらって、シルヴァリオ王国から引き抜いた人材の一人だ。

彼女の他にも好意的だった数人を引き抜いて、メイドなどの使用人として働いてもらってるんだが……ソニア王女に近しかった元使用人だから、当然女性がほとんど。

その結果、今この屋敷の中にいる男性は俺とトム、庭師の三人と少数派な状況なのである。

女性が多くて天国じゃないかと思う人もいるかも知れないが、とんでもない。

そもそもローラを筆頭に、彼女達にとって主はニア。

いや、ちゃんと俺を雇用主として立ててくれてはいるんだが、心の主がニアであるのは間違いない。

そんな中でニア以外の相手に鼻の下を伸ばしでもしてみろ、総スカン確定である。

もちろんそんなことをするつもりはないが。ものの例えというやつだ。

また、不遇だったニアを知っているからだろうか、彼女達の間には仲間としての強い連帯感がある。

徒党を組んでどうこうとかは別にないんだが、少数派としては何となく肩身が狭い。

ということで、トムや庭師とは肩身が狭い同士の連帯感的なものが生まれてきているような気がしないでもない。

だから、口が前よりも軽くなってるんじゃないかと思ったりもしているわけだ。

ちなみにこの庭師はローラが引っ張ってきたシルヴァリオ王宮の元使用人らしいんだが……四十過ぎで落ち着いた物腰、滑らかな身のこなしに隙の無い目配りと、庭師じゃなくてお庭番じゃねぇのか疑惑がある人物である。俺が勝手に思ってるだけだが。

なんせお庭番という諜報員《ちょうほういん》組織は極東のもの。こんなところにいるわけがないんだが……どうも、普通の庭師の空気じゃないんだよなぁ。

まあ、そんな彼が居てくれること自体は、屋敷の安全のためには大歓迎なのだが。

「今日も特になにもなし、か？」

「はい、少なくとも私が知る限りは。詳しくはトムから報告があるかと思います」

「ありがとう。じゃあ着替えたら食堂に行くから……ニアにも声をかけておいてくれるか？」

「かしこまりました」

俺が頼めば、メイドは恭しく頭を下げ、俺が通り過ぎるのを待ってからニアの部屋へと向かった。

……うん、まあ。まだ俺とニアは婚約者同士であって夫婦ではないので、二人の部屋は離れている。

ローラを筆頭に全女性使用人から言われたのでは逆らえないし、俺としてもその方が安心するところはあるんだよなぁ……。

一つ屋根の下ってだけでも心臓に悪いのに、これで部屋まで近かったら、家に居る間中血圧が上がりっぱなしなんじゃないだろうか。

いくら俺が若くて頑丈さにはは自信があるとはいえ、うっかり血管が切れそうで怖い。

……結婚するまでにはもうちょい慣れたいところだが。

などと考えながら、屋敷内で着るちょっと砕けた服に着替えた俺は、食堂へと向かった。

「お帰りなさいませ、アーク様」

そこで微笑《ほほえ》みながら迎えてくれたのは、もちろんニアである。

ああ、今日一日の疲れが癒やされる……。

なんてことはおくびにも出さずに、俺は向かいの席へと座った。

……顔が緩みそうになるのは勘弁してほしい。

「ただいま帰りました、ニア。もう先に夕食は食べたんですよね？」

「はい、すみません、お先にいただきました」

「いや、俺の帰りが遅いのが悪いんだから、気にしないでください」

そもそも、遅くなったら先に食べてくれと言ってるしな。

それでも律儀に詫《わ》びてくるのがニアの人柄というものだろう。尊い。

いやここで浸ってる場合じゃないのだ。

「今日も変わりなかったようですが、どうでした？」

「そうですね、今日は……」

と、様子を聞いたりするんだが、夫婦の会話っぽくていいなと思う。

ここまでは。

そこから聞かされるのは、今日ニアがどんな勉強をしただとか、どんな情報が手に入っただとか、それを元に領地に行った際どう行動した方がいいかの提案だとか。

うん、夫婦の会話っていうか領地経営会議、あるいは戦略会議だなこれ！

いや、仕方ない、仕方ないのはわかってる！

領地に行ったらやることは山積みなんだ、今のうちに心の準備、あるいは脳内シミュレーションをしといた方がいいのもわかってる！

だが、ちょっとだけ潤いが欲しいと思うのは贅沢《ぜいたく》だろうか！

また、それだけではない。

「あ、アーク様、今のナイフの動きはいけませんね。ナイフとお皿が当たって音がしています」

「はい、すみません……」

「視線が手元に行き過ぎです。視線は相手に向けながら、もっと余裕を持って」

「こ、こうですかね……？」

と、こんな頭を使う会議をしながら、テーブルマナーの指導も受けているというしんどい状況。

だがまあ、これも仕方ない。

なんせ俺は、最低限のマナーは身に付けているが習熟しているとは言いがたい。

ついでに言えば、騎士爵時代とかは食べることに集中していても問題なかったが、子爵ともなればそうはいかない。

行儀良く食べながら会話をし、更に頭の中では考えを巡らせ、といったことを並行してやらなきゃいけないときている。

アルフォンス殿下なんかはそれはもう見事にやってのけるわけだが、残念ながら俺にそんな器用さはない。

ということで、数をこなすために毎晩ニアの指導を受けているわけだ。アルフォンス殿下曰《いわ》く、思考も運動と一緒で鍛錬出来る、数をこなすのが重要、とのこと。

他の奴はともかく、殿下ほどのお方がそう言うんなら、信じるしかない。

少なくとも所作に関して言えば運動と同じに考えていいし、そっちに余裕が出来れば考え事に頭を使うことも出来るようになるはず。

おまけに自分の食事はとっくに終えているニアが付き合ってくれるんだ、絶対に成果を出さにゃならん。

「アーク様、肩に力が入りすぎです、リラックスリラックス」

いかん、考えに力が入ったせいで身体にも力が入った、と慌てて力を抜く。

「は、はいっ」

……言い方が可愛くて勝手に力が抜けた気がしないでもない。

あ、これいいかも知れんな。

リラックスリラックス、と今のニアの言葉を脳内で何度も再現してみると、良い感じで力が抜けてきた。

これだ！　と思ったんだが……。

「あの、アーク様？　今の話、聞いてましたか？」

「うわっと⁉　す、すみません！」

今度は会話に意識がいっていなかった……。

まだまだ、マナーマスターには遠いようである。

頭を切り替え、会話にも所作にも意識しながら、俺はまた食事を再開するのだった。

こうして、特訓漬けの日々を二カ月あまり続けた俺は、ついにその日を迎えた。

「こうして見ると男前なんだよねぇ」

新郎控え室に顔を出したアルフォンス殿下がいきなりそんなことを言う。

子爵程度の婚姻儀式に王子が顔を出すなんて滅多《めった》にあることじゃないが、まあこの場合は仕方ないだろう。

俺のバックには第三王子がいるぞ、ってのを色んな方面に印象づけないといけないし。

「褒められてるはずなのに、言葉の端々から微妙なものを感じるのは気のせいですか？」

「いや別に、普段からそうしてりゃいいのにとか、そんなことは思ってないよ？」

「見た目気にしてる暇が無いくらい働かせてんのはどこの誰ですかねぇ⁉」

とまあ、そんな感じでいつもみたいな軽口のたたき合いをしてるわけだが、周囲では司祭様とかがオロオロしていたりするのもまた仕方がない。

俺と殿下の関係なんて彼らは知らないだろうしな。

ちなみに今の俺は、黒を基調としてあちこちに金糸の刺繍《ししゅう》を入れた儀式礼装に、ニアの瞳の色である青いタイをつけている。

……男が着るのなら黒の礼服も喪服に見えないよう作れたりするんだなぁ、とか感心したりもしたが。

この辺りは、体格だとか社会的役割のイメージだとかもあるのかね？

ニアに聞いたら色々語ってくれそうだ。

「何急に気持ち悪い顔してんの？」

「新郎に向かって喧嘩《けんか》売ってんですか殿下？」

思わず言い返してしまったが、いかんいかん、ニアのことを考えてたからか顔が緩んでしまったかも知れん、と表情を作り直す。

顔が緩むだけならいいが、気が緩んだ結果儀式が上手《うま》くいかなかった、とかなったら最悪だし。

かといって緊張しすぎてもいかんから、加減が難しいところではある。

「普段お前の方が喧嘩売ってんのかってことばっか言ってるんだから、ちょっとくらいいいじゃないか」

「そんなに言ってますかねぇ？　普通のことしか言ってないと思うんですが」

「自覚がないのが更に質の悪い……。多分他の面々に聞いても同じようなこと言うと思うけどねぇ」

そりゃ上司で第三王子なアルフォンス殿下の言うことなら追従するでしょうよ、とは言わない。

決してその通りでもないから。

基本殿下直属の俺達《たち》は、直言を許されているし忌憚《きたん》ない意見を求められている。

というか、それが出来る面々だけが小隊長以上の立場にいる。

アルフォンス殿下の性格を考えればそれも当然と言えば当然か。

当然そんな連中は、子爵になったばっかりの俺に忖度《そんたく》なんてするわけがない。

……惚気《のろけ》てるつもりはないんだが、彼らがそう思っていたら、遠慮容赦なく言われることだろう。

「ま、それだけ緩んだ顔出来るんなら、緊張で変なとちり方したりもないんじゃないかい？」

「それならいいんですけどねぇ。頭の中から飛んだりしないか心配はありますが」

「そんな柔な叩《たた》き込み方はしてないから安心しなよ」

「別の意味で安心出来ないんですが、それは」

そう返しながら、今日まで受けたアルフォンス殿下の特訓を思い出す。

儀式の手順を覚えた後は、ひたすら反復練習。考えなくても身体が動くように神経に覚えさせろとか言われたからな……ほとんど武術の修練じゃないか。

まあ確かに、それがどれだけ大事で、かつ忘れないものか身を以て知ってるから、俺も練習に取り組みやすかったけども。

ある意味で戦場並みの必死さでやらんといかん儀式だし。

今日でニアの人生が変わる。決定的に。

もちろんそのこと自体はニア本人が言い出したことだし、彼女自身、しっかり覚悟を決めているのはわかっている。

そして、俺が勝手にプレッシャーを感じているだけってことも。

これがまた、勝手に、つまり自発的に背負ってるもんだから質が悪い。

誰かにどうこうしてもらえるもんでもないってのがなぁ……。

「ふむ。アーク」

「はい？　っと？」

アルフォンス殿下にいきなり呼ばれて、俺は振り向き。

予備動作無しに視界の外、斜め下から飛んできた殿下の拳を手で受け止めた。

言うまでもないかも知れないが、大体のことにおいて優秀なアルフォンス殿下は、護身術の類いもかなりのレベルで身に付けている。

今のパンチだって、この不意打ち気味のタイミングだったらゲイルでさえ反応出来たかどうかってレベルの鋭さ。

そんなもんをいきなり振るってきた意味がわからず、俺が言葉を失っていると……アルフォンス殿下は、いつもの笑みを浮かべた。

「お前の『身体で覚えた』っていうのは、こういうレベルのものだ。それが、たかだかちょっと歴史があってちょっと普段感じないような厳かさの中だからって、飛ぶと思うかい？」

「いや、ちょっとってレベルじゃないと思うんですが……でも、まあ……おっしゃりたいことはわかりました」

この国で一番歴史がある神殿で、王族相手にも儀式を行うような司祭が立ち会う儀式、をちょっとの一言で片付けていいとは思わない。

だが、殿下が言わんとしたことがわからないわけでもない。

ここは、一瞬の隙も許されない、血で血を洗うような戦場ではないのだから。

あんな場所でも身体に染みついた動きはしていたのだ、ここで出来ないわけがないと言いたいのだろう。

積み重ねた年月は全然違うが……まあそこは、殿下手ずからのご指導が加味されたってことにして。

おかげで、ちょっとは落ち着いたと思う。

「大体ね、お前は背負いこもうとしすぎなんだよ。まだ背負ってもないものに対して」

「背負いすぎ、ですか？」

確かに気負ってる自覚はあったが。

それでも、背負いすぎと言われるほどのつもりもなかった。

だが、アルフォンス殿下は俺に向かって小さく頷《うなず》いてみせる。

「ああ。そもそも、この儀式で残りの人生全てが決まるわけじゃない。もしそうなら、お前よりも飲み込みが悪い人間なんて、みんな不幸になってるだろ」

「それは……言われてみれば、そうですね……？」

「こう言っちゃなんだが、お前は騎士連中の中じゃかなり覚えは良い方だよ。で、お前の先輩に当たる既婚者連中を考えてみろ。……いや、やらかした連中もいるけど、ちゃんとやってる方が多いだろ？」

「ま、まあ……そうでなかったら、今頃えらいことになってますし」

あれこれ夫婦論を語ろうとする先輩達は大体失敗してる人が多かったが、語らない人達は割と上手くやっているようだった。

そして、そういう人が大半である。……そうじゃなかったら、騎士団は機能不全に陥ってるとこだよ、離婚訴訟だなんだで。

そうなってないってことは、大半の人達はちゃんと儀式を行えたってことで。

「でも、先輩達は大体、簡易儀式ばっかりですよね?」

「気にするな、その分お前よりも練習していない」

「そ、そりゃそうですが……」

思えば、結婚式の前日まで警邏《けいら》の夜勤してた人もいたな。

あれで大丈夫だったんなら、よほどそれまで練習していたか、それともそんなに練習が必要じゃなかったか……。

だけど、あの先輩は割と家庭円満っぽい。

そんな俺の心を見透かしたかのように、殿下は言葉を続ける。

「そもそもだな、神は私達の揚げ足を取ろうなんて考えてないはずだ。重要なのは、きちんと成し遂げようと思う心。それがあれば、多少はお目こぼししてもらえるはずさ」

「何かいきなりぶっちゃけてますけど、いいんですか、そんなこと言って」

「当たり前だろ、神はお前が思うよりも寛容なものさ。なあ、司祭殿?」

アルフォンス殿下が話を振れば、急だったにも拘《かか》わらず、司祭は即座に頷いて返した。

迷うことなく。

そのやり取りを見て、俺は腑《ふ》に落ちた気がした。

「……そう言えば、そもそも神様がどんなお気持ちだとか考えてなかったですね」

「お前らしくもないね。敵を知り己を知れば、じゃないけど、どんな相手で、どんなことを考えそうかを捉えないと勝負にならないだろ？」

「そもそも勝負じゃないですが、おっしゃりたいことはわかります。神様だって、不必要に警戒されたら気を悪くしますよね……言わば俺達の生みの親だってのに」

だからって侮るつもりはもちろんないが。

払うべき敬意は払い、しかし必要以上に恐れない。

それは、人間関係にだって同じことだし、その延長で考えるのもなしではないのだろう。

「お前だって、子供が何かで失敗したからって、ふざけてたならともかく、一生懸命やった結果なら怒らないだろ？　神からしても、そんな感じじゃないかな」

「わかったと言って良いのかわからん例えですが……まあ、怒らないのは確かです」

だったら、変に気負う必要もないのかな。

そう思えてくるから、不思議なもんだ。

「それから、気にすべき相手はもう一人いるだろ？」

「そうですね、ニアが……彼女が、儀式の責任を俺一人に負わせるわけがないですもんね」

アルフォンス殿下の問いに、今度は考えるまでもなく答えることが出来た。

そう、この儀式は俺一人のものじゃない。

俺とニアのものだ。

「そういうことだね。……彼女の人生は彼女のものだし、彼女が背負うべきものだ。ただ、その半分を持ってくれって彼女はお前に言ったわけだよ。それだけと言えばそれだけの話。当然、重い物ではあるけれど。で、聡明《そうめい》な彼女ならきっとわかってるだろうけど、お前の人生の半分を背負うとも言ったわけだ」

「……そんなこと言われたら、一気に重くなったんですが」

漠然と思っていたことではあったが、改めて言葉にされて突きつけられると、中々にしんどい。

特に、俺の人生の半分を背負うって辺り。

任務ならともかく、人生を誰かに背負ってもらうっていうのは、その重さがわからないからどうにも怖い。

相手が潰れてしまわないか、と。……いや、ニアなら大丈夫だとは思うんだが。

「諦めろ。彼女だってその重さを感じてるはずなんだ、お前に逃げるという選択肢はない」

「もうちょっと優しい言い方してくれませんかねぇ」

そう言い返すけれども、俺の心は完全に固まった。

誰よりもニアに、逃げるという選択肢がない。

彼女は、この国で居場所を摑《つか》み取るつもりなのだから。

であれば、俺がびびっててどうするってもんだ。

「ありがとうございます、殿下。おかげで、落ち着きました」

「そう。なら、行ってこい」

「はい！」

殿下の言葉に背中を押され、俺はニアの待つ新婦控え室へと向かった。


大して歩くこともなく、控え室の扉に辿《たど》り着いた俺は、ドアを軽くノック。

「ニア、入っても大丈夫ですか？」

「あ、丁度今準備が終わったところで……どうぞ」

声をかければ、すぐに返事があった。

中の気配から察するに、バタバタと片付けたりとかもないから、俺に気を使ったとかでなく本当に準備は終わっているようだ。

丁度かどうかはわからんが、そこは聞くだけ野暮《やぼ》ってものだろう。

「じゃあ、失礼します、っと……」

そう言いながらドアを開けて中に入った俺は、硬直した。

「どうでしょう、似合いますか？」

はにかみながら聞いてくるニアに、俺は声を発することも出来ずコクコクと頷くことしか出来ない。

濃い青色をしたAラインタイプのシンプルなドレスは、ニアの持つ清楚《せいそ》な雰囲気にぴったり。

胸の下辺りに切り返しがあって、そこからゆったりと広がっていく様は刺繍された紋様も相まって、さながら女神の衣装かのごとくである。

いや、俺にとっては女神だが。

オフショルダーっぽくなっているところにストールを巻いて、肩や首回り、胸元をふんわりと隠しているのがほんのりと色っぽく、しかし上品さを醸し出している。

出会った時から少し伸びた茶色の髪は肩を少し越えた辺り。

……髪の色は本来の色に戻した方がいいんじゃないかとも考えたんだが、司祭に聞いたところ、染めていても構わないということだったので、染めたままだ。

その髪を彩るのは銀の髪飾り。

子爵だから許されるのは銀まで、というのもあるが、単純にニアにはこっちの方が似合うような気がするな。

ブレスレットやネックレスなどの装飾品は着けず、華美な印象はないはずなのだが……抗《あらが》いようもなく目を引きつけられるのは、きっとニア自身の魅力を引き立てているからだろう。

「似合っていますよ、すごく。まるで、女神様みたいだ」

「ふふ、またそんな……でも、ありがとうございます」

「いや、本当に心から思っただけなんですが」

謙遜するニアに対して言えば、ニアの背後でうんうんとローラが珍しく俺に同意して頷いている。

普通の結婚式で着るようなドレスと違って、今回ニアが着ているのは儀式用であること重視のドレス。

巫女《みこ》などの神職にある女性の雰囲気があり、普段よりも神秘的な印象になっている。

だから、女神様のようだというのもあながち間違ってないと思う。

……ああ、きっとこれなら。

「これなら、神様だって俺達の誓いをすんなり受け入れてくれる気がしますね」

「そこまで言われるのは、流石《さすが》に照れくさいのですけれど……」

照れるニアも可愛《かわい》い。間違いない。

いやそうじゃなく。

「や、お世辞でもなんでもなく、そう思ったんですよ。ニアのドレスや装飾からは、ニアがどれだけこの儀式に真剣かが伺えます。多分、それが通じない神様じゃないし……それを評価しないわけがない」

神様は揚げ足を取るために見ているわけじゃないとアルフォンス殿下は言った。

それが、今こうしてニアを見て、やっと理解出来た気がする。

真摯な態度を見せる人間には、きちんと向き合いたくなるもんだ。

当たり前のことなのに、今まで考えもしてなかったのが恥ずかしい。

「ありがとうございます、ニア。あなたのドレス姿を見たら、肩の力が抜けました」

「それは、良かったと言って良いのか若干複雑ですね？」

「あ、いや、気が抜けたとかそういうことじゃなくてですね⁉」

確かに、あなたのドレス姿を見たが気が抜けました、とかってむしろ侮辱に近いよな。

もちろんニアは本気で言っているわけじゃなく、くすくすと冗談めかして笑ってるんだけども。

まあ、いいや。更に力が抜けて、大分落ち着いたと思うし。

「……じゃあ、行きましょうか」

「はい、参りましょう」

そろそろ時間も良い頃合い、俺がニアへと手を差し出せば、微笑《ほほえ》みながら彼女が手を重ねてくる。

この手の温《ぬく》もりを忘れなければ、きっと大丈夫。

根拠もなく、そんなことを思った。

＊＊＊

それから、連れ添うようにして控え室を出て、俺達は神殿の儀式の間へと向かう。

控え室から儀式の間まではローラがニアの付き添いで来ていたが、ここから先は俺達二人だけ。

中に入れば、祭壇へと真っ直《ます》ぐ伸びる白いカーペット。

参列者というか見届け人というかな人達はこの儀式の間には居なくて、二階に作られたアリーナに普通なら並ぶところ。

今回はニアの素性が素性なので、殿下と親父《おやじ》しかいない。

ちなみに、事前にニアのことを親父に話したら、卒倒した。まあ、仕方がないところだろう。

今も、殿下とその護衛しかいないところに一人いるもんだから、ちょっと突いただけで意識を飛ばしそうな顔をしている。

すまん親父、もうちょっとだけ我慢してくれ。

それはともかく。

俺は、儀式の間に入った瞬間に確信した。

「なるほど、神は居ませり、か……」

俺が小さく呟けば、ニアも微《かす》かに頷く。

確かに、ここに神はいる。俺達二人を見ている。

それも、温かな目で。

だからこそ俺達は、決められた手順、速さで足を進める。

神の懐が広いからこそ、その寛容さに甘えないように。むしろその寛容さに敬意を払うために。

神は敵じゃない。些細《ささい》なことで人間を罰する暴君でもない。

敬意を払い、尊重すれば、相応のものを返してくれる。当たり前と言えば当たり前のこと。

きっと、夫婦関係もそうなんだろう。

確かにニアは優しい人だが、それに甘えていいわけがない。もちろんそんなつもりもない。

適切に敬意を払い、尊重し、歩み寄る。言葉を交わし、意思を伝え、擦り合わせる。

そんな積み重ねが、きっと必要なんだろうな。

同じ事を神に対しても行う、この儀式はそういうことなのだろう。ただ、人間の言葉を使っていないだけで。

全体の流れを理解して、一つ一つの手順の意味を思い出して。

神に、誓う。

「ソニア・ハルファ・シルヴァリオ。汝《なんじ》はその名をニア・ファルハールと改める。相違ないか」

「はい、私、ソニア・ハルファ・シルヴァリオは、名をニア・ファルハールと改めます」

司祭の問いにニアが答えた瞬間、暖かな風が吹いた気がした。

多分、神の承認も得られたのだろう。

となれば、ここからが本番だ。

「では、アーク・マクガイン。汝はこのニア・ファルハールを生涯の妻とすることを誓うか」

「はい。私、アーク・マクガインは、ニア・ファルハールを生涯の妻とすることを誓います」

「ならば、神の御前でその誓いを立てなさい」

司祭に促され、教えられた歩き方を守りながら祭壇へと進む。

祭壇の前に立ち、聖水で清められた大振りの針を両手で持って、額に、喉、胸の心臓の辺り、腹、と一度ずつ軽く触れていく。

思考、声、心、本音。それらが宿ると言われる箇所に針を触れさせて、神に嘘《うそ》偽りがないことを示す動作。

腹が括《くく》れたせいか、それとも儀式の間の空気に神が近くにいると感じるからか、身体が自然と動いた。

俺に偽りがないのは確かなんだ、いくらでも確認してくれという気持ちにすらなる。

最後に針を右手で持って左手薬指の先を軽く刺し、滲《にじ》んだ血を一滴、杯へと落とした。これで、俺の手順は終わり。

次はもちろん、ニアの番で。

「では、ニア・ファルハール。汝はこのアーク・マクガインを生涯の夫とすることを誓うか」

「はい。私、ニア・ファルハールはアーク・マクガインを生涯の夫とすることを誓います」

「ならば、神の御前でその誓いを立てなさい」

と司祭が促せば、別の針でニアも同じようにして、偽りがないことを神に示し。

俺達二人の血が落ちた杯へと、司祭が聖別されたワインを注いだ。

祈りの言葉を捧《ささ》げられれば、杯に満たされたワインの水面が揺れ始める。

……何か強い力が満ちてきているのは気のせいか？

心なしか、司祭の顔が驚いてるっぽいし……。

「神の承認は得られました。今よりニア・ファルハールはアーク・マクガインの妻、ニア・マクガインとなり、お二人には、神からの祝福が授けられます。健やかなる時も、病める時も、二人手を取り合って生きる限り神はあなた方を見守っておられると、ゆめゆめお忘れなきよう」

「「はい。健やかなる時も病める時も、二人手を取り合って生きることを誓い、神の祝福を頂戴いたします」」

司祭に促され、まずは俺が杯のワインを半分ほど飲み干す。

……？　え、何だこれ。ワインと一緒に熱の塊みたいなのが入ってきた感覚がするんだが。

どうやらニアもそうだったらしく、驚きで目を瞠《みは》っている。

混乱しかけている俺達を正気に戻さんとしたのか、コホンと司祭が咳《せき》払いをしてくれた。

「これにて婚姻の儀式は終了でございます。さ、お二人ともあちらから退場を」

「は、はい」

色々聞きたいこともあるし、司祭も何か言いたげだが、今ここでする話じゃないってことなのだろう。

促された俺とニアは、気を取り直して退出までの手順を着実にこなし、無事儀式の間を出ることが出来たのだった。

＊＊＊

「何だったの、今の」

「いや、聞きたいのは俺の方なんですが」

儀式の間を出て殿下と親父の二人と合流した途端、殿下がこっちを問いただしてきた。

しかし、聞きたいのはこっちの方である。

で、俺と殿下、ニアと親父の四人の視線が、司祭へと注がれるのだが。

「私も、あそこまでのものは初めてのことなのではっきりとは申し上げられないのですが……」

と前置きしてから彼が語ったことは、中々に衝撃的だった。

元々、旧第一神殿ということで神に近しいこの場所では、儀式を行った際に、本当に祝福がもたらされることはそれなりにあるらしい。

ただそれは、慣れている司祭ならば感じ取れる程度のささやかなもの。

ところが、さっき俺とニアにもたらされた祝福は、ワインを口にした俺達もだが、二階で見ていた殿下でも感じ取れるほどのものだったという。

「私が知る限り、あんなにも強い祝福は初めてのことでございます」

「なんだってまた、そんなことが……」

よほどニアが気に入られたのか。それともシルヴァリオ王家の人間だからなのか。

残念ながら、司祭にもそれはわからないらしい。

ただ一つ確かなのは、それなりにベテランな司祭が今まで見たこともないような祝福がもたらされた、ということ。

「つまり、無茶振りをしてもそうそう死なない身体になったわけだね？」

「そ、そこまではわかりませんが……」

アルフォンス殿下の言葉に、司祭が汗を拭きながら答えを濁す。

……うん、半分本気な気がするのは、きっと気のせいじゃない。

いやいいんだけどさ、それはそれで。

「ニアを悲しませるようなことが起きにくくなるっていうなら、俺としてはありがたいですけどね」

なんてさらっと言ってみたら、殿下も親父もローラも砂糖と生姜《しょうが》を口に突っ込まれたような顔をした。なんでだ。

実際これから領地に向かえば危ない目に遭う可能性は高いし、かといってもう俺は、そうそう死ぬわけにもいかないんだから、喜ぶのは当たり前だと思うんだが。

「ま、いいんだけどさ。じゃあアーク、これからが本番、頑張ってもらうからね?」

「ええ、もちろんです」

殿下の言葉に、俺は間髪入れず頷《うなず》き返す。

いよいよ本格的に動き出すのだ。シルヴァリオ王国攻略のために。

そして、ニアと心置きなく盛大な披露宴を執り行う事が出来るようになるために。

「私も、出来る限り頑張りますから、ね?」

何より、こう言って俺の隣で笑ってくれるニアの笑顔のために。

この儀式はまさに門出。これからこそが肝心なのだと俺は心に刻み込んだのだった。

あとがき

皆様はじめまして、鯵御膳《あじごぜん》と申します。この度は拙作をお手に取っていただき、本当にありがとうございます。

ちなみに『鰯《いわし》づくし』という別名義でも活動しておりますが、よく漢字を間違われまして……『鯛《たい》』や『鮪《まぐろ》』と幾度か間違われてきた過去がございます。まあ普通は魚編に弱いだとかな大衆魚の漢字よりはおめでたかったり高級だったりな漢字を使うと思うよな～と人間心理に関する勉強になりました。いやほんと、嫌味とかでなく本当に。しまったな～と思っても後の祭り、気付いたのが今更別名義にするわけにもいかない程度には活動していた後だったため、今も間違われやすいペンネームで活動しております。


さて、本作品はこんな感じで誤解されがちなペンネームを持つ私のデビュー作その一となります。その一ってなんだよって話ですが、実は順調にいっていれば来月にも別の出版社様から刊行予定でございまして、書籍化のお話をいただいたのがほとんど同じタイミングだったこともあり、私の中ではこの二冊がデビュー作扱いなのです。……そう考えると、何とも贅沢《ぜいたく》な商業デビューですね？

ちなみにそちらの作品は主人公が子爵位持ちの騎士。ヒロインは隣国からやってきた、有能だけれど不遇な扱いを受けていた姫。……はい。こちらの作品も主人公が子爵位持ちの騎士。ヒロインも以下省略。『丸被《まるかぶ》りやないかい！』と思われた方もいらっしゃるかと思いますが、これには事情がございまして。ある時思い立って書いた短編、本作品の元となったそれが、まさかの総合ランキング日間一位を獲得。調子に乗った私が「このネタならこういうキャラもいいんじゃ？」ともう一本短編を書いたら、そちらも総合日間一位を獲得。その後、細かな経緯の違いはあれど二作ともありがたいことに書籍化のお話をいただいたわけです。……正直、「そんなことある⁉」と私自身が言いたいです。でも本当にあったことで、今こうして形になっているのですから、人生ってわからないものです。また、こんな経緯なのに二作品ともまるで違ったお話になっているのですから、物語って不思議なものだなと。

そうそう、贅沢なデビューと言えば、表紙や挿絵などもですね。中條由良《ちゅうじょうゆら》先生の手によって可愛いニアや格好《かっこ》いいアークを描いていただけたのは本当にありがたいことです。カバーを人に見せて回りましたが、皆さんから「可愛い！」と絶賛していただけましたからね〜。また、武器や鎧《よろい》のデザインなども丁寧にしていただき、アークが凄《すご》くアークらしくなったなと。（語彙どこいった）

そんな、私にとってはとても贅沢な本作品。皆様のお手に取っていただけたという幸運に恵まれたことで、これ以上なく贅沢な作品になりました。皆様に、心からの感謝を。そして、叶《かな》うならば次巻でもお会い出来ますことを願っております。

DRE NOVELS

人質姫が、消息を絶った。

～黒狼の騎士は隣国の虐げられた姫を全力で愛します～

2023年11月10日　初版第一刷発行

著者　鯵御膳
発行者　宮崎誠司
発行所　株式会社ドリコム
〒141-6019　東京都品川区大崎2-1-1
TEL　050-3101-9968
発売元　株式会社星雲社（共同出版社・流通責任出版社）
〒112-0005　東京都文京区水道1-3-30
TEL　03-3868-3275
担当編集　阿部桜子
装丁　AFTERGLOW
印刷所　図書印刷株式会社

Printed in Japan
ISBN978-4-434-32872-5

ファンレター、作品のご感想をお待ちしております。
右の二次元コードから専用フォームにアクセスし、作品と宛先を入力の上、コメントをお寄せ下さい。
※アクセスの際に発生する通信費等はご負担ください。